Diogenes Taschenbuch 24618

PAULO COELHO wurde 1947 in Rio de Janeiro geboren. Seine Romane, darunter *Der Alchimist*, *Veronika beschließt zu sterben* und *Elf Minuten*, wurden Weltbestseller, in 89 Sprachen übersetzt und über 320 Millionen Mal verkauft. Die Themen seiner Bücher regen zum Nachdenken an und dazu, den eigenen Weg zu suchen. Paulo Coelho lebt mit seiner Frau Christina Oiticica in Genf.

Paulo Coelho

Brida

ROMAN

Aus dem brasilianischen Portugiesisch
von Maralde Meyer-Minnemann

Diogenes

Titel der bei Editora Rocco Ltda., Rio de Janeiro,
erschienenen Originalausgabe: ›Brida‹

Paulo Coelho: www.paulocoelhoblog.com
Die deutsche Erstausgabe
erschien 2008 im Diogenes Verlag
Covermotiv: Designed by Jim Tierney for HarperOne

Veröffentlicht als Diogenes Taschenbuch, 2010 und 2022

Diogenes Verlag AG Zürich
info@diogenes.ch · www.diogenes.ch
In Fragen zur Produktsicherheit (GPSR):
truepages UG (haftungsbeschränkt)
Westermühlstraße 29, 80469 München
info@truepages.de
10/26/36/3
ISBN 978 3 257 24618 6

Heilige Maria,
ohne Sünden empfangen,
bete für uns,
die wir uns an dich wenden.
Amen.

Für:
N.D.L., die die Wunder vollbracht hat;
Christina, die eines dieser Wunder ist;
und Brida

Oder welche Frau, die zehn Silbergroschen hat und einen davon verliert, zündet nicht ein Licht an und kehrt das Haus und sucht mit Fleiß, bis sie ihn findet? Und wenn sie ihn gefunden hat, ruft sie ihre Freundinnen und Nachbarinnen und spricht: Freut euch mit mir; denn ich habe meinen Silbergroschen gefunden, den ich verloren hatte.

Lukas, 15, 8–9

Warnung

Im Buch *Der Jakobsweg* habe ich zwei Praktiken der R.A.M. durch Wahrnehmungsübungen ersetzt, die ich in der Zeit lernte, in der ich mit dem Theater zu tun hatte. Obwohl die Ergebnisse vollkommen gleich sind, hat mir das eine harsche Rüge meines Meisters eingetragen: »Gleichgültig, ob es schnellere oder einfachere Mittel gibt, die Tradition darf nie gegen etwas anderes getauscht werden«, sagte er.

Aus diesem Grund sind die wenigen in *Brida* beschriebenen Rituale genau jene, die jahrhundertelang in der Mondtradition ausgeübt wurden – einer ganz besonderen Tradition, die viel Wissen und Erfahrung voraussetzt. Derartige Rituale ohne Anleitung auszuführen ist sinnlos und gefährlich und kann die spirituelle Suche ernstlich gefährden.

Prolog

Wir hatten abends immer in einem Café in Lourdes zusammen gesessen: Ich, ein Pilger des heiligen Romweges, der am Anfang einer Wanderung stand, die viele Tage dauern würde und zu der ich aufgebrochen war, um auf die Suche nach meiner besonderen Gabe zu gehen. Und sie, Brida O'Fern, die für einen Teil des Weges zuständig war.

An einem dieser Abende fragte ich sie, ob eine bestimmte Abtei auf dem sternförmigen Weg, den die Eingeweihten durch die Pyrenäen gehen, sie nicht auch tief beeindruckt habe.

»Ich war nie dort«, war ihre Antwort.

Ich war überrascht. Sie hatte ihre besondere Gabe ja bereits gefunden.

»Alle Wege führen nach Rom«, sagte Brida und wollte mir damit sagen, dass die besonderen Gaben überall geweckt werden können. »Ich habe meinen Romweg in Irland gemacht.«

An den folgenden Abenden erzählte sie mir dann von ihrer Suche. Als sie geendet hatte, fragte ich sie, ob ich irgendwann einmal ihre Geschichte in einem Roman verarbeiten dürfe.

Sie stimmte spontan zu. Doch später bekam sie doch

Bedenken. So bat sie mich beispielsweise, die Namen der beteiligten Personen zu ändern. Zudem wollte sie wissen, wer die zukünftigen Leser sein und wie sie reagieren würden.

»Das weiß ich noch nicht«, antwortete ich. »Aber ich glaube, dass deine Bedenken einen anderen Grund haben.«

»Du hast recht«, sagte sie. »Der wahre Grund ist, dass es sich um eine sehr persönliche Erfahrung handelt. Ich weiß nicht, ob andere Leute etwas damit anfangen können.«

Dieses Risiko müssen wir eingehen, Brida. Einem anonymen alten Text zufolge kann ein Mensch in seinem Leben zwei Dinge tun: bauen oder pflanzen. Diejenigen, die bauen, brauchen manchmal Jahre, um ihr Ziel zu erreichen, aber eines Tages ist ihre Arbeit beendet. Dann sind sie untätig, und die Wände, die sie gebaut haben, engen sie ein. Das Leben verliert seinen Sinn, wenn der Bau errichtet ist. Aber es gibt auch diejenigen, die pflanzen. Sie leiden manchmal unter Unwettern, unter den Jahreszeiten und ruhen selten aus. Doch anders als ein Gebäude hört ein Garten nie auf zu wachsen. Und da er die Aufmerksamkeit des Gärtners immer fordert, kann für denjenigen, der pflanzt, das Leben ein großes Abenteuer sein.

Die Gärtner werden einander erkennen – denn sie wissen, dass jede Pflanze die Geschichte der ganzen Erde enthält.

Der Autor

Irland

August 1983 bis März 1984

Sommer und Herbst

Ich möchte Magie lernen«, sagte die junge Frau.

Der Magier schaute sie an: verwaschene Jeans, T-Shirt und diese herausfordernde Art, die schüchterne Menschen gerade dann an den Tag legen, wenn sie es nicht sollten. ›Ich bin bestimmt doppelt so alt wie sie‹, dachte er. Und dennoch wusste er, dass er vor seinem fehlenden Anderen Teil stand.

»Ich heiße Brida«, fuhr sie fort. »Tut mir leid, dass ich mich nicht vorgestellt habe. Ich habe so lange auf diesen Augenblick gewartet und bin viel aufgeregter, als ich es mir vorgestellt hatte.«

»Warum wollen Sie Magie lernen?«, fragte er.

»Um eine Antwort auf einige Lebensfragen zu bekommen. Um die okkulten Kräfte kennenzulernen. Und vielleicht um in die Vergangenheit und in die Zukunft zu reisen.«

Es war nicht das erste Mal, dass deswegen jemand zu ihm in den Wald kam. Es hatte eine Zeit gegeben, in der er ein sehr bekannter, in der Tradition geachteter Meister gewesen war. Er hatte mehrere Schüler angenommen und geglaubt, die Welt würde sich in dem Maße verändern, wie er diese veränderte. Aber er hatte einen Fehler gemacht. Und Meister dürfen keine Fehler machen.

»Finden Sie nicht, dass Sie etwas jung sind?«

»Ich bin einundzwanzig«, sagte Brida. »Für eine Ballettausbildung wäre ich sogar schon zu alt.«

Der Magier gab ihr ein Zeichen, ihm zu folgen. Die beiden gingen schweigend durch den Wald.

›Sie ist hübsch‹, dachte er, während die Schatten der Bäume schnell länger wurden – denn die Sonne stand schon dicht über dem Horizont. ›Aber ich bin doppelt so alt wie sie.‹ Was nichts anderes hieß, als dass ihm Leid bevorstand, wenn er sich auf sie einließ.

Brida ärgerte das Schweigen des Mannes, der neben ihr herging. Auf ihren letzten Satz hatte er überhaupt nicht reagiert. Der Waldboden war feucht, von welkem Laub bedeckt. Auch sie bemerkte, dass die Schatten schnell länger wurden. Bald schon würde es dunkel sein, und sie hatten keine Taschenlampe dabei.

›Ich muss ihm vertrauen‹, machte sie sich selber Mut. ›Wenn ich glaube, dass er mir Magie beibringen kann, dann glaube ich auch, dass er mich durch einen Wald führen kann.‹

Sie gingen immer weiter. Er schien ziellos unterwegs zu sein, ging hierhin und dorthin, wechselte die Richtung, obwohl kein Hindernis den Weg versperrte. Mehr als einmal gingen sie im Kreis, kamen drei- oder viermal an derselben Stelle vorbei.

›Wer weiß, vielleicht stellt er mich ja auch auf die Probe.‹ Sie war entschlossen, diese Erfahrung ganz auszukosten, und versuchte zu zeigen, dass nichts – auch das Im-Kreis-Wandern nicht – sie aus der Fassung bringen konnte.

Sie hatte lange auf diese Begegnung gewartet und dafür einen beschwerlichen Weg auf sich genommen. Dublin war fast 150 Kilometer weit entfernt, und die Busse in dieses Dorf waren unbequem gewesen und hatten unmögliche Abfahrtszeiten. Sie hatte früh aufstehen müssen, war drei Stunden gereist, hatte in der kleinen Stadt nach ihm gefragt, erklären müssen, was sie von diesem merkwürdigen Mann wollte. Schließlich hatte man ihr das Waldgebiet gezeigt, in dem er sich tagsüber aufhielt – aber nicht ohne sie vorher zu warnen, dass er schon versucht habe, eines der jungen Mädchen im Dorf zu verführen.

›Er ist ein interessanter Mann‹, dachte sie sich. Der Weg führte nun bergan, und sie hoffte, die Sonne würde noch etwas länger am Himmel bleiben. Sie hatte Angst, auf dem feuchten Laub auszurutschen, das den Weg bedeckte.

»Warum wollen Sie wirklich Magie lernen?«

Brida freute sich, weil er das Schweigen gebrochen hatte. Sie gab ihm dieselbe Antwort wie zuvor.

Aber er gab sich damit nicht zufrieden.

»Vielleicht wollen Sie Magie nur lernen, weil sie geheimnisvoll und okkult ist. Weil sie Antworten gibt, die nur wenige Menschen in ihrem Leben erhalten. Aber vor allem, weil sie eine romantische Vergangenheit heraufbeschwört.«

Brida sagte nichts. Sie wusste nicht, was sie sagen sollte. Sie wünschte sich, er würde zu seinem Schweigen zurückkehren, denn sie befürchtete, eine Antwort zu geben, die dem Magier nicht gefiel.

Nachdem sie den ganzen Wald durchquert hatten, gelangten sie schließlich auf den Gipfel eines Berges. Das

Terrain wurde nun felsig, und es gab keine Vegetation mehr. Deshalb war es weniger rutschig, und Brida konnte dem Magier mühelos folgen.

Er setzte sich auf den höchsten Punkt und bat Brida, sich neben ihn zu setzen.

»Vor Ihnen sind schon viele andere zu mir gekommen«, sagte der Magier. »Und auch sie haben mich gebeten, sie Magie zu lehren. Doch ich habe jetzt genug gelehrt. Ich habe der Menschheit schon zurückgegeben, was sie mir gegeben hat. Heute will ich nur noch allein sein, Berge besteigen, mich um meine Pflanzen kümmern und mit Gott eins sein.«

»Das ist nicht wahr«, sagte das Mädchen. Er schaute sie verwundert an.

»Vielleicht möchten Sie mit Gott eins sein. Aber es stimmt nicht, dass Sie allein sein wollen.«

Brida bedauerte sofort, was sie gesagt hatte. Es war ihr so herausgerutscht, und nun konnte sie die Worte nicht mehr zurücknehmen. Vielleicht brauchten Frauen die Männer nötiger als Männer die Frauen.

»Ich möchte Sie etwas fragen, und ich möchte, dass Sie mir ehrlich antworten«, sagte der Magier, und er wirkte überhaupt nicht verärgert. »Wenn Sie mir die Wahrheit sagen, werde ich Ihnen beibringen, worum Sie mich gebeten haben. Lügen Sie, sollen Sie nie wieder in diesen Wald zurückkehren.«

Brida atmete erleichtert auf. Es war nur eine Frage. Sie durfte nur nicht lügen, das war alles. Sie hatte immer geglaubt, dass die Meister von denjenigen, die ihre Schüler sein wollten, schwierigere Dinge verlangten.

Sie setzte sich direkt vor ihn hin. Ihre Augen leuchteten.

»Nehmen wir einmal an, ich bringe Ihnen bei, was ich gelernt habe«, sagte er und schaute ihr dabei fest in die Augen. »Ich fange an, Ihnen die Parallelwelten zu zeigen, die uns umgeben, die Engel, die Weisheit der Natur, die Mysterien der Sonnentradition und der Mondtradition. Und irgendwann gehen Sie in die Stadt hinunter, um einzukaufen und treffen mitten auf der Straße den Mann Ihres Lebens.«

›Ich wüsste gar nicht, wie ich ihn erkennen sollte‹, dachte sie. Aber sie sagte nichts; die Frage war eindeutig schwieriger zu beantworten, als sie gedacht hatte.

»Er empfindet das auch so und schafft es, sich Ihnen zu nähern. Sie beide verlieben sich. Sie, Brida, lernen weiter bei mir, ich mache Sie tagsüber mit dem Kosmos vertraut und er Sie nachts mit der Liebe. Aber irgendwann kommt der Augenblick, in dem beides nicht mehr miteinander vereinbar ist. Sie müssen sich entscheiden.«

Der Magier schwieg eine Weile. Er fürchtete die Antwort der jungen Frau, noch bevor er seine Frage gestellt hatte. Dass sie an diesem Nachmittag gekommen war, bedeutete für beide das Ende eines Lebensabschnitts. Er wusste das, denn er kannte die Traditionen und das Schicksal der Meister. Er brauchte sie ebenso, wie sie ihn brauchte. Aber sie musste in diesem Augenblick die Wahrheit sagen. Das war die einzige Vorbedingung.

»Antworten Sie mir jetzt ganz offen«, sagte er, nachdem er sich einen Ruck gegeben hatte. »Würden Sie alles aufgeben, was Sie bisher gelernt haben, alle Möglichkeiten und alle Geheimnisse der Welt der Magie, um mit dem Mann Ihres Lebens zusammen zu sein?«

Brida wandte den Blick von ihm ab. Ringsum lagen die Berge und die Wälder und dort unten das kleine Dorf, in dem die Lichter angingen. Die Schornsteine rauchten, bald würden sich die Familien um den Esstisch versammeln. Sie waren fleißige, gottesfürchtige Menschen, die sich bemühten, ihren Nächsten zu helfen. Sie kannten die Liebe und die Nächstenliebe; sie brauchten keine weiteren Erklärungen; sie waren imstande, alles zu begreifen, was in der Welt geschah, ohne jemals von so etwas wie Sonnen- oder Mondtradition gehört zu haben.

»Ich sehe keinen Gegensatz zwischen meiner Suche und meinem Glück«, sagte sie.

»Antworten Sie auf meine Frage!« Der Blick des Magiers war fest auf sie gerichtet. »Würden Sie alles für diesen Menschen aufgeben?«

Brida spürte, wie ihr die Tränen kamen. Es ging hier nicht um eine Frage, sondern um eine Entscheidung; die schwierigste Entscheidung, die Menschen in ihrem Leben treffen müssen. Sie hatte schon viel darüber nachgedacht. Es hatte eine Zeit gegeben, in der nichts auf der Welt wichtiger gewesen war als sie selber. Sie hatte mit vielen Männern eine Beziehung gehabt, hatte immer geglaubt, jeden von ihnen zu lieben, und hatte immer gesehen, wie die Liebe von einem Augenblick auf den anderen zu Ende ging. Von allem, was sie bisher kannte, war die Liebe das Schwierigste gewesen. Im Moment war sie in jemanden verliebt, der nur wenig älter war als sie, Physik studierte und die Welt ganz anders sah als sie. Wieder einmal glaubte sie an die Liebe, setzte alles auf ihre Gefühle, aber sie war schon so häufig enttäuscht worden, dass sie sich nicht mehr sicher war. Gerade jetzt stand sie vor der wichtigsten Entscheidung ihres Lebens.

Sie vermied es, den Magier anzuschauen. Ihr Blick war fest auf das Dorf mit den rauchenden Schornsteinen gerichtet. Die Menschen hatten schon immer versucht, die Welt durch die Liebe zu verstehen.

»Ich würde alles für ihn aufgeben«, sagte sie schließlich.

Der Mann, vor dem sie saß, würde niemals verstehen, was im Herzen der Menschen vor sich ging. Dieser Mann mochte verborgene Kräfte, die Geheimnisse der Magie kennen, doch die Menschen kannte er nicht. Er hatte graues Haar, seine Haut war sonnengebräunt, und sein durchtrainierter Körper verriet, dass er regelmäßig in diesen Bergen herumkletterte. Er war ein faszinierender Mensch, und sein wissender Blick ließ sie tief in seine Seele hineinsehen. Er wirkte, als sei er wieder einmal von den Gefühlen der gewöhnlichen Menschen enttäuscht. Auch sie war enttäuscht, aber von sich selber, doch sie durfte nicht lügen.

»Schauen Sie mich an«, sagte der Magier.

Brida schämte sich. Dennoch blickte sie ihn an.

»Sie haben die Wahrheit gesagt. Und ich werde Ihr Lehrer sein.«

Es war inzwischen vollkommen dunkel geworden, und die Sterne blinkten am mondlosen Himmel. In nur zwei Stunden hatte Brida dem Unbekannten ihr ganzes Leben erzählt. Sie hatte dabei versucht, eine Erklärung für ihr

Interesse an der Magie zu finden, etwa: Visionen in der Kindheit, Vorahnungen, innere Stimmen. Doch solche Erklärungen gab es nicht. Sie hatte einfach nur den Wunsch, die Magie zu lernen, das war alles. Deshalb hatte sie schon Kurse in Astrologie, Tarot und Numerologie gemacht.

»Das sind nur Sprachen«, sagte der Magier. »Und es sind nicht die einzigen.«

»Und was ist dann Magie?«, fragte sie.

Selbst im Dunkeln konnte sie erkennen, dass der Magier sich abwandte. Er schaute gedankenverloren in den Himmel, vielleicht auf der Suche nach einer Antwort.

»Die Magie ist eine Brücke«, sagte er schließlich. »Eine Brücke, die Ihnen erlaubt, von der sichtbaren Welt in die unsichtbare Welt zu gehen. Und von beiden Welten zu lernen.«

»Und wie lernt man, diese Brücke zu überqueren?«

»Indem man seinen eigenen Weg findet. Jeder Mensch hat seinen eigenen Weg.«

»Um meinen Weg zu finden, bin ich hergekommen.«

»Es gibt zwei Wege«, entgegnete der Magier. »Die Sonnentradition, die die Geheimnisse durch den Raum, die Dinge, die uns umgeben, lehrt. Und die Mondtradition, die die Geheimnisse durch die Zeit, durch die Dinge lehrt, die eng mit der Erinnerung verbunden sind.«

Brida hatte ihn verstanden. Diese Nacht, die Bäume, die Kälte, die sich in ihrem Körper ausbreitete, die Sterne am Himmel, sie gehörten zur Sonnentradition. Und dieser Mann hier, in dessen Blick die Weisheit der Vorfahren lag, gehörte zur Mondtradition.

»Ich habe die Mondtradition gelernt«, sagte der Magier, als hätte er ihre Gedanken erraten. »Aber ich war nie ein Meister. Ich bin Meister der Sonnentradition.«

»Zeigen Sie mir die Sonnentradition!«, sagte Brida misstrauisch, denn sie hatte aus der Stimme des Magiers eine gewisse Zärtlichkeit herausgehört.

»Ich werde Ihnen beibringen, was ich gelernt habe. Aber es gibt in der Sonnentradition viele Wege. Man muss auf die Fähigkeit eines jeden Menschen vertrauen, sich selbst etwas beizubringen.«

Brida hatte sich nicht geirrt. Es lag wirklich Zärtlichkeit in der Stimme des Magiers, und das beunruhigte sie. »Ich bin durchaus imstande, die Sonnentradition zu begreifen«, sagte sie.

Der Magier hörte auf, in die Sterne zu blicken, und konzentrierte sich auf die junge Frau. Er wusste, dass sie noch nicht bereit war, in die Sonnentradition eingeführt zu werden. Aber es blieb ihm nichts anderes übrig. Bestimmte Schüler erwählen sich eben ihre Meister.

»Ehe wir mit der ersten Lektion beginnen, möchte ich Sie auf etwas hinweisen«, sagte er. »Wenn jemand seinen Weg gefunden hat, darf er keine Angst haben. Er muss auch den Mut aufbringen, Fehler zu machen. Durch die Enttäuschungen, die Niederlagen, die Mutlosigkeit zeigt Gott uns den Weg. Sie sind seine Werkzeuge.«

»Sonderbare Werkzeuge«, meinte Brida. »Sie bewirken oft, dass Menschen aufgeben.«

Der Magier kannte den Grund. Er hatte die Wirkung der sonderbaren Werkzeuge Gottes bereits selbst an Körper und Seele erfahren.

»Lehren Sie mich die Sonnentradition!«, bat Brida erneut.

Der Magier bat Brida, sich an einen Felsvorsprung zu lehnen und sich zu entspannen.

»Sie brauchen die Augen nicht zu schließen. Schauen Sie sich die Welt ringsum an, und nehmen Sie alles in sich auf, was Sie in sich aufnehmen können. In jedem Augenblick zeigt die Sonnentradition jedem Menschen ihre ewige Weisheit.«

Brida folgte der Anweisung des Magiers. Aber sie fand, dass er etwas sehr schnell ans Werk ging.

»Dies ist die erste und wichtigste Lektion«, sagte er. »Sie stammt von Johannes vom Kreuz, dem spanischen Mystiker Juan de la Cruz, der verstanden hatte, was Glauben bedeutet.«

Er schaute die junge Frau an, die sich ihm so vertrauensvoll anheimgab. Tief in seinem Herzen wünschte er sich, sie würde begreifen, was er ihr jetzt gleich beibringen würde. Schließlich war sie seine andere Hälfte, auch wenn sie es selber noch nicht wusste und noch von den Dingen und den Menschen der Welt fasziniert war.

Brida sah links die Gestalt des Magiers in der Dunkelheit in den Wald hineingehen und zwischen den Bäumen verschwinden. Sie hatte Angst, allein zurückzubleiben, und versuchte, sich nicht zu verkrampfen. Dies war ihre erste Lektion, sie durfte nicht nervös werden.

›Er hat mich als Schülerin angenommen. Ich darf ihn nicht enttäuschen.‹

Sie war mit sich selber zufrieden, doch zugleich überraschte sie, wie schnell alles geschehen war. An ihren Überredungskünsten hatte sie nie gezweifelt – sie war sogar stolz darauf –, und auch nicht an dem Wunsch, der sie hierhergeführt hatte. Sie war sich sicher, dass der Magier sie von irgendeinem Felsen aus beobachtete, um zu sehen, ob sie imstande war, die erste Lektion in Magie zu lernen. Er hatte von Mut gesprochen, und daher musste sie sich mutig zeigen, obwohl sie Angst hatte – in ihrer Vorstellung begannen Bilder von Schlangen und Skorpionen aufzutauchen, die diesen Felsen bewohnten. Doch er würde schon bald wiederkommen und sie die erste Lektion lehren.

»Ich bin eine starke, entschlossene Frau«, sagte sie sich immer wieder leise. Es war ein Privileg, hier zu sein, mit diesem Mann, den manche Menschen verehrten und andere fürchteten. Brida ließ den Nachmittag, den sie zusammen verbracht hatten, vor ihrem inneren Auge ablaufen, erinnerte sich an den Augenblick, in dem seine

Stimme plötzlich zärtlich geklungen hatte. ›Wer weiß, vielleicht hat er mich ja für eine interessante Frau gehalten. Vielleicht wollte er ja sogar mit mir schlafen?‹ Eine schlechte Erfahrung wäre das sicher nicht, denn es lag etwas Seltsames in seinem Blick.

›Was für dumme Gedanken!‹ Sie war hier, wollte etwas ganz Bestimmtes erreichen, einen Weg des Wissens finden. Und plötzlich nahm sie sich selber einfach nur als Frau wahr. Sie versuchte, nicht mehr daran zu denken, und da bemerkte sie, dass der Magier sie schon eine geraume Weile allein gelassen hatte.

Brida geriet in Panik. Dieser Mann hatte einen widersprüchlichen Ruf. Einige Leute sagten, er sei der mächtigste Meister, den sie je kennengelernt hatten, dass er allein mit seiner Willenskraft die Richtung des Windes ändern, Löcher in Wolken machen könne. Brida war wie alle von solcherlei Wundertaten fasziniert.

Andere hingegen – Leute, die mit der Welt der Magie zu tun hatten, mit den Kursen, an denen auch sie teilnahm – behaupteten, er sei ein Schwarzer Magier, er habe einmal einen Menschen mit seiner Macht zerstört, weil er sich in die Frau dieses Mannes verliebt hatte. Aus diesem Grunde sei er, obwohl er ein Meister war, dazu verdammt worden, einsam durch die Wälder zu streifen.

›Vielleicht hat die Einsamkeit ihn ja noch verrückter gemacht?‹ Brida spürte wieder Panik. So jung sie war, wusste sie doch schon, was Einsamkeit bei Menschen anrichten kann, vor allem bei älteren. Ihr waren Menschen begegnet, die ihre strahlende Lebendigkeit verloren hatten, weil sie mit ihrer Einsamkeit nicht fertig wurden und am Ende süchtig nach Einsamkeit waren. Es handelte sich zumeist um Menschen, die die Welt für einen Ort hielten, an dem es weder Würde noch Ruhm gab, und die ihre Tage damit verbrachten, über die Fehler der anderen herzuziehen. Es handelte sich um Menschen, die sich aus Einsamkeit zu Richtern über die Welt aufschwangen und ihr Urteil in alle vier Himmelsrichtungen hinausposaunten, damit jedermann sie hören konnte. Vielleicht hatte die Einsamkeit ja auch den Magier in den Wahnsinn getrieben.

Plötzlich ließ sie ein etwas lauteres Geräusch neben ihr auffahren, und ihr Herz schlug heftig. Der Ort, an dem sie sich befand, war wohl doch nicht so einsam. Eine Welle von Angst stieg in ihrem Bauch auf und verteilte sich im ganzen Körper.

›Ich muss mich zusammennehmen‹, dachte sie, doch es war unmöglich. Vor ihrem inneren Auge tauchten Schlangen, Skorpione und die Gespenster ihrer Kindheit auf. Brida konnte sich vor lauter Angst kaum noch beherrschen. Ein anderes Bild baute sich auf: das eines mächtigen Zauberers, der einen Pakt mit dem Teufel geschlossen hatte und jetzt ihr Leben als Opfer darbrachte.

»Wo sind Sie?«, rief sie schließlich. Jetzt wollte sie niemanden mehr beeindrucken. Sie wollte nur noch weg.

Niemand antwortete.

»Ich will hier weg! So helfen Sie mir doch!«

Aber da war nur der Wald mit seinen merkwürdigen Geräuschen. Brida war ganz schwindlig vor Angst, sie glaubte, gleich in Ohnmacht zu fallen. Aber das durfte sie nicht. Jetzt, wo sie wusste, dass er weit weg war, durfte sie unmöglich in Ohnmacht fallen. Sie musste sich beherrschen. Als sie dies dachte, wurde ihr bewusst, wie in ihr eine Kraft darum kämpfte, die Beherrschung aufrechtzuerhalten. ›Ich darf nicht weiter rufen‹, dachte sie als Erstes. Ihre Rufe könnten die Aufmerksamkeit anderer Männer, die womöglich in diesem Wald lebten, auf sie lenken, und Männer, die in Wäldern leben, konnten gefährlicher sein als wilde Tiere.

»Ich habe Vertrauen«, sagte sie leise vor sich hin. »Ich vertraue auf Gott, auf meinen Schutzengel, der mich bis hierher geführt hat und der jetzt bei mir ist. Ich weiß nicht, wie er aussieht, aber ich weiß, dass er in der Nähe ist.« ›Er wird über mich wachen und sehen, dass ich meinen Fuß nicht an einem Stein stoße‹, hieß es in einem Psalm, den sie als Kind gelernt und inzwischen schon fast vergessen hatte. Ihre Großmutter, die vor kurzem gestorben war, hatte ihn ihr beigebracht. Sie hätte sie jetzt gern in ihrer Nähe gehabt. Kaum hatte sie dies gedacht, spürte sie eine ihr freundlich gesinnte Präsenz.

Sie begann zu begreifen, dass zwischen Gefahr und Angst ein großer Unterschied bestand.

»Wer unter dem Schirm des Höchsten sitzt …«, begann der Psalm. Brida bemerkte, dass sie sich an alles Wort für Wort erinnerte, genau so, als würde ihre Großmutter ihn in diesem Augenblick für sie vortragen. Brida sagte den Psalm mehrmals nacheinander auf und fühlte sich trotz ihrer Angst ruhiger. Ihr blieb in diesem Augenblick keine andere Wahl. Entweder vertraute sie ihrem Gott und ihrem Schutzengel, oder sie würde verzweifeln.

Sie spürte etwas, das gegenwärtig war, das sie beschützte. ›Ich muss an dieses Gegenwärtige glauben. Erklären kann ich es nicht, aber es ist da. Und es wird die ganze Nacht bei mir bleiben, denn allein finde ich hier nicht mehr heraus.‹

Als Kind war sie nachts häufig voller Angst aufgewacht. Ihr Vater war dann mit ihr ans Fenster getreten und hatte ihr die Stadt gezeigt, in der sie lebten. Er erzählte ihr dann von den Nachtwächtern, dem Milchmann, der bereits die Milch austrug, vom Bäcker, der das tägliche Brot buk. Ihr Vater sagte, sie solle die Ungeheuer verscheuchen, mit denen sie die Nacht bevölkert hatte, und durch die Menschen ersetzen, die in der Dunkelheit wachten. »Die Nacht ist nur ein Teil des Tages«, hatte er sie beruhigt.

Die Nacht war nur ein Teil des Tages. Und ebenso, wie sie sich durch das Licht beschützt fühlte, konnte sie sich durch die Dunkelheit beschützt fühlen. Die Dunkelheit hatte sie dazu gebracht, diese beschützende Gegenwart anzurufen. Sie musste ihr vertrauen. Dieses Vertrauen hieß Glaube. Nie hatte ihr jemand erklären können, was Glauben war. Der Glaube war genau das, was sie jetzt erlebte, ein unerklärliches Eintauchen in eine dunkle Nacht wie diese. Den Glauben gab es nur, weil sie darauf vertraute. So wie auch die Wunder keine Erklärung hatten, sondern für diejenigen geschahen, die an sie glauben.

›Er hat mir etwas von der ersten Lektion gesagt‹, wurde ihr plötzlich klar. Die beschützende Gegenwart war da, weil sie daran glaubte. Brida bemerkte, wie müde sie war und wie sehr sie sich verkrampft hatte. Sie entspannte sich wieder und fühlte mit jedem Augenblick immer mehr, dass sie beschützt wurde.

Sie glaubte. Und der Glaube würde nicht zulassen, dass der Wald sich wieder mit Skorpionen und Schlangen bevölkerte. Der Glaube hielt den Schutzengel wach, der seine Hand über sie hielt.

Brida lehnte sich wieder an den Felsen und schlief ein, ohne es zu merken.

Als sie aufwachte, war es bereits hell, und eine herrliche Sonne tauchte alles um sie herum in die schönsten Farben. Sie fröstelte, ihre Kleidung war verschwitzt, aber ihre Seele frohlockte. Sie hatte eine ganze Nacht allein in einem Wald verbracht.

Obwohl sie wusste, dass es sinnlos war, hielt sie nach dem Magier Ausschau. Er würde durch die Wälder streifen und ›mit Gott eins sein‹ und sich vielleicht fragen, ob das Mädchen von der vorhergehenden Nacht den Mut gehabt hatte, die erste Lektion der Sonnentradition zu lernen.

»Ich habe etwas über die Dunkle Nacht gelernt«, sagte Brida zum Wald, der nun schwieg. »Ich habe gelernt, dass der Weg zum Glauben durch die Dunkle Nacht führt.

Letztlich ist das nicht verwunderlich. Jeder Tag des Menschen ist wie die Dunkle Nacht. Niemand weiß, was in der nächsten Minute geschehen wird. Dennoch schreiten die Menschen voran. Weil sie Vertrauen haben. Weil sie glauben.«

Oder, wer weiß, weil sie das in der nächsten Minute enthaltene Geheimnis nicht bemerkt haben. Aber das war jetzt nebensächlich. Die Hauptsache war für sie zu wissen, dass sie es begriffen hatte.

Dass jeder Augenblick des Lebens ein Akt des Glaubens war. Dass es ihr freistand, jeden Augenblick entweder mit Schlangen und Skorpionen oder mit einer beschützenden Macht zu bevölkern.

Dass es für den Glauben keine Erklärung gab. Er war eine Dunkle Nacht. Und es war an ihr, dies entweder zu akzeptieren oder nicht.

Brida schaute auf die Uhr und sah, dass es schon spät war. Sie musste den Bus erreichen, sie hatte eine dreistündige Reise vor sich und konnte sich währenddessen überlegen, was sie ihrem Verlobten sagen würde; er würde niemals glauben, dass sie eine ganze Nacht allein im Wald verbracht hatte.

»Die Sonnentradition ist sehr schwierig!«, rief sie in den Wald. »Dass ich meine eigene Meisterin sein muss, hatte ich nicht erwartet!«

Sie schaute auf den kleinen Ort hinunter, überlegte sich, wie sie hergekommen war, und machte sich in umgekehrter Richtung auf den Rückweg. Vorher allerdings drehte sie sich noch einmal zum Felsen um.

»Ich möchte noch etwas sagen«, rief sie mit gelöster, fröhlicher Stimme. »Sie sind ein sehr interessanter Mann.«

An den Stamm eines alten Baumes gelehnt, sah der Magier die junge Frau im Wald verschwinden. Er hatte ihre angstvollen Rufe in der Nacht gehört. Es hatte Augenblicke gegeben, in denen er kurz davor war, zu ihr zu gehen, sie zu umarmen, sie vor ihren Ängsten zu schützen, ihr zu sagen, dass sie diese Art von Herausforderung nicht brauchte. Jetzt war er froh, es nicht getan zu haben, und stolz auf diese junge Frau, die trotz ihrer jugendlichen Verwirrung sein Anderer Teil war.

Im Zentrum von Dublin gibt es eine Buchhandlung, die auf okkulte Traktate für Eingeweihte spezialisiert ist. Sie machte nie Werbung in Zeitungen oder Zeitschriften – die neuen Kunden kamen auf Empfehlung alter Kunden, und dem Buchhändler war diese Mund-zu-Mund-Propaganda sehr recht, denn auf diese Weise gelangte er an das ausgewählte Fachpublikum, das er wollte. Sein Laden war immer voll.

Brida hatte schon viel von der Buchhandlung gehört, aber erst über ihren Lehrer im Kurs für Astralreisen, an dem sie gerade teilnahm, die Adresse erfahren. Kurz darauf ging sie an einem Nachmittag nach der Arbeit hin und war begeistert.

Von da an besuchte sie die Buchhandlung, sooft sie konnte, allerdings konnte sie sich keine Bücher leisten. Sie blätterte sie einzeln durch, schaute sich in einigen die Zeichnungen und Symbole genauer an und spürte dabei die Schwingungen all dieses angehäuften Wissens. Seit dem Erlebnis mit dem Magier war sie vorsichtiger geworden. Manchmal kritisierte sie sich selber dafür, weil sie sich entschieden hatte, sich nur noch mit Dingen zu beschäftigen, die sie verstehen konnte. Sie ahnte, dass sie dabei war, etwas sehr Wichtiges in ihrem Leben zu verlieren. Doch ihr fehlte der Mut, sich zu verändern. Sie musste den Weg immer vor sich sehen. Sie kannte jetzt die Dunkle Nacht und wusste, dass sie sie nicht wieder durchqueren wollte.

Und obwohl sie manchmal mit sich unzufrieden war, schaffte sie es doch nicht, ihre eigenen Grenzen zu überschreiten.

Bücher waren ein sichereres Terrain. Die Regale enthielten Neuauflagen von vor Hunderten von Jahren geschriebenen Traktaten – nur wenige Menschen riskierten es, etwas Neues auf diesem Gebiet zu sagen. Und die geheime Weisheit schien auf diesen Seiten zu schimmern, fern und unbeteiligt, und Brida lächelte über die fruchtlosen Bemühungen von Generationen von Menschen, die Weisheit zu enthüllen.

Neben den Büchern gab es noch einen Grund, weshalb Brida immer in diese Buchhandlung ging: Sie wollte die Stammkunden beobachten. Manchmal tat sie so, als würde sie in den ehrwürdigen alchimistischen Traktaten blättern, aber ihr Blick war auf die Leute konzentriert – Männer und Frauen, die zumeist älter waren als sie und wussten, was sie wollten, und immer zielbewusst zum richtigen Regal gingen. Sie versuchte sich die Leute privat vorzustellen. Manchmal wirkten sie so weise, imstande, in normalen Sterblichen unbekannte Kräfte und Mächte zu wecken. Andere wirkten verzweifelt, als hätten sie die Antworten, ohne die ihr Leben keinen Sinn hatte, längst vergessen.

Brida bemerkte auch, dass die Stammkunden sich immer mit dem Buchhändler unterhielten. Sie redeten über seltsame Dinge wie Mondphasen, die Eigenschaften von Steinen und die korrekte Aussprache von rituellen Worten.

Eines Nachmittags fasste sich Brida ein Herz und tat es auch. Sie dachte, sie müsse ihr Glück einmal versuchen.

»Ich weiß, dass es Geheimgesellschaften gibt«, sagte sie. Sie hielt das für einen guten Einstieg in ein Gespräch. Sie »wusste« etwas.

Doch der Buchhändler blickte nur von den Rechnungen auf, die er gerade schrieb, und schaute das junge Mädchen verblüfft an.

»Ich war beim Magier von Folk«, meinte Brida, etwas aus der Fassung gebracht, und wusste nicht recht, was sie nun sagen sollte. »Er hat mir das mit der Dunklen Nacht erklärt. Er hat mir gesagt, dass es auf dem Weg zum Wissen wichtig ist, keine Angst zu haben, sich zu irren.«

Sie bemerkte, dass der Buchhändler ihr nicht mehr zuhörte. Wenn der Magier ihr etwas beigebracht hatte, dann doch, weil sie jemand ganz Besonderes sein musste.

»Wenn Sie wissen, dass der Weg die Dunkle Nacht ist, warum brauchen Sie dann Bücher?«, sagte er schließlich, und Brida wurde klar, dass die Erwähnung des Magiers keine gute Idee gewesen war.

»Weil ich nicht so lernen will«, verbesserte sie sich.

Der Buchhändler schaute die junge Frau, die vor ihm stand, unverwandt an. Sie hatte eine besondere Gabe. Aber es war eigenartig, dass der Magier von Folk ihr deswegen so viel Beachtung geschenkt hatte. Da musste noch etwas anderes sein. Sie konnte auch gelogen haben, allerdings wusste sie etwas über die Dunkle Nacht.

»Ich habe Sie hier schon häufiger gesehen«, sagte er. »Sie kommen herein, blättern in den Büchern, aber kaufen nie welche!«

»Für mich sind sie zu teuer«, gab Brida zurück, die das

Gefühl hatte, er wolle das Gespräch fortsetzen. »Aber ich habe schon andere Bücher gelesen, und ich habe schon verschiedene Kurse besucht.«

Sie sagte ihm die Namen der Lehrer. Vielleicht würde ihn das beeindrucken.

Wieder ging ihre Rechnung nicht auf. Der Buchhändler unterbrach sie und wandte sich einem Kunden zu, der wissen wollte, ob der Almanach mit den Planetenkonstellationen für die nächsten hundert Jahre schon gekommen war.

Der Buchhändler durchsuchte mehrere Pakete mit Büchern unter dem Ladentisch. Brida fiel auf, dass die Pakete Briefmarken aus allen Teilen der Welt trugen.

Sie wurde immer nervöser. Ihr anfänglicher Mut war ihr ganz vergangen. Aber sie musste abwarten, bis der Kunde das Buch angesehen, gezahlt, das Wechselgeld entgegengenommen hatte und gegangen war. Dann erst wandte sich der Buchhändler wieder ihr zu.

»Ich weiß nicht, wie ich weitermachen soll«, sagte Brida. Ihr traten Tränen in die Augen.

»Was können Sie gut?«, fragte der Buchhändler.

»Hinter dem her sein, was ich glaube.« Eine andere Antwort gab es nicht. Sie rannte ihr ganzes Leben hinter dem her, was sie glaubte.

Der Buchhändler schrieb einen Namen auf den Zettel, auf dem er vorher gerechnet hatte. Er riss den unteren Teil ab und behielt den oberen Teil in der Hand.

»Ich habe Ihnen eine Adresse aufgeschrieben«, sagte er. »Früher einmal haben die Menschen magische Erfahrungen für etwas ganz Natürliches gehalten. Damals gab es noch nicht einmal Priester. Und niemand rannte hinter okkulten Geheimnissen her.«

Brida wusste nicht, ob er sich auf den Magier oder sich selber bezog.

»Wissen Sie, was Magie ist?«

»Sie ist eine Brücke. Zwischen der sichtbaren und der unsichtbaren Welt.«

Der Buchhändler reichte ihr den Zettel. Darauf stand eine Telefonnummer und ein Name: Wicca.

Brida nahm eilig den Zettel, dankte und ging hinaus. An der Tür wandte sie sich noch einmal um.

»Und ich weiß auch, dass die Magie viele Sprachen spricht. Auch die der Buchhändler, die so tun, als seien sie schwierig, die aber großzügig und gar nicht so abweisend sind.«

Sie warf ihm eine Kusshand zu, trat zur Tür hinaus und verschwand. Der Buchhändler unterbrach seine Berechungen und schaute sich um. ›Der Magier von Folk hat ihr das beigebracht‹, dachte er. Eine besondere Gabe, mochte sie auch noch so gut sein, reichte nicht, um das Interesse des Magiers zu wecken. Da musste es noch einen anderen Grund geben. Wicca würde herausbekommen, welcher es war.

Es wurde Zeit, den Laden zu schließen. Der Buchhändler bemerkte, dass die Kundschaft in seinem Laden sich über die Jahre verändert hatte, jünger geworden war. Neue Zeiten schienen endlich anzubrechen.

Das alte Gebäude, in dem Wicca lebte, lag im Stadtzentrum, das bei Touristen beliebt ist, die die Romantik vergangener Jahrhunderte suchen. Brida musste eine Woche warten, bis Wicca endlich bereit war, sie zu empfangen. Jetzt stand sie vor einem grauen Haus und versuchte, ihre Nervosität zu bändigen. Das Gebäude wirkte geheimnisvoll, genau, wie sie es sich vorgestellt hatte. So hatte sie sich vorgestellt, müssten die Kunden der Buchhandlung leben.

Es gab keinen Fahrstuhl. Brida stieg langsam die Treppen hinauf, um nicht völlig außer Atem oben anzukommen. Sie klingelte an der einzigen Tür im dritten Stock.

Drinnen bellte ein Hund. Nach einer Weile öffnete ihr eine schlanke, elegant gekleidete, streng dreinblickende Frau.

»Wir hatten telefoniert«, sagte Brida.

Wicca bedeutete ihr einzutreten, und Brida fand sich in einem vollkommen weißen Zimmer wieder, in dem überall moderne Kunst aufgehängt oder aufgestellt war. Weiße Vorhänge filterten das Sonnenlicht. Der große Raum war in verschiedene Bereiche aufgeteilt. Harmonisch waren Sofas, ein Esstisch und ein mit Büchern überquellendes Regal angeordnet. Alles war äußerst geschmackvoll, und Brida fühlte sich unwillkürlich an gewisse Architekturzeitschriften erinnert, die sie manchmal am Kiosk durchblätterte.

›Das sieht alles ziemlich teuer aus‹, dachte sie.

Wicca führte sie zu einer Polstergruppe, zu der auch zwei italienische Designersessel aus Stahl und Leder gehörten. Zwischen den Sesseln stand ein niedriger Glastisch, ebenfalls mit Stahlfüßen.

»Du bist sehr jung«, brach Wicca schließlich das Schweigen.

Brida wartete darauf, dass Wicca weiterredete, während sie sich fragte, wie ausgerechnet eine so moderne Inneneinrichtung in ein so altes Gebäude gekommen war; sie hatte sich die Wohnung viel altmodischer vorgestellt.

»Er hat mich angerufen«, sagte Wicca.

Vermutlich ist mit ›er‹ der Buchhändler gemeint, dachte Brida und sagte: »Ich bin auf der Suche nach einem Meister. Ich möchte den Weg der Magie einschlagen.«

Wicca sah das junge Mädchen an. Sie besaß tatsächlich eine besondere Gabe. Aber sie musste herausbekommen, warum der Magier von Folk sich so für sie interessierte, an Bridas Gabe allein konnte es nicht liegen. Wäre der Magier von Folk ein Anfänger gewesen, hätte es sein können, dass er sich von der Deutlichkeit, mit der sich die Gabe bei der jungen Frau manifestierte, hätte beeindrucken lassen. Aber der Magier war zu erfahren, um sich von so etwas blenden zu lassen. Er wusste, dass jeder Mensch eine besondere Gabe hatte.

Wicca erhob sich, ging zum Regal und holte ihre Lieblingstarotkarten.

»Kannst du Karten legen?«

Brida nickte. Sie hatte ein paar Kurse gemacht und das Tarotdeck mit seinen achtundsiebzig Karten in der Hand der Frau erkannt. Sie hatte verschiedene Arten des Kartenlegens gelernt und freute sich, zeigen zu können, was sie konnte.

Doch die Frau behielt die Tarotkarten, mischte sie, breitete sie verdeckt auf dem kleinen Glastisch aus. Sie schaute die Karten, die ungeordnet dalagen und nicht so, wie Brida es gelernt hatte, eine Weile an, sagte dann ein paar Worte in einer fremden Sprache und drehte nur eine einzige Karte um.

Es war die Nummer 23. Der König der Stäbe.

»Guter Schutz!«, sagte sie. »Der Schutz eines mächtigen, starken Mannes mit schwarzem Haar.«

Bridas Verlobter war weder mächtig noch stark. Und der Magier hatte graues Haar.

»Denk nicht an sein Aussehen!«, sagte Wicca, als hätte sie Bridas Gedanken erraten. »Denk an den Anderen Teil.«

»Was ist der ›Andere Teil‹?«, fragte Brida beeindruckt. Aus unerfindlichen Gründen flößte die Frau ihr Respekt ein, eine ganz andere Art von Respekt als der Magier oder der Buchhändler.

Wicca gab keine Antwort. Erneut mischte sie die Karten, und wieder verteilte sie sie vollkommen ungeordnet auf dem Tisch, nur dass sie sie diesmal aufgedeckt hinlegte. Die Karte, die in diesem Durcheinander genau in der Mitte lag, war die Nummer 11. Die Kraft. Eine Frau, die einem Löwen das Maul aufreißt.

Wicca nahm die Karte auf und bat Brida, sie zu halten. Brida hielt sie, ohne recht zu wissen, was sie jetzt tun sollte.

»Deine starke Seite war in anderen Inkarnationen immer eine Frau«, sagte Wicca.

»Was ist der Andere Teil?«, fragte Brida erneut. Damit forderte sie diese Frau zum ersten Mal heraus, wenn auch sehr schüchtern.

Wicca schwieg einen Augenblick. Sie hatte einen unbestimmten Verdacht: Könnte es sein, dass der Magier der jungen Frau bereits etwas über den ›Anderen Teil‹ beigebracht hatte? ›Unsinn‹, sagte sie sich und schob den Gedanken beiseite. »Der Andere Teil ist das Erste, was diejenigen lernen, die der Mondtradition folgen wollen«, antwortete sie. »Nur wer versteht, was der Andere Teil ist, versteht, wie das Wissen über die Zeit hinweg weitergegeben werden konnte.«

Brida wartete gespannt, dass sie weiterreden würde.

»Wir sind ewig, denn wir sind Manifestationen Gottes«, sagte Wicca. »Daher gehen wir durch viele Leben und viele Tode, von einem Punkt, den niemand kennt, hin zu einem anderen Punkt, den wir ebenso wenig kennen. Du gewöhnst dich besser daran, dass viele Dinge innerhalb der Magie nie erklärt werden. Gott hat entschieden, bestimmte Dinge auf eine bestimmte Weise zu tun, und nur er allein weiß, warum.«

›Die Dunkle Nacht des Glaubens‹, dachte Brida. Die gab es also auch in der Mondtradition.

»Tatsache ist, dass es geschieht«, fuhr Wicca fort. »Und wenn die Menschen an Reinkarnation denken, stoßen sie immer auf eine schwierige Frage: Wenn es am Anfang nur so wenige Menschen auf der Welt gab und heute so viele, woher kommen dann all diese Seelen?«

Brida hielt den Atem an. Sie hatte sich das auch schon häufig gefragt.

»Die Antwort ist ganz einfach«, sagte Wicca und genoss es sichtlich, dass die junge Frau ihr so gebannt zuhörte. »Bei bestimmten Reinkarnationen teilen wir uns. So wie die Kristalle und die Sterne, so wie die Zellen und die Pflanzen, teilt sich auch unsere Seele. Sie verwandelt sich in zwei Teile, und diese zwei Teile sind zwei neue Seelen, die sich ihrerseits teilen, und so sind wir nach ein paar Generationen über einen großen Teil der Erde verteilt.«

»Besitzt denn nur ein Teil ein Bewusstsein davon, wer er beziehungsweise es ist?«, fragte Brida. Sie hatte viele Fragen, wollte aber zunächst nur eine einzige Frage stellen. Diese schien ihr die wichtigste zu sein.

»Wir gehören zu dem, was die Alchimisten *Anima Mundi* oder *Alma Mundi*, die Weltenseele, nennen«, sagte Wicca, ohne Bridas Frage direkt zu beantworten. »Tatsächlich würde die Weltenseele, wenn sie sich nur teilte, zwar immer größer, aber auch immer schwächer werden. Daher teilen wir uns, aber wir finden uns auch wieder. Und dieses Wiederfinden heißt Liebe. Denn wenn sich die Seele teilt, teilt sie sich immer in einen männlichen und einen weiblichen Teil.

So steht es im Ersten Buch Mose: Adams Seele teilte sich, und Eva entstand in ihm.«

Wicca hielt unvermittelt inne und blickte auf die auf dem Tisch ausgebreiteten Karten.

»Es sind viele Karten«, fuhr sie fort. »Aber sie gehören alle zum selben Deck. Um ihre Botschaft zu verstehen, brauchen wir alle Karten, alle sind gleich wichtig. So verhält es sich auch mit den Seelen. Die Menschen sind alle miteinander verbunden wie die Karten eines Decks.

In jedem Leben haben wir die Verpflichtung, zumindest einen dieser Anderen Teile wiederzufinden. Die Höhere Liebe, die sie getrennt hat, freut sich über die Liebe, die sie wiedervereint.«

»Aber wie finde ich meinen Anderen Teil, den Mann meines Lebens?« Brida hielt diese Frage für eine der wichtigsten, die sie je in ihrem Leben gestellt hatte.

Wicca lachte. Sie hatte sich das auch schon gefragt, genauso bang wie die junge Frau, die vor ihr saß. Man konnte seinen Anderen Teil am Leuchten im Blick erkennen – so hatten seit jeher die Menschen ihre wahre Liebe erkannt. Die Mondtradition kannte ein anderes Verfahren: Ein bestimmter Blick zeigte einen leuchtenden Punkt über der linken Schulter des Anderen Teils. Doch das würde sie Brida jetzt noch nicht erzählen. Vielleicht würde diese lernen, ihn zu sehen, vielleicht auch nicht. Doch das würde sie ja schon bald erfahren.

»Indem du etwas aufs Spiel setzt«, sagte Wicca knapp. »Indem du etwas riskierst, indem du lernst zu scheitern, indem du Enttäuschungen in Kauf nimmst, die Suche nach der Liebe aber nie aufgibst. Nur wer die Suche nicht aufgibt, kann gewinnen.«

Brida dachte daran, dass der Magier etwas Ähnliches gesagt hatte, als er sich auf den Weg der Magie bezog. ›Vielleicht ist es ja ein und dasselbe‹, dachte sie.

Wicca begann die Karten auf dem Tisch einzusammeln, und Brida merkte, dass ihre Besuchszeit bei Wicca fast zu Ende war. Dennoch hatte sie noch eine Frage, die sie unbedingt stellen wollte.

»Findet man im Leben mehr als einen Anderen Teil?«

›Ja‹, dachte Wicca und verspürte eine gewisse Bitterkeit. ›Und wenn das passiert, wird das Herz geteilt, und das Ergebnis ist Schmerz und Leid. Ja, wir können drei oder vier Andere Teile finden, denn wir sind viele und sind überall verteilt.‹ Das junge Mädchen stellte die richtigen Fragen, sie musste diesen Fragen jedoch ausweichen.

»Das Wesen der Schöpfung ist ein Einziges«, sagte sie. »und dieses Wesen heißt Liebe. Die Liebe ist die Kraft, die uns wieder vereint, damit die auf viele Leben, auf viele Orte in der Welt verteilte Erfahrung zusammengeführt wird.

Wir sind für die gesamte Erde verantwortlich, denn wir wissen nicht, wo die Anderen Teile sind, die wir von Anbeginn der Zeiten waren. Geht es ihnen gut, sind wir glücklich. Geht es ihnen schlecht, erleiden wir, wenn auch unbewusst, einen Teil ihres Schmerzes. Doch wir sind vor allem dafür verantwortlich, mindestens in jeder Inkarnation den Anderen Teil, der ganz gewiss unseren Weg kreuzen wird, mit uns zu vereinen. Selbst wenn es nur für wenige Augenblicke ist: Denn diese Augenblicke bringen eine so intensive Liebe mit sich, dass sie den Rest unserer Tage rechtfertigen.«

In einem Nebenzimmer bellte ein Hund. Wicca hatte die Karten vom Tisch genommen und sah Brida an.

»Es kann auch passieren, dass wir unseren Anderen Teil ziehen lassen, ihn nicht annehmen oder ihn womöglich nicht einmal wahrnehmen. Dann brauchen wir eine weitere Inkarnation, um ihm wieder zu begegnen.

Und wegen unserer Blindheit, die häufig in Egoismus begründet ist, müssen wir unter einer der schlimmsten Qualen leiden: unter der Einsamkeit.«

Wicca erhob sich und brachte Brida zur Tür.

»Du bist nicht hierhergekommen, um etwas über den Anderen Teil zu erfahren«, sagte sie, bevor sie sich verabschiedete. »Du hast eine besondere Gabe, und sobald ich weiß, worin diese Gabe besteht, kann ich dich vielleicht die Mondtradition lehren.«

Brida fühlte sich privilegiert. Schon allein darum, weil ihr diese Frau so viel Respekt einflößte, wie sie ihn nur für wenige Menschen empfand. »Ich werde alles Menschenmögliche tun. Ich möchte die Mondtradition lernen.« ›Denn die Mondtradition braucht keinen Dunklen Wald‹, dachte sie.

»Hör gut zu, meine Liebe!«, sagte Wicca streng. »Von heute an setzt du dich immer zur gleichen Stunde, die du selbst bestimmst, allein an einen Tisch und breitest die Tarotkarten aus. Tu dies aufs Geratewohl, und versuche nicht, etwas zu verstehen. Betrachte nur die Karten. Sie werden dich, wenn die Zeit gekommen ist, alles lehren, was du im Augenblick brauchst.«

›Es hört sich an wie die Sonnentradition. Ich soll mir wieder selber etwas beibringen‹, dachte Brida, während sie die Treppe hinunterstieg. Erst als sie im Bus saß, erinnerte sie sich wieder, dass Wicca von einer besonderen Gabe gesprochen hatte. Aber darüber würden sie das nächste Mal reden.

Eine Woche lang breitete Brida täglich zur selben Stunde Tarotkarten bei sich auf dem Tisch aus. Jeden Abend um zehn ging sie zu Bett und stellte den Wecker auf ein Uhr nachts. Drei Stunden später stand sie auf, brühte sich schnell einen Kaffee auf, breitete die Karten vor sich aus und versuchte, deren geheime Sprache zu verstehen.

In der ersten Nacht war sie ganz aufgeregt. Sie war überzeugt davon, dass Wicca ihr eine Art geheimes Ritual anvertraut hatte, und versuchte, die Karten genauso anzuordnen, wie Wicca es getan hatte. Sie war sicher, dass die geheimen Botschaften sich am Ende enthüllen würden. Nach einer halben Stunde war außer ein paar Visionen, die sie für die Früchte ihrer Phantasie hielt, nichts Besonderes passiert.

In der folgenden Nacht wiederholte Brida das Ritual. Wicca hatte ihr gesagt, dass die Karten ihre eigene Geschichte erzählen würden, und bestimmt handelte es sich um eine sehr alte Geschichte – dreitausend Jahre alt, hatten sie im Kurs gesagt, den sie besucht hatte – aus einer Zeit, als die Menschen dem Urwissen noch näher gewesen waren.

›Die Zeichnungen wirken so einfach‹, dachte sie. ›Eine Frau, die einem Löwen das Maul aufreißt, ein Wagen, der von zwei geheimnisvollen Tieren gezogen wird, ein Mann vor einem Tisch voller Gegenstände.‹ Sie lernte, dass diese Karten wie ein Buch waren – ein Buch, in das die Göttliche Weisheit die wichtigsten Veränderungen des Menschen auf seiner Lebensreise geschrieben hatte. Doch dessen Autor wusste, dass die Menschen sich leichter an das Laster als an die Tugend erinnerten, und hatte dafür gesorgt, dass das heilige Buch von Generation zu Generation als Spiel weitergegeben wurde. Das Kartenspiel war eine Erfindung der Götter.

›So einfach kann es aber doch nicht sein‹, dachte Brida, während sie die Karten auf dem Tisch ausbreitete. Sie kannte komplizierte Verfahren, ausgeklügelte Systeme, und diese ungeordneten Karten begannen auch ihren Verstand durcheinanderzubringen. In der sechsten Nacht fegte sie alle Karten plötzlich ärgerlich vom Tisch. Einen Augenblick lang glaubte sie, diese Geste sei irgendwie magisch inspiriert, doch das Ergebnis war gleich null. Da waren nur ein paar undefinierbare Gefühle, die sie sich aber unter Umständen auch nur einbildete.

Gleichzeitig ging ihr die Vorstellung von dem Anderen Teil keine Minute lang aus dem Sinn. Ihr fielen die Prinzen in den Märchen ein, die nicht ruhten noch rasteten, wenn es galt, die Besitzerin eines Glaspantöffelchens zu finden oder mit einem Kuss eine schlafende Frau zu wecken. ›Märchen erzählen immer vom Anderen Teil‹, sagte sie sich scherzhaft. In den Märchen war sie zum ersten Mal dem Universum der Magie begegnet, in das sie jetzt unbedingt wieder eintreten wollte, und sie fragte sich mehr als einmal, warum die Menschen sich am Ende immer von dieser Welt abwandten, obwohl sie wussten, wie viel Freude sie ihnen als Kind gebracht hatte.

›Kann es sein, dass die Freude sie nicht glücklich macht?‹

Brida fand den Satz ziemlich unsinnig, schrieb ihn aber in ihr Tagebuch, als sei er etwas Originelles. Nachdem ihr eine Woche lang der Gedanke an den Anderen Teil nicht aus dem Kopf gegangen war, fragte sie sich plötzlich erschrocken, ob sie möglicherweise den falschen Mann gewählt hatte. Als sie die achte Nacht hintereinander aufgestanden war, um die Tarotkarten zu betrachten, und sich immer noch nichts tat, beschloss sie, ihren Verlobten am nächsten Abend zum Essen einzuladen.

Sie hatte ein nicht zu teures Restaurant gewählt, da er immer darauf bestand, die Rechnung für beide zu bezahlen, obwohl er als Assistenzprofessor für Physik an der Universität viel weniger verdiente als Brida als Sekretärin. Es war immer noch sommerlich warm, und sie setzten sich an einen Tisch draußen am Fluss.

»Ich wüsste zu gern, wann die Geister mich wieder mit dir schlafen lassen«, scherzte Lorens.

Brida schaute ihn zärtlich an. Sie hatte ihn gebeten, sie vierzehn Tage lang nicht zu sehen, und er hatte das akzeptiert und sich gerade so viel beklagt, dass sie begriff, wie sehr er sie liebte. Auch er versuchte, allerdings auf seine Art, die Geheimnisse des Universums zu ergründen. Wenn er *sie* eines Tages bitten würde, ihn vierzehn Tage allein zu lassen, würde sie dies auch akzeptieren müssen.

Sie aßen ohne Eile, schauten auf die Schiffe auf dem Fluss und auf die vielen Passanten, die auf dem Bürgersteig flanierten. Die Flasche Weißwein auf dem Tisch leerte sich und wurde durch eine neue ersetzt. Eine halbe Stunde später standen ihre Stühle nebeneinander, und sie blickten Arm in Arm in den gestirnten Sommerhimmel.

»Schau dir diesen Himmel an!«, sagte Lorens, während er ihr Haar streichelte. »Der Himmel, den wir anschauen, ist der von vor Tausenden von Jahren.«

Er hatte das an dem Tag gesagt, an dem sie einander zum ersten Mal begegnet waren. Aber Brida wollte ihn nicht unterbrechen – dies war seine Art, seine Welt mit ihr zu teilen.

»Viele der Sterne sind längst erloschen, und dennoch durchmisst ihr Licht noch das Universum. Andere Sterne sind inzwischen in weiter Ferne entstanden, aber ihr Licht hat uns noch nicht erreicht.«

»Dann kennt also niemand den wirklichen Himmel?« Das hatte sie ihn schon in ihrer ersten Nacht gefragt. Aber es war schön, so wunderbare Augenblicke wieder heraufzubeschwören.

»Wir wissen es nicht. Wir untersuchen, was wir sehen, und sehen nicht immer, was existiert.«

»Ich möchte dich etwas fragen. Aus welcher Materie bestehen wir? Woher sind diese Atome gekommen, die unseren Körper bilden?«

Lorens antwortete, indem er in den uralten Himmel blickte.

»Die Materie der Sterne dort oben und des Flusses hier unten wurde in der ersten Sekunde des Universums geschaffen.«

»Dann wurde nach diesem ersten Augenblick der Schöpfung nichts mehr hinzugefügt?«

»Nichts mehr. Alles hat sich bewegt und bewegt sich weiter. Alles verändert sich und wird sich weiter verändern. Doch die gesamte Materie des Universums ist dieselbe wie vor Milliarden von Jahren. Es ist kein einziges Atom dazugekommen.«

Brida schaute auf den vorbeiströmenden Fluss und auf die Sterne am Himmel. Dem Vorbeifließen des Flusses konnte man einfach zuschauen. Doch die Bewegung der

Sterne zu erkennen war schwieriger. Dennoch bewegten sich beide.

»Lorens«, sagte sie nach einer Weile, in der sie schweigend einem Schiff nachgesehen hatte. »Ich möchte dir eine Frage stellen, vielleicht kommt sie dir unsinnig vor: Ist es physikalisch möglich, dass die Atome, die meinen Körper bilden, zuvor in einem Körper gewesen sind, der vor mir gelebt hat?«

Lorens schaute sie verblüfft an.

»Was genau möchtest du wissen?«

»Nur was ich dich gefragt habe. Ist das möglich?«

»Sie können in den Pflanzen, in den Insekten sein, sie können zu Heliumatomen geworden sein und sich Millionen von Kilometern von der Erde entfernt befinden.«

»Ist es aber möglich, dass die Atome des Körpers von jemandem, der gestorben ist, in meinem und im Körper eines anderen Menschen sind?«

Lorens schwieg lange.

»Ja, das ist möglich«, antwortete er schließlich.

In der Ferne begann eine Musik zu spielen. Sie kam von einem Schiff, das den Fluss herunterkam, und Brida konnte aus der Entfernung sogar die Umrisse des Kapitäns in einem der erleuchteten Fenster erkennen. Die Musik erinnerte sie an ihre Jugend, erinnerte sie an die Schulfeste, an den Duft ihres Zimmers zu Hause bei ihren Eltern, die Farbe der Schleife, die sie in ihrem Pferdeschwanz getragen hatte. Brida fiel plötzlich auf, dass Lorens über das, was sie ihn gefragt hatte, vermutlich noch nie nachgedacht hatte und sich jetzt möglicherweise seinerseits fragte, ob in seinem Körper die Atome von Wikingern, von Vulkanausbrüchen, von prähistorischen Tieren enthalten waren, deren Verschwinden nie ganz geklärt wurde.

Ihre Gedanken gingen jedoch noch in eine andere Richtung. Sie fragte sich, ob der Mann, den sie so zärtlich umarmte, irgendwann einmal ein Teil von ihr selber gewesen war.

Das Flussschiff kam näher, und die Musik des Bordorchesters drang zu Brida und Lorens herüber. An den Nebentischen verstummten die Gäste ebenfalls, vielleicht, weil auch sie sich an ihre Jugend erinnert fühlten, in der sie Schulfeste gefeiert und von Kriegern und Feen geträumt hatten.

»Ich liebe dich, Lorens!«

Und Brida wünschte sich nichts mehr, als dass der junge Mann, der so viel über das Licht der Sterne wusste, ein klein wenig von dem hatte, was sie einmal gewesen war.

Ich werde es nie schaffen.«

Brida setzte sich im Bett auf und tastete nach dem Päckchen Zigaretten auf dem Nachttisch. Entgegen ihrer Gewohnheit hatte sie Lust, vor dem Frühstück eine zu rauchen.

Zwei Tage waren es noch bis zu ihrem nächsten Treffen mit Wicca. Brida hatte das Gefühl, in den vergangenen zwei Wochen ihr Bestes gegeben zu haben. Sie hatte all ihre Hoffnungen in das Ritual gelegt, das diese schöne, geheimnisvolle Frau ihr beigebracht hatte, und kämpfte die ganze Zeit darum, sie nicht zu enttäuschen. Aber das Kartenspiel weigerte sich, sein Geheimnis preiszugeben.

Wenn sie in den vergangenen drei Nächten ihre Übung beendet hatte, hätte sie immer am liebsten weinen mögen. Sie fühlte sich schutzlos, allein und glaubte, die große Chance rinne ihr wie Sand durch die Finger. Sie glaubte sich wieder einmal vom Leben schlechter behandelt als andere Menschen: Es gab ihr zwar stets alle Voraussetzungen, um etwas zu erreichen, aber wenn sie kurz vor ihrem Ziel stand, tat sich der Boden auf, und sie fiel in ein Loch. So war es mit ihrer Ausbildung gewesen, mit einigen Liebhabern, mit bestimmten Träumen, die sie nie mit anderen geteilt hatte. Und so war es nun auch wieder mit dem Weg, den sie einschlagen wollte.

Brida dachte an den Magier. Vielleicht könnte er ihr helfen. Aber sie hatte sich selber das Versprechen gegeben, ihn erst wieder aufzusuchen, wenn sie genug von Magie verstand, um sich ihm zu stellen.

Auf einmal kam es ihr so vor, als wäre ihr Vorhaben undurchführbar.

Lange blieb sie noch im Bett liegen, bevor sie sich dazu aufraffte, aufzustehen und zu frühstücken. Schließlich gab sie sich doch einen Ruck und beschloss, die »Dunkle Nacht des Alltags« zu durchleben, wie sie es seit ihrem Erlebnis im Wald nannte.

Sie ging zum Bücherbord und suchte zwischen den Büchern das Papier, das ihr der Buchhändler gegeben hatte. Es gab andere Wege, tröstete sie sich. Wenn es ihr gelungen war, zum Magier zu kommen, wenn es ihr gelungen war, zu Wicca zu kommen, würde sie es auch schaffen, zu dem Menschen zu gelangen, der sie so unterwies, dass sie es auch verstand.

Aber sie wusste, dass dies nur eine Ausrede war.

›Ich habe mein Leben lang immer alles, was ich angefangen habe, wieder aufgegeben‹, dachte sie etwas bitter. Vielleicht würde das Leben dies bald bemerken und ihr nicht mehr die Gelegenheiten wie bisher bieten.

Oder vielleicht würde sie, wenn sie jedes Mal so früh aufgab, bald alle Wege aufgebraucht haben, ohne je einen Schritt darauf getan zu haben.

Aber so war sie nun einmal, und sie fühlte sich immer schwächer, jedes Mal unfähiger, sich zu ändern. Vor ein paar Jahren noch hatte sie über ihre Haltung geklagt, war noch zu ein paar heroischen Gesten fähig gewesen. Doch jetzt richtete sie sich mit ihren Unzulänglichkeiten ein. Sie kannte andere Menschen, die genauso waren – sie gewöhnten sich an ihre Fehler, die sie bald mit Tugenden verwechselten. Dann war es zu spät, das eigene Leben zu verändern.

Brida überlegte, ob sie Wicca einfach nicht mehr anrufen, ob sie einfach verschwinden sollte. Aber dann hätte sie auch nicht mehr den Mut gehabt, noch einmal in die Buchhandlung zu gehen. Und wenn doch, dann würde der Buchhändler beim nächsten Mal bestimmt nicht mehr so freundlich sein. ›Es wäre nicht das erste Mal, dass ich anderen, die mir etwas bedeuten, aus dem Weg gehe, weil ich sie einmal verletzt habe.‹ Aber so konnte es ja nicht ewig weitergehen. Sie befand sich auf einem Weg, auf dem es schwierig war, Kontakte zu den Menschen zu knüpfen, auf die es wirklich ankam.

Brida fasste sich ein Herz und wählte die Nummer auf dem Zettel. Wicca meldete sich.

»Ich kann morgen nicht kommen«, sagte Brida.

»Weder du noch der Klempner« war Wiccas Antwort. Brida verstand nicht sofort, was das heißen sollte.

Aber Wicca fing gleich an, sich darüber zu beklagen, dass in ihrer Küche die Spüle kaputt sei und sie schon mehrfach einen Klempner angerufen habe, der sie reparieren sollte, aber nie kam. Es folgte eine lange Geschichte über alte Häuser, die eindrucksvoll aussahen, aber voller unlösbarer Probleme steckten.

»Hast du deine Tarotkarten zur Hand?«, fragte Wicca unvermittelt.

Brida bejahte überrascht. Wicca bat sie, die Karten auf

dem Tisch zu verteilen. Sie werde ihr eine Spielmethode beibringen, die ihr helfen könne herauszufinden, ob der Klempner am nächsten Morgen kommen würde oder nicht.

Brida, die daraufhin noch verblüffter war, breitete die Karten aus und schaute gedankenverloren auf den Tisch, während sie auf Anweisungen von der anderen Seite der Leitung wartete. Sie traute sich gar nicht mehr zu sagen, weshalb sie angerufen hatte.

Wicca redete immer weiter, und Brida hörte geduldig zu. Vielleicht würden sie beide ja Freundinnen werden. Und wer weiß, vielleicht wäre Wicca dann bereit, ihr einfachere Methoden zu zeigen, um die Mondtradition zu lernen.

Wicca kam aber von einem Thema aufs andere, und nachdem sie sich noch einmal ausführlich über die Klempner beschwert hatte, erzählte sie, wie sie sich mit der Hausverwalterin über das Gehalt des Hausmeisters gestritten hatte. Dann kam sie auf eine Reportage über Renten zu sprechen.

Brida hörte sich alles an und murmelte zustimmend. Inzwischen konnte sie Wiccas Ausführungen nicht mehr recht folgen. Eine ungeheure Mattigkeit überkam sie. Was die ihr fast fremde Frau ihr so früh am Morgen da erzählte, war das Langweiligste, was sie je in ihrem Leben gehört hatte. Sie versuchte sich mit den Karten, die vor ihr auf dem Tisch lagen, zu zerstreuen, schaute sich kleine Einzelheiten an, die ihr bislang entgangen waren.

Hin und wieder fragte Wicca, ob sie ihr noch zuhöre, und Brida murmelte wieder zustimmend. Aber ihre Gedanken waren weit weg, bereisten Orte, an denen sie noch nie gewesen war. Jedes Detail der Karten schien sie tiefer in ihre Reise hineinzuziehen.

Brida war es, als würde sie in einen Traum hineingleiten. Sie konnte Wiccas Worten nicht mehr folgen. Eine Stimme, die aus ihr selbst zu kommen schien (was aber nicht sein konnte), fragte sie leise: »Verstehst du es?« Brida bejahte. »Genau, so verstehst du es«, sagte die geheimnisvolle Stimme.

Das war aber ganz unwichtig. Die vor ihr liegenden Tarotkarten zeigten nun phantastische Szenen: nur mit Tangas bekleidete Männer, mit ölglänzenden, sonnengebräunten Körpern. Ein paar von ihnen trugen Masken, die wie riesige Fischköpfe aussahen. Wolken zogen so rasch über den Himmel, als würde sich alles schneller bewegen als sonst. Unvermittelt hatte sich die Szene in einen Platz mit mächtigen Gebäuden verwandelt, auf dem einige alte Männer uraltes Wissen an junge Männer weitergaben. Im Blick der alten Männer lag Verzweiflung und Hast, als befürchteten sie, nicht mehr genug Zeit zu haben.

»Zähle sieben und acht zusammen, und du hast meine Nummer. Ich bin der Dämon und habe das Buch signiert«, sagte ein in mittelalterliche Gewänder gekleideter junger Mann. Dann wechselte die Szene erneut, war nun eine Art Fest. Ein paar Frauen und Männer lachten miteinander und schienen betrunken zu sein. Dann wechselte die Szene noch einmal: in Felsen gemeißelte Tempel am Meer, der Himmel bedeckte sich mit Wolken, aus denen gleißend helle Strahlen herabschienen.

Eine Tür kam in den Blick. Sie war schwer wie das Tor

eines alten Schlosses. Die Tür kam auf Brida zu, und die junge Frau ahnte, dass sie sie bald würde öffnen können.

»Komm wieder zurück«, sagte die Stimme.

»Komm wieder zurück!«, sagte die Stimme am Telefon. Es war Wicca. Brida ärgerte sich, weil Wicca ein so phantastisches Erlebnis abbrach und gleich wieder von ihren Handwerkern erzählen würde.

»Einen Moment!«, bat Brida. Sie kämpfte gerade noch mit der Tür, aber dann war alles verschwunden.

»Ich weiß, was du gedacht hast«, sagte Wicca. Brida war vollkommen überrascht, ja geradezu geschockt. Sie verstand nicht, was da gerade geschehen war.

»Ich weiß, was passiert ist«, wiederholte Wicca. »Ich werde nicht mehr vom Klempner reden. Der war schon letzte Woche hier und hat alles repariert.«

Bevor sie auflegte, sagte sie noch, sie erwarte Brida dann zur verabredeten Zeit.

Wortlos legte Brida den Hörer auf die Gabel und saß anschließend noch längere Zeit einfach nur da und starrte an die Wand ihrer Küche, ehe sie in heftiges, erlösendes Weinen ausbrach.

Das war ein Trick«, sagte Wicca, nachdem sie es sich bei ihrem nächsten Treffen in den italienischen Sesseln bequem gemacht hatten, zu Brida, die den Schock noch nicht ganz überwunden hatte.

»Ich weiß, was du empfindest«, fuhr Wicca fort. »Manchmal schlagen wir einen Weg nur ein, weil wir nicht an ihn glauben. Dann scheint es einfach zu sein: Wir müssen nur beweisen, dass es nicht unser Weg ist.

Aber wenn dann unerwartete Dinge geschehen, der Weg sich enthüllt, bekommen wir Angst weiterzugehen.«

Wicca sagte, sie könne nicht verstehen, weshalb so viele Menschen ihr ganzes Leben damit verbringen, Wege zu zerstören, die sie nicht beschreiten wollen, anstatt den einzigen einzuschlagen, der sie irgendwohin führt.

»Ich glaube nicht, dass das ein Trick war«, sagte Brida. Sie gab sich jetzt nicht mehr arrogant und herausfordernd. Ihr Respekt vor dieser Frau war noch einmal beträchtlich gestiegen.

»Die Vision war kein Trick. Mit dem Trick meinte ich das Telefon. Millionen von Jahren hat der Mensch nur mit dem gesprochen, was er sehen konnte. Plötzlich, innerhalb eines einzigen Jahrhunderts, wurden ›sehen‹ und ›sprechen‹ voneinander getrennt. Wir glauben, dass wir daran gewöhnt sind, und bemerken die ungeheuren Auswirkungen nicht, die diese Trennung auf unsere Reflexe hat. Unser Körper ist einfach noch nicht daran gewöhnt.

Diese Trennung bewirkt, dass wir beim Telefonieren in eine Art Trancezustand geraten. Unser Geist arbeitet auf einer anderen Wellenlänge, bleibt aber für die sichtbare Welt empfänglich. Ich kenne Zauberinnen, die immer Zettel und Bleistift neben dem Telefon liegen haben. Sie kritzeln scheinbar unsinnige Dinge, während sie mit jemandem sprechen. Wenn sie auflegen, sind die Kritzeleien für gewöhnlich als Symbole der Mondtradition lesbar.«

»Und warum hat das Tarot sich mir enthüllt?«

»Das ist das große Problem, vor dem diejenigen stehen, die Magie studieren wollen«, antwortete Wicca. »Wenn wir uns auf den Weg machen, haben wir eine mehr oder weniger feste Vorstellung dessen, was wir vorfinden werden. Die Frauen suchen gemeinhin den Anderen Teil, die Männer suchen die Macht. Beide aber wollen nicht lernen: Sie wollen nur zu dem Ziel gelangen, das sie sich gesteckt haben.

Aber der Weg der Magie ist wie auch der Weg des Lebens immer der Weg des Geheimnisses. Etwas lernen bedeutet, mit einer Welt in Verbindung zu treten, von der man nicht die geringste Vorstellung hat. Um zu lernen, muss man demütig sein.«

»Und in die Dunkle Nacht eintauchen«, sagte Brida.

»Unterbrich mich nicht!«, rief Wicca mit unterdrücktem Ärger in der Stimme. Brida begriff, dass der Grund für Wiccas Ärger nicht ihre Bemerkung war – schließlich hatte sie recht. ›Vielleicht ist sie auf den Magier sauer‹, dachte sie. ›Wer weiß, vielleicht war sie einmal in ihn verliebt. Die beiden sind etwa gleich alt.‹

»Tut mir leid«, sagte sie.

»Ist unwichtig.« Wicca schien über ihre Reaktion selbst überrascht zu sein.

»Du hast vom Tarot gesprochen.«

»Wenn du die Karten auf den Tisch gelegt hast, hattest du immer eine Vorstellung davon, was passieren würde. Du hast nie zugelassen, dass die Karten ihre Geschichte erzählen. Du wolltest von ihnen nur die Bestätigung dessen, was du bereits zu wissen glaubtest.

Als wir unser Telefongespräch begannen, habe ich das bemerkt. Ich habe auch bemerkt, dass dies ein Zeichen und das Telefon mein Verbündeter war. Ich habe ein langweiliges Gespräch begonnen und dich gebeten, die Karten anzuschauen. Du bist in die Trance gefallen, die das Telefon hervorruft, und die Karten haben dich in ihre magische Welt entführt.«

Wicca bat sie noch, immer auf den Blick der Menschen zu achten, die gerade telefonierten. Es sei hochinteressant.

Ich möchte dich etwas fragen«, sagte Brida, als sie später Tee tranken, den sie in Wiccas überraschend modern eingerichteter Küche gekocht hatten. »Wieso hast du nicht zugelassen, dass ich den Weg aufgebe?«

›Weil ich begreifen möchte, was der Magier außer deiner besonderen Gabe noch gesehen hat‹, dachte Wicca, sprach es aber nicht aus.

Laut sagte sie: »Weil du eine besondere Gabe hast.«

»Woran erkennst du, dass ich eine besondere Gabe habe?«

»Das ist ganz einfach. An den Ohren.«

›An den Ohren? Was für eine Enttäuschung!‹, sagte sich Brida. ›Ich dachte, sie hätte meine Aura gesehen.‹

»Jeder Mensch hat eine besondere Gabe. Aber bei einigen ist diese Gabe schon bei der Geburt weit entwickelt, während andere – wie ich beispielsweise – hart darum kämpfen müssen, um sie zu entwickeln.

Menschen, die mit der besonderen Gabe geboren werden, haben kleine, angewachsene Ohrläppchen.«

Instinktiv fasste sich Brida an die Ohren. Es stimmte.

»Hast du einen Wagen?«

Brida schüttelte den Kopf.

»Dann mach dich schon mal drauf gefasst, einen beträchtlichen Betrag für ein Taxi auszugeben«, sagte Wicca, während sie sich erhob. »Die Zeit ist gekommen, den nächsten Schritt zu tun.«

›Alles geht sehr schnell‹, dachte Brida und stand ebenfalls auf. Das Leben ähnelte den Wolken, die sie in ihrer Trance gesehen hatte.

Am Nachmittag gelangten sie zu einem Hügelzug etwa dreißig Kilometer südlich von Dublin. ›Wir hätten die Fahrt auch mit dem Bus machen können‹, beschwerte sich Brida in Gedanken, als sie das Taxi bezahlte. Wicca hatte einen Beutel mit ein paar Kleidungsstücken dabei.

»Wenn Sie wollen, warte ich«, sagte der Fahrer. »Es wird ziemlich schwierig sein, so weit draußen wieder ein Taxi zu finden.«

»Machen Sie sich keine Sorgen!«, sagte Wicca zu Bridas Erleichterung. »Wir bekommen immer alles, was wir wollen.«

Der Fahrer schaute beide mit einem eigentümlichen Blick an und fuhr los. Die beiden Frauen standen vor einem Laubwald, der bis zum Fuß des nächsten Hügels reichte.

»Bitte darum, eintreten zu dürfen«, sagte Wicca. »Die Geister des Waldes lieben Höflichkeit.«

Brida bat, eintreten zu dürfen. Der Wald, der zuvor ein ganz gewöhnlicher Wald gewesen war, schien plötzlich lebendig zu werden.

»Halte dich immer auf der Brücke zwischen dem Sichtbaren und dem Unsichtbaren!«, sagte Wicca, während sie zwischen den Laubbäumen gingen. »Alles im Universum ist lebendig, versuche immer, mit diesem Leben in Kontakt zu treten. Es versteht deine Sprache. Und die Welt wird für dich eine ganz andere Bedeutung erlangen.«

Brida war überrascht, wie beweglich Wicca war. Ihre Füße schienen wie über dem Boden zu schweben, sie machten kaum ein Geräusch.

Sie gelangten auf eine Lichtung neben einem riesigen Stein. Während Brida sich noch fragte, wie der Stein dahingekommen sein mochte, bemerkte sie Reste einer Feuerstelle genau in der Mitte der Lichtung.

Der Ort war wunderschön. Die Dämmerung hatte noch nicht eingesetzt, und es herrschte das weiche Licht eines Spätnachmittags im Sommer. Die Vögel sangen, und ein leichter Wind fuhr durch die Blätter der Bäume. Sie befanden sich auf einer Anhöhe und konnten in der Ferne den Horizont sehen.

Wicca entnahm ihrem Beutel eine Art arabische Tunika, die sie über ihre Kleidung streifte. Dann legte sie den Beutel außer Sichtweite an den Rand der Lichtung unter die Bäume.

»Setz dich«, sagte sie.

Wicca hatte sich verändert. Brida wusste nicht, ob es an der Kleidung lag oder am tiefen Respekt, den dieser Ort auslöste.

»Bevor ich beginne, möchte ich erklären, was ich tun werde. Ich werde herausfinden, wie die besondere Gabe sich in dir zeigt. Ich kann dich nur etwas lehren, wenn ich etwas über deine Gabe weiß.«

Wicca bat Brida, sich zu entspannen, sich ganz der Schönheit des Ortes hinzugeben, so wie sie sich vom Tarotspiel hatte beherrschen lassen.

»An irgendeinem Punkt deiner früheren Leben warst

du schon einmal auf dem Weg der Magie. Das verraten mir die von den Tarotkarten in dir ausgelösten Visionen, die du mir beschrieben hast.«

Brida schloss die Augen, aber Wicca bat sie, sie wieder zu öffnen.

»Die magischen Orte sind immer schön und verdienen es, betrachtet zu werden. Es sind Wasserfälle, Berge, Wälder, in denen die Geister der Erde spielen, lächeln, mit den Menschen reden. Du befindest dich an einem heiligen Ort, und er zeigt sich dir mit Vögeln und Wind. Danke Gott dafür. Für die Vögel, den Wind und die Geister, die diesen Ort bevölkern. Halte dich immer auf der Brücke zwischen dem Sichtbaren und dem Unsichtbaren auf.«

Wiccas Stimme versetzte Brida allmählich in einen Zustand tiefer Entspannung. Der Augenblick war nahezu weihevoll.

»Neulich habe ich dir von dem größten Geheimnis der Magie erzählt: vom Anderen Teil. Jedes Leben eines Menschen auf der Erde besteht letztlich in der Suche nach dem Anderen Teil. Es ist gleichgültig, ob der Mensch vordergründig hinter Wissen, Geld oder Macht her ist. Was immer er auch erreicht, er wird unvollständig sein, solange er nicht seinen Anderen Teil gefunden hat.

Nur ein paar Wesen, solche, die von den Engeln abstammen, brauchen die Einsamkeit für ihre Begegnung mit Gott. Der Rest der Menschheit wird das Einssein mit Gott nur erreichen, wenn es ihm irgendwann, in irgendeinem Augenblick seines Lebens gelungen ist, mit seinem Anderen Teil eins zu sein.«

Brida spürte eine seltsame Energie in der Luft, und ihre Augen füllten sich unwillkürlich mit Tränen.

»Am Anfang der Zeit, als wir getrennt wurden, erhielt ein Teil den Auftrag, das Wissen zu erhalten: der Mann. Er hat die Landwirtschaft, die Natur und die Bewegung der Sterne am Himmel verstanden. Das Wissen war immer die Macht, die das Universum an seinem Platz und die Planeten auf ihrer Umlaufbahn gehalten hat. Das war sein glorreicher Beitrag: das Wissen zu erhalten. Und damit hat er dazu beigetragen, dass die Spezies Mensch überlebte.

Uns Frauen wurde etwas viel Subtileres, Zarteres an die Hand gegeben, ohne das alles Wissen keinen Sinn ergibt: die Verwandlungsfähigkeit. Die Männer pflügen den Boden, wir säen, und aus dem Boden sprießen Bäume und Pflanzen. Der Boden braucht das Saatkorn, und das Saatkorn braucht den Boden. Sie haben beide nur zusammen mit dem anderen einen Sinn. Das Gleiche geschieht mit den Menschen. Wenn das männliche Wissen sich mit der weiblichen Energie der Veränderung vereint, wird eine große magische Verbindung geschaffen, die den Namen Weisheit trägt.

Weisheit bedeutet wissen und verwandeln.«

Brida spürte, dass der Wind stärker wurde; sie merkte Wiccas Stimme an, dass ihre Meisterin in Trance fiel. Die Geister des Waldes schienen lebendig und aufmerksam.

»Leg dich hin!«, befahl Wicca.

Brida lehnte sich zurück und streckte die Beine aus. Über ihr wölbte sich ein tiefblauer, wolkenloser Himmel.

»Suche deine besondere Gabe. Ich kann nicht mit dir kommen, aber geh ohne Furcht. Je besser du dich selber verstehst, umso besser wirst du die Welt verstehen.

Und umso näher ist dein Anderer Teil.«

Wicca beugte sich herunter und betrachtete die junge vor ihr liegende Frau. ›So war ich auch einmal‹, dachte sie zärtlich. ›Auf der Suche nach dem Sinn in allem und imstande, die Welt mit dem Blick der Frauen von einst zu sehen, die stark und vertrauensvoll waren und nichts dabei fanden, in ihren Gemeinschaften zu herrschen.‹

Damals allerdings war Gott eine Frau gewesen. Wicca beugte sich über Bridas Körper und öffnete ihre Gürtelschnalle. Dann zog sie den Reißverschluss der Jeans etwas herunter. Bridas Muskeln spannten sich an.

»Keine Angst«, sagte Wicca zärtlich.

Sie hob das T-Shirt der jungen Frau etwas an. Dann zog sie einen Quarzkristall aus der Tasche ihres Umhangs und legte ihn Brida auf den Bauchnabel.

»Ich möchte, dass du jetzt die Augen schließt«, sagte sie sanft. »Ich möchte, dass du dir mit geschlossenen Augen die Farbe des Himmels vorstellst.«

Sie zog einen kleinen Amethyst aus ihrem Umhang und legte ihn zwischen Bridas geschlossene Augen.

»Tu nun genau, was ich dir sage. Denke an gar nichts.

Du befindest dich mitten im Universum. Du kannst die Sterne um dich herum sehen und einige hellere Planeten. Spüre diese Landschaft wie etwas, das dich ganz einhüllt, und nicht wie ein Bild. Genieße es, dieses Universum zu betrachten. Nichts mehr macht dir Sorgen. Du bist nur auf den Genuss konzentriert. Ganz ohne Schuldgefühle.«

Brida sah das gestirnte Universum und stellte fest, dass sie imstande war, dort einzutreten und zugleich Wiccas Stimme zu hören. Diese Stimme bat sie nun, mitten im Universum eine riesige Kathedrale zu sehen. Brida sah eine gotische Kathedrale aus dunklem Stein, die wie ein Teil des sie umgebenden Universums wirkte – so absurd das auch erscheinen mochte.

»Gehe zur Kathedrale. Steige die Stufen hinauf. Tritt ein.«

Brida tat, was Wicca ihr gesagt hatte. Sie stieg die Stufen zur Kathedrale hinauf, spürte den kühlen Stein unter ihren nackten Fußsohlen. Irgendwann hatte sie das Gefühl, dass jemand sie begleitete, und Wiccas Stimme klang wie die eines Menschen, der hinter ihr ging. ›Ich denke mir Dinge aus‹, dachte Brida, und ihr fiel plötzlich wieder ein, dass sie an die Brücke zwischen dem Sichtbaren und dem Unsichtbaren glauben sollte. Sie durfte keine Angst haben, enttäuscht zu werden oder zu scheitern.

Brida stand nun vor dem Portal der Kathedrale. Es war ein riesiges Tor aus getriebenem Metall mit Darstellungen von Heiligenleben. Ganz anders als die Tore, die sie auf ihrer Reise durch das Tarot gesehen hatte.

»Öffne die Tür, geh hinein!«

Brida spürte das kühle Metall an ihren Händen. Das schwere Tor ging ganz leicht auf. Sie trat in eine riesige Kirche.

»Schau dir alles, was du siehst, genau an!«, sagte Wicca. Brida bemerkte, dass helles Licht durch die riesigen Glasfenster hereinfiel, obwohl es draußen dunkel war. Sie konnte Bänke, Seitenaltäre erkennen, verzierte Säulen und ein paar brennende Kerzen. Doch alles wirkte verlassen. Die Bänke waren mit Staub bedeckt.

»Geh nach links, bald wirst du an eine weitere Tür kommen! Sie ist allerdings sehr viel kleiner.«

Brida ging durch die Kathedrale. Das Gefühl des staubigen Bodens unter ihren Füßen war unangenehm. Von irgendwoher führte sie eine freundliche Stimme. Sie wusste, dass es Wicca war, aber sie wusste auch, dass sie keine Kontrolle mehr über ihre Phantasie hatte. Sie war bei Bewusstsein, konnte aber dennoch nicht anders, als zu tun, worum sie gebeten wurde.

Sie fand die andere Tür.

»Geh hinein! Dort ist eine Wendeltreppe, steig hinunter!«

Brida musste sich bücken, um einzutreten. An der Wand der Wendeltreppe brannten Fackeln und beleuchteten die Stufen. Der Boden war sauber. Jemand war zuvor hier gewesen und hatte die Fackeln angezündet.

»Du wirst deinen früheren Leben begegnen. Unter der Kathedrale gibt es eine Bibliothek. Dorthin gehen wir. Ich erwarte dich am Fuß der Wendeltreppe.«

Brida hätte nicht sagen können, wie lange sie die Treppe hinuntergestiegen war. Ihr war leicht schwindlig geworden. Als sie unten ankam, sah sie Wicca in ihrem Umhang dort stehen. Jetzt wurde alles einfacher, denn sie fühlte sich nicht mehr schutzlos. Sie war in tiefer Trance.

Wicca öffnete eine weitere Tür am Ende der Treppe.

»Ich werde dich jetzt allein lassen und vor der Tür warten. Suche dir ein Buch aus, es wird dir zeigen, was du wissen musst.«

Brida bemerkte nicht einmal, dass Wicca vor der Tür blieb. Brida betrachtete die staubigen Bände. Die Vergangenheit war angestaubt und verlassen, sie bedauerte, all diese Bücher nicht früher gelesen zu haben. Vielleicht würde es ihr gelingen, für ihr jetziges Leben ein paar wichtige Lektionen aus ihren früheren Leben mitzunehmen.

Sie schaute sich die Bücher in den Regalen an. ›Wie lange ich schon gelebt habe‹, dachte sie. Sie musste sehr alt sein. Aber wenn es so war, müsste sie eigentlich weiser sein, überlegte sie. Sie hätte in ihrem jetzigen Leben gern alles noch einmal gelesen, aber sie hatte keine Zeit, und sie musste ihrer Intuition vertrauen. Sie könnte zurückkommen, wenn sie wollte, denn sie kannte ja jetzt den Weg.

Eine Weile stand sie da und wusste nicht, wie sie sich entscheiden sollte. Spontan wählte sie ein Buch und zog es heraus. Es war kein sehr dicker Band, und Brida setzte sich damit auf den Boden des Raumes. Sie legte das Buch in ihren Schoß, doch sie hatte Angst. Sie hatte Angst, dass sie es öffnen und nichts geschehen würde. Sie hatte Angst, nicht lesen zu können, was dort geschrieben stand.

›Ich muss Risiken eingehen. Ich darf keine Angst vor einer Niederlage haben‹, dachte sie, während sie das Buch aufschlug. Als sie auf die Seiten blickte, fühlte sie sich unwohl. Ihr wurde wieder schwindlig.

›Ich werde ohnmächtig‹, konnte sie gerade noch denken, bevor alles vollkommen dunkel wurde.

Sie wachte davon auf, dass ihr Wasser aufs Gesicht tropfte. Sie hatte einen seltsamen Traum gehabt und wusste nicht, was das alles bedeutete. Da hatte es in der Luft schwebende Kathedralen und Bibliotheken voller Bücher gegeben. Sie war noch nie in einer Bibliothek gewesen.

»Loni, geht es dir gut?«

Nein, es ging ihr nicht gut. Ihr rechter Fuß war taub, und sie wusste, dass dies ein schlechtes Zeichen war. Außerdem hatte sie keine Lust, sich zu unterhalten, denn sie wollte den Traum nicht vergessen.

»Loni, wach auf!«

Sie musste im Fieber deliriert haben. Alles hatte so lebendig gewirkt. Sie wünschte sich, die anderen würden sie nicht weiter rufen, denn der Traum verblasste allmählich, und sie hatte nicht begriffen, was er bedeutete.

Der Himmel war bedeckt, die tiefhängenden Wolken berührten beinahe den höchsten Burgturm. Sie blickte in die Wolken. Wie gut, dass sie die Sterne nicht sehen konnte. Die Priester sagten immer, sogar die Sterne seien nicht vollkommen gut.

Kurz nachdem sie die Augen geöffnet hatte, hörte es auf zu regnen. Wahrscheinlich war jetzt die Zisterne der Burg voller Wasser. Sie ließ den Blick von den Wolken hinunter auf den Burgturm, die Feuer im Hof, die Menschenmenge schweifen, die ziellos umherlief.

»Talbo«, sagte sie leise.

Er umarmte sie. Sie spürte seine kalte Rüstung und roch den Rußgeruch in seinem Haar.

»Wie viel Zeit ist vergangen? Welchen Tag haben wir heute?«

»Du bist drei Tage lang nicht aufgewacht«, sagte Talbo.

Sie schaute Talbo an, und er tat ihr leid. Er war dünner geworden, sein fahles Gesicht war schmutzig. Aber all das war unwichtig – sie liebte ihn.

»Ich habe Durst, Talbo.«

»Es gibt kein Wasser. Die Franzosen haben den Geheimgang entdeckt.«

Sie hörte wieder die Stimmen in ihrem Kopf. Ihr ganzes Leben lang hatte sie diese Stimmen gehasst. Ihr Mann war ein Krieger, ein Söldner, der die meiste Zeit im Jahr unterwegs war und kämpfte, und sie befürchtete ständig, dass die Stimmen ihr erzählten, dass er in einer Schlacht getötet worden war. Sie hatte herausgefunden, wie sie verhindern konnte, dass die Stimmen zu ihr sprachen – sie brauchte sich in Gedanken nur auf einen alten Baum in ihrem Dorf zu konzentrieren. Wenn sie es tat, schwiegen die Stimmen.

Doch jetzt war sie zu schwach, und die Stimmen waren wieder da.

»Du wirst sterben!«, sagten die Stimmen. »Aber er wird gerettet werden.«

»Es hat doch geregnet, Talbo«, ließ sie nicht locker. »Ich brauche Wasser.«

»Es waren nur ein paar Tropfen. Die konnten nichts ausrichten.«

Loni schaute wieder in die Wolken. Sie waren die ganze Woche dort gewesen und hatten nur die Sonne ferngehalten, den Winter kälter gemacht und die Burg finsterer. Vielleicht hatten die katholischen Franzosen recht. Vielleicht war Gott wirklich auf ihrer Seite.

Ein paar Söldner traten zu den beiden. Überall gab es Feuer, und Loni hatte das Gefühl, in der Hölle zu sein.

»Die Priester rufen alle zusammen, Kommandant«, sagte einer zu Talbo.

»Wir sind zum Kämpfen angeheuert worden, nicht um zu sterben«, meinte ein anderer.

»Die Franzosen haben uns ein Angebot gemacht«, entgegnete Talbo. »Sie haben gesagt, dass diejenigen, die zum katholischen Glauben zurückkehren, freies Geleit bekommen.«

»Das werden die Perfecti nicht zulassen«, wisperten die Stimmen Loni zu. Sie wusste das. Sie kannte die Perfekten gut. Ihretwegen war Loni hier und nicht zu Hause, wo sie sonst immer darauf wartete, dass Talbo aus der Schlacht heimkehrte. Die Perfecti, die Vollkommenen, wurden seit vier Monaten in dieser Burg belagert, und die Frauen im Dorf kannten den geheimen Gang. Die ganze Zeit hatten sie Nahrungsmittel, Kleidung und Munition gebracht; die ganze Zeit hatten die Frauen ihre Ehemänner sehen können, und weil die Frauen sie mit Nachschub versorgten, hatten die Ehemänner weiterkämpfen können. Aber der Geheimgang war entdeckt worden, und jetzt konnte sie nicht wieder zurück. Die anderen Frauen ebenso wenig.

Loni versuchte, sich aufzusetzen. Ihr Fuß tat nicht mehr

weh. Die Stimmen sagten ihr, dass dies ein schlechtes Zeichen sei.

»Wir haben nichts mit deren Gott zu tun. Wir werden nicht deswegen sterben«, sagte ein anderer.

Ein Gong ertönte in der Burg. Talbo erhob sich.

»Nimm mich mit dir!«, flehte sie ihn an. Talbo sah seine Gefährten an und dann seine Frau, die zitternd vor ihm saß. Einen Augenblick lang wusste er nicht, wie er sich entscheiden sollte. Seine Männer waren den Krieg gewohnt – und wussten, dass verliebte Krieger sich während der Schlacht versteckten.

»Ich werde sterben, Talbo. Nimm mich bitte mit.«

Einer der Söldner schaute den Kommandanten an.

»Es ist nicht gut, sie hier allein zu lassen«, sagte der Söldner. »Die Franzosen könnten wieder schießen.«

Talbo tat so, als gäbe er den anderen recht. Er wusste, dass die Franzosen nicht wieder schießen würden. Sie befanden sich in einem Waffenstillstand und handelten die Kapitulation von Montségur aus. Aber der Söldner verstand, was in Talbos Herzen vor sich ging – bestimmt war auch er verliebt.

»Er weiß, dass du sterben wirst«, sagten die Stimmen zu Loni, während Talbo sie zärtlich in den Arm nahm. Loni wollte nicht hören, was die Stimmen sagten. Sie erinnerte sich an einen Sommernachmittag, an dem sie Arm in Arm mit Talbo durch ein Weizenfeld gegangen war. Damals hatte sie auch Durst gehabt und Wasser aus einem Bach getrunken, der von den Bergen herunterkam.

Die Menge versammelte sich am großen Felsen, der in die westliche Mauer der Festung von Montségur überging. Es waren Männer, Soldaten, Frauen und Kinder. Eine bedrückende Stille lag in der Luft, und Loni wusste, dass sie nicht aus Respekt vor den Priestern schwiegen, sondern aus Angst vor dem, was geschehen könnte.

Die Priester kamen herein, viele von ihnen in dunklen Umhängen mit einem aufgestickten großen gelben Kreuz. Sie setzten sich auf den Felsen, auf die Außentreppen und auf den Boden vor dem Turm. Der Letzte, der eintrat, hatte schlohweißes Haar. Er stieg zum höchsten Punkt der Mauer hinauf. Sein Gesicht wurde von den Flammen der Feuer beleuchtet, der Wind zerrte an seinem schwarzen Umhang. Als er oben stand, knieten alle mit gefalteten Händen nieder und berührten dreimal mit der Stirn den Boden. Talbo und seine Söldner blieben stehen. Sie waren nur zum Kämpfen angeheuert worden.

»Uns wurde die Kapitulation angeboten«, sagte der Priester oben von der Mauer herab. »Allen steht es frei zu gehen.«

Ein Seufzer der Erleichterung ging durch die Menge.

»Die Seelen des fremden Gottes werden im Reich dieser Welt bleiben. Die Seelen, die dem wahren Gott gehören, werden in dessen unendliche Barmherzigkeit eingehen. Der Krieg wird weitergehen, aber es ist kein ewiger Krieg. Denn der fremde Gott wird am Ende besiegt werden, auch wenn er einen Teil der Engel verdorben hat. Der fremde Gott wird besiegt werden und nicht zerstört. Er wird für alle Ewigkeit in der Hölle sein bei den Seelen, die er verführen konnte.«

Die Menge blickte zu dem alten Mann oben auf der Mauer hinauf. Keiner war sich mehr sicher, ob er jetzt entkommen und dafür die ganze Ewigkeit lang leiden wollte.

»Die Kirche der Katharer ist die wahre Kirche«, fuhr der Priester fort. »Mit Hilfe von Jesus Christus und des Heiligen Geistes ist es uns gelungen, uns mit Gott zu vereinen. Wir müssen nicht noch einmal wiedergeboren werden. Wir müssen nicht wieder in das Reich des fremden Gottes zurückkehren.«

Loni bemerkte, dass drei Priester aus der Gruppe vortraten und der versammelten Menge geöffnete Bibeln hinhielten.

»Das *consolament*, die spirituelle Taufe, wird allen zuteil, die mit uns sterben wollen. Dort unten erwartet uns das Feuer. Und ein grauenhafter, qualvoller Tod. Ein langsamer Tod und ein Schmerz, den die Flammen unserem Fleisch zufügen, wenn sie es verbrennen, der mit keinem Schmerz verglichen werden kann, den ihr je erfahren habt.

Doch nicht allen wird diese Ehre zuteil werden. Nur den wahren Katharern. Die anderen sind zum Leben verdammt.«

Zwei Frauen traten scheu zu den Priestern vor, die die geöffneten Bibeln in Händen hielten.

Einem jungen Mann gelang es, sich aus den Armen seiner Mutter zu befreien.

Auch er trat heran.

Vier Söldner wandten sich an Talbo.

»Wir wollen das Sakrament empfangen, Kommandant. Wir möchten getauft werden.«

»Und so wird die Tradition aufrechterhalten«, sagten die Stimmen. »Wenn die Menschen bereit sind, für einen Gedanken zu sterben.«

Loni wartete darauf, wie Talbo sich entscheiden würde. Die Söldner hatten ihr ganzes Leben lang für Geld gekämpft, bis sie herausgefunden hatten, dass bestimmte Menschen imstande sind, für das zu kämpfen, was sie für richtig halten.

Talbo stimmte schließlich zu. Aber er verlor ein paar seiner besten Männer.

»Lass uns hier herausgehen!«, sagte Loni. »Lass uns zu den Mauern gehen. Sie haben schon gesagt, dass, wer gehen will, gehen kann.«

»Wir sollten uns lieber ausruhen, Loni.«

›Du wirst sterben‹, wisperten die Stimmen wieder.

»Ich möchte auf die Pyrenäen schauen. Ich möchte noch einmal auf das Tal schauen, Talbo. Du weißt, dass ich sterben werde.«

Ja, er wusste es. Er kannte das Schlachtfeld und die Wunden, die seine Soldaten dahinrafften. Lonis Wunde war seit drei Tagen offen, vergiftete ihr Blut.

Menschen, deren Wunden nicht verheilten, konnten bestenfalls noch zwei Wochen leben. Nie länger.

Und Loni war dem Tod nah. Sie hatte kein Fieber mehr. Talbo wusste auch, dass dies ein schlechtes Zeichen war. Solange der Fuß schmerzte und das Fieber brannte, kämpfte der Organismus noch. Jetzt gab es keinen Kampf mehr – nur noch Warten.

›Du hast keine Angst‹, sagten die Stimmen. Nein, Loni

hatte keine Angst. Von Kindesbeinen an wusste sie, dass der Tod nur ein anderer Anfang war. Damals waren die Stimmen ihre lieben Gefährtinnen gewesen. Und sie hatten Gesichter, Körper gehabt, die nur sie sehen konnte. Es waren Menschen, die aus anderen Welten gekommen waren, sich mit ihr unterhielten und sie nie allein ließen. Sie hatte eine fröhliche Kindheit gehabt – sie spielte mit den andern Kindern, indem sie ihre unsichtbaren Freunde mit einspannte, verschob Gegenstände, ohne sie zu berühren, machte ganz bestimmte Geräusche, mit denen sie den andern einen kleinen Schrecken einjagte. Damals war ihre Mutter dankbar dafür gewesen, dass sie bei den Katharern lebten – »wenn die Katholiken hier wären, würden sie dich bei lebendigem Leib verbrennen«, hatte sie immer gesagt. Die Katharer maßen dem keine Bedeutung bei – sie fanden, dass die Guten gut, die Bösen böse waren und keine Kraft des Universums etwas daran ändern konnte.

Aber dann waren die Franzosen gekommen und hatten behauptet, es gebe kein Land der Katharer. Und nun herrschte seit acht Jahren Krieg.

Allerdings hatte ihr der Krieg auch etwas Gutes gebracht: ihren Mann, der in einem fernen Land von den Priestern der Katharer angeheuert worden war, die selbst niemals eine Waffe ergriffen. Aber der Krieg hatte auch etwas Schlechtes gebracht: die Angst, bei lebendigem Leib verbrannt zu werden. Denn die Franzosen rückten immer näher an ihr Dorf heran. Loni begann Angst vor ihren unsichtbaren Freunden zu haben, und allmählich verschwanden sie aus ihrem Leben. Aber die Stimmen blieben. Sie sagten immer, was geschehen würde und was Loni tun sollte. Aber Loni wollte ihre Freundschaft nicht, denn sie wussten zu viel. Eine Stimme hatte sie dann den Trick mit dem heiligen Baum gelehrt. Und seit der letzte Kreuzzug gegen die Katharer begonnen hatte und die französischen Katholiken eine Schlacht nach der anderen gewannen, hörte sie die Stimmen nicht mehr.

Heute jedoch hatte sie keine Kraft mehr, an den Baum zu denken. Die Stimmen waren wieder da, und sie störte sich nicht daran. Im Gegenteil, sie brauchte sie. Sie würden ihr den Weg zeigen, nachdem sie gestorben war.

»Mach dir meinetwegen keine Sorgen, Talbo! Ich habe keine Angst zu sterben«, sagte sie.

Sie gelangten auf die Krone der Mauer. Ein kalter Wind blies unaufhörlich, und Talbo legte schützend seinen Umhang um sie. Sie blickte auf die Lichter einer Stadt am Horizont. Überall im Tal loderten Feuer. Die französischen Soldaten warteten auf die letzte Entscheidung. Von unten drangen Flötenklänge herauf. Eine Stimme sang.

»Es sind die Soldaten«, sagte Talbo. »Sie wissen, dass sie jeden Augenblick sterben können, und daher ist das Leben immer ein großes Fest.«

Loni fühlte eine ungeheure Wut auf das Leben. Die Stimmen erzählten ihr, dass Talbo anderen Frauen begegnen, mit ihnen Kinder haben und durch das Plündern von Städten ein reicher Mann werden würde. ›Aber er wird niemals wieder jemanden lieben wie dich, denn du bist für immer ein Teil von ihm‹, sagten die Stimmen.

Sie schauten lange auf die Landschaft dort unten, hielten einander umarmt und hörten den Gesängen der Soldaten zu. Loni spürte, dass dieser Berg in der Vergangenheit der Schauplatz anderer Kriege gewesen war, in einer Vergangenheit, die so weit zurücklag, dass nicht einmal die Stimmen sich daran erinnern konnten.

»Wir sind ewig, Talbo. Die Stimmen haben es mir gesagt, damals, als ich ihre Körper und ihre Gesichter sehen konnte.«

Talbo wusste von der besonderen Gabe seiner Frau. Aber sie hatte lange nicht mehr darüber gesprochen. Vielleicht war es das Delirium.

»Dennoch ist kein Leben wie das andere. Und es mag sein, dass wir einander nie wieder begegnen werden. Mir ist wichtig, dass du weißt, dass ich dich mein ganzes Leben lang geliebt habe. Ich habe dich geliebt, noch bevor ich dir begegnet bin. Du bist ein Teil von mir.«

»Ich werde sterben. Und da ich ebenso gut morgen sterben kann wie an jedem anderen Tag, möchte ich zusammen mit den Priestern sterben. Ich habe nie verstanden, was sie über die Welt denken, aber sie haben mich immer verstanden. Ich möchte sie ins andere Leben begleiten. Vielleicht kann ich ihnen eine gute Führerin sein, weil ich bereits in anderen Welten war.«

Loni dachte über die Ironie des Schicksals nach. Sie hatte vor den Stimmen Angst gehabt, weil sie sie auf den Scheiterhaufen hätten bringen können. Doch der Scheiterhaufen hatte so oder so am Ende ihres Weges gelegen.

Talbo schaute seine Frau an. Ihre Augen verloren den Glanz, aber sie war immer noch so bezaubernd wie damals, als er sie kennengelernt hatte. Bestimmte Dinge hatte er ihr nie gesagt – er hatte ihr nichts über die Frauen erzählt, die er als Preis nach der Schlacht erhalten hatte, Frauen, denen er auf seinen Reisen durch die Welt begegnet war, Frauen, die darauf warteten, dass er eines Tages zurückkam. Er hatte es ihr nicht erzählt, da er sicher war, dass sie alles wusste und ihm verzieh, weil er ihre große Liebe war, und die große Liebe steht über allen weltlichen Dingen.

Aber es gab auch andere Dinge, die er ihr nie erzählt hatte und die sie möglicherweise niemals herausfinden würde. Dass sie es mit ihrer Zärtlichkeit und ihrer Fröhlichkeit gewesen war, die ihn den Sinn des Lebens wieder hatte finden lassen. Dass es die Liebe zu ihr gewesen war, die ihn an die entferntesten Orte der Welt gebracht hatte, weil er reich genug sein musste, um ein Feld zu kaufen und für den Rest seiner Tage in Frieden mit ihr zu leben. Das ungeheure Vertrauen in dieses zerbrechliche Wesen, dessen Seele nun erlosch, hatte ihn gezwungen, ehrenvoll zu kämpfen, denn er wusste, dass er nach der Schlacht das Grauen des Krieges in ihrem Schoß vergessen konnte. Der einzige Schoß, in den er seinen Kopf betten und wie ein kleiner Junge schlafen konnte.

»Rufe einen Priester, Talbo!«, sagte sie. »Ich möchte die Taufe empfangen.«

Talbo schwankte einen Augenblick lang. Nur Krieger wählten die Art ihres Todes. Aber die Frau hatte ihr Leben aus Liebe gegeben – vielleicht war für sie die Liebe eine unbekannte Art des Krieges.

Er erhob sich und stieg die Stufen an der Mauer hinunter. Loni versuchte sich auf die Musik zu konzentrieren, die von unten heraufschallte und den Tod einfacher machte. Die Stimmen hörten aber nicht auf zu reden.

›Jede Frau kann in ihrem Leben die Vier Ringe der Offenbarung tragen. Du hast nur einen Ring getragen, und es war der falsche Ring‹, sagten die Stimmen.

Loni blickte auf ihre Finger. Sie waren blutig, die Nägel schmutzig. Da war kein Ring. Die Stimmen lachten.

›Du weißt, was wir meinen‹, sagten sie. ›Die Jungfrau, die Heilige, die Märtyrerin, die Hexe.‹

In ihrem Herzen wusste Loni, was die Stimmen sagten. Aber sie erinnerte sich nicht daran. Sie hatte es vor sehr langer Zeit gewusst, in einer Zeit, in der die Menschen sich anders kleideten und die Welt anders sahen. Damals hatte sie einen anderen Namen getragen und eine andere Sprache gesprochen.

›Es sind die vier Arten der Frau, mit dem Universum eins zu werden‹, sagten die Stimmen, als wäre es wichtig, dass sie sich an so alte Dinge erinnerte. ›Die Jungfrau hat die Macht des Mannes und der Frau. Sie ist zur Einsamkeit verdammt, aber die Einsamkeit offenbart ihre Geheimnisse. Das ist der Preis, den die Jungfrau zahlen muss – sie braucht niemanden, verzehrt sich in ihrer Liebe zu allen und entdeckt die Weisheit der Welt.‹

Loni schaute auf das Lager hinab. Ja, sie wusste es.

›Und die Märtyrerin‹, fuhren die Stimmen fort. ›Die Märtyrerinnen haben die Kraft derer, denen Schmerz und Leid nichts anhaben können. Sie geben sich hin, leiden, und durch das Leiden entdecken sie die Weisheit der Welt.‹

Loni schaute wieder auf ihre Hände. Dort umschloss

unsichtbar schimmernd der Ring der Märtyrerin einen ihrer Finger.

›Du hättest die Offenbarung der Heiligen wählen können, auch wenn das nicht dein Ring ist‹, sagten die Stimmen. ›Die Heilige hat den Mut derer, für die Geben die einzige Art ist, etwas zu empfangen. Sie ist ein Brunnen ohne Grund, aus dem die Menschen unaufhörlich trinken. Und falls kein Wasser in ihrem Brunnen ist, gibt die Heilige ihr Blut, damit die Menschen immer zu trinken haben. Durch die Hingabe entdeckt die Heilige die Weisheit der Welt.‹

Die Stimmen schwiegen. Loni hörte Talbos Schritte die Steintreppe heraufkommen. Sie wusste, welches ihr Ring in diesem Leben war, weil er derselbe war, den sie schon in anderen Leben getragen hatte, als sie andere Namen trug und andere Sprachen sprach. Bei ihrem Ring wurde die Weisheit der Welt durch die Lust entdeckt.

Aber sie wollte sich nicht daran erinnern. Der Ring der Märtyrerin schimmerte unsichtbar an ihrem Finger.

Talbo kam zu ihr. Und plötzlich, als sie den Blick zu ihm hob, bemerkte Loni, dass die Nacht magisch leuchtete, als würde die Sonne scheinen.

›Wach auf!‹, sagten die Stimmen.

Es waren andere Stimmen, die sie noch nie zuvor gehört hatte. Sie spürte, wie jemand ihr linkes Handgelenk massierte.

Komm Brida, steh auf!«

Brida öffnete die Augen, schloss sie aber gleich wieder, denn das Licht am Himmel war sehr hell. Der Tod war etwas Sonderbares.

Aber sie musste zurück in die Burg. Der Mann, der sie liebte, war gegangen, um den Priester zu holen. Sie konnte nicht einfach gehen. Er war allein, und er brauchte sie.

»Erzähl mir von deiner Gabe!«

Wicca ließ ihr keine Zeit, um zu überlegen. Obwohl sie wusste, dass sie, Brida, gerade etwas Außergewöhnliches erlebt hatte, ließ sie ihr keine Zeit. Wicca verstand und respektierte ihre Gefühle nicht. Sie wollte nur herausfinden, was ihre besondere Gabe war.

»Erzähl mir etwas über deine besondere Gabe!«, sagte Wicca noch einmal.

Brida amtete tief ein und schluckte ihre Wut hinunter. Es half nichts. Die Frau würde nicht lockerlassen, bis sie ihr etwas erzählt hatte.

»Ich war eine Frau, war verliebt in …«

Wicca hielt ihr schnell den Mund zu. Dann erhob sie sich, machte ein paar seltsame Gesten in die Luft und schaute sie dann wieder an.

»Gott ist das Wort. Vorsicht! Sei vorsichtig mit dem, was du sagst, in jeder Lebenslage, in jedem Augenblick deines Lebens.«

Brida verstand nicht, weshalb Wicca so reagierte.

»Gott zeigt sich in allem gern im Wort. Denn das Wort ist eines seiner beliebtesten Mittel. Denn das Wort ist der in Schwingungen verwandelte Gedanke. Indem du sprichst, entlässt du, was vorher nur Energie war, in die Luft um dich herum. Sei sehr vorsichtig mit dem, was du sagst!«, fuhr Wicca fort. »Worte haben mehr Kraft als viele Rituale.«

Brida verstand immer noch nichts. Sie konnte, was sie erlebt hatte, doch nur mit Worten erzählen.

»Als du eine Frau erwähnt hast«, fuhr Wicca fort, »warst nicht du das. Du warst ein Teil von ihr. Andere Menschen können die gleiche Erinnerung haben wie du.«

Brida fühlte sich beraubt. Jene Frau war stark gewesen, und sie wollte sie mit niemandem teilen. Außerdem war da noch Talbo.

»Erzähl mir von deiner Gabe!«, sagte Wicca noch einmal. Sie konnte nicht zulassen, dass die junge Frau von ihrem Erlebnis betört wurde. Zeitreisen brachten gemeinhin viele Probleme mit sich.

»Ich habe viel zu erzählen. Und ich muss unbedingt mit dir reden, denn jemand anderes würde mir nicht glauben. Bitte, Wicca!«

Und Brida erzählte. Sie begann mit dem Augenblick, als Regen auf ihr Gesicht gefallen war. Sie war sich bewusst, dass sie die einmalige Gelegenheit, mit jemandem zu reden, der an das Außergewöhnliche glaubte, nicht ungenutzt verstreichen lassen durfte. Außer Wicca würde ihr niemand zuhören, denn die meisten Leute fürchteten sich vor dem Magischen in ihrem Leben und wollten nichts davon wissen. Sie richteten sich in ihrem Alltag ein, hatten ihre Wohnungen, ihre Arbeit, ihre Erwartungen, und wenn jemand daherkam und ihnen erzählte, dass es möglich sei, in der Zeit zu reisen, im Universum Burgen zu sehen oder dass Tarotkarten Geschichten erzählten und Menschen durch die Dunkle Nacht gingen, würden sie sich vom Leben geprellt fühlen, weil sie das nicht selbst erlebten, weil ihr Leben aus immer gleichen Tagen, immer gleichen Nächten, immer gleichen Wochenenden bestand.

Darum musste Brida die Gelegenheit, ihre Erlebnisse zu erzählen, wahrnehmen. Wenn Gott in den Worten war, dann sollte in der Luft ringsum festgeschrieben werden, dass sie in die Vergangenheit gereist war und sich an jede Einzelheit erinnerte, als gehöre sie der Gegenwart an, als sei sie der Wald, in dem sie sich gerade aufhielt. Wenn es später jemandem gelingen würde, ihr zu beweisen, dass nichts davon geschehen war, wenn Zeit und Raum sie dazu bringen würden, daran zu zweifeln, wenn sie selber alles in Frage stellen und schließlich die Gewissheit haben würde, dass alles nichts als eine Illusion gewesen war, würden die Schwingungen der an jenem Nachmittag im Wald gesprochenen Worte vielleicht noch immer in der Luft liegen, und es würde jemanden geben, für den die Magie Teil des Lebens war und der wusste, dass das alles tatsächlich geschehen war.

Sie beschrieb Wicca die Burg, die Priester in ihren schwarzen, gelbbestickten Gewändern, den Blick auf das Tal mit den brennenden Feuern, den Mann, dessen Gedanken sie lesen konnte. Wicca hörte ihr geduldig zu und fragte nur nach, als Brida von den Stimmen in Lonis Kopf erzählte. Ob es sich um männliche oder weibliche Stimmen gehandelt habe, wollte sie wissen (es waren sowohl männliche wie weibliche gewesen), ob sie ängstlich oder tröstlich geklungen hatten (nein, die Stimmen waren unpersönlich gewesen), ob Loni die Stimmen nach Belieben zum Reden hatte bringen können (das wisse sie nicht, sie habe nicht genug Zeit gehabt, um das herauszufinden).

»Okay, wir können gehen!«, sagte Wicca, zog die Tunika aus und steckte sie wieder in den Beutel. Brida war enttäuscht. Sie hatte gedacht, sie würde irgendwie gelobt werden. Oder wenigstens eine Erklärung erhalten. Aber Wicca schien wie bestimmte Ärzte zu sein, die den Patienten mit unpersönlichen Blicken ansehen und interessierter daran sind, sich die Symptome zu notieren, als den Schmerz und das Leiden zu begreifen, die diese Symptome hervorrufen.

Der Weg zurück kam Brida ewig lang vor. Immer, wenn sie ihr Erlebnis ansprechen wollte, war Wicca mehr an steigenden Lebenshaltungskosten, Verkehrsstaus am Spätnachmittag und an den Schikanen ihres Hausverwalters interessiert.

Erst als beide wieder in den italienischen Designersesseln saßen, kommentierte Wicca das Erlebte.

»Eins möchte ich dir sagen«, meinte sie. »Bemühe dich nicht darum, Gefühle zu erklären. Lebe intensiv, und sieh, was du erlebst, als Geschenk Gottes an. Wenn du glaubst, dass du es nicht schaffst, eine Welt zu ertragen, in der Leben wichtiger als Verstehen ist, dann gib die Magie auf.

Es gibt nichts Besseres, um die Brücke zwischen dem Sichtbaren und dem Unsichtbaren zu zerstören, als den Versuch, Gefühle zu erklären.«

Gefühle waren wie wilde Pferde, und Brida wusste, dass der Verstand sie nie ganz beherrschen konnte. Sie hatte einmal einen Freund gehabt, der sie von einem Tag auf den anderen ohne ersichtlichen Grund verlassen hatte. Brida hatte monatelang zu Hause gesessen und versucht, sich die Hunderte von Fehlern und Nachteilen dieser Beziehung zu erklären. Aber jeden Morgen wachte sie auf und dachte an ihn und wusste, dass sie einem Treffen zustimmen würde, wenn er sie nur bat.

In der Küche bellte der Hund. Vom vorherigen Besuch wusste Brida, dass damit das Treffen zu Ende sein würde.

»Bitte, wir haben uns nicht einmal unterhalten!«, flehte sie. »Und ich habe noch zwei Fragen, die ich unbedingt stellen muss.«

Wicca erhob sich. Die junge Frau brachte es immer wieder fertig, dann auf die wichtigen Fragen zu kommen, wenn es Zeit war zu gehen.

»Ich hätte gern gewusst, ob es die Priester, die ich gesehen habe, wirklich gegeben hat.«

»Wir machen unglaubliche Erfahrungen, und keine zwei Stunden später versuchen wir bereits, uns einzureden, dass sie nur unserer Phantasie entsprungen sind«, sagte Wicca, während sie zum Bücherregal ging. Brida erinnerte sich an das, was sie im Wald über die Menschen gedacht hatte, die Angst vor dem Außergewöhnlichen haben. Und sie schämte sich.

Wicca kam mit einem Buch in der Hand zurück.

»Die Katharer oder die Vollkommenen waren Priester einer Kirche, die Ende des zwölften Jahrhunderts im Süden Frankreichs entstanden war. Sie glaubten an die

Reinkarnation und an das absolute Gute und Böse. Die Welt war aufgeteilt in Erwählte und Verdammte. Eine Bekehrung änderte daran nichts.

Die Gleichgültigkeit der Katharer gegenüber irdischen Gütern führte dazu, dass die Feudalherren des Languedoc diese Religion annahmen. Damit entzogen sie sich der Steuerlast, die ihnen die katholische Kirche auferlegte. Außerdem waren die Katharer, da schon vor der Geburt feststand, wer gut und wer böse war, tolerant, was Sexualität betraf – vor allem Frauen gegenüber. Sie verfuhren nur mit denen streng, die zu Priestern geweiht waren.

Es gab keine Probleme, bis sich das Katharertum auch in vielen Städten verbreitete. Die katholische Kirche spürte die Bedrohung und rief zu einem Kreuzzug gegen die Ketzer auf. Vierzig Jahre lang führten Katharer und Katholiken blutige Kriege gegeneinander, doch die legalistischen Kräfte schafften es schließlich mit Hilfe anderer Nationen, alle Städte zu zerstören, die die neue Religion angenommen hatten. Es blieb nur noch die Festung Montségur in den Pyrenäen, wo die Katharer so lange Widerstand leisteten, bis der Geheimgang, über den sie Nachschub erhielten, entdeckt wurde. An einem Morgen im März des Jahres 1244 warfen sich, nachdem die Burg sich ergeben hatte, zweihundertzwanzig Katharer singend in die Flammen des riesigen Scheiterhaufens, der am Fuß des Berges, auf dem die Burg lag, angezündet worden war.«

Während sie dies sagte, hielt Wicca das Buch geschlossen auf dem Schoß. Erst jetzt schlug sie es auf und blätterte darin, bis sie ein Foto fand. Darauf waren Ruinen mit einem fast zerstörten Turm zu sehen, aber auch viele intakte Mauern. Da waren der Hof, die Treppe, die Loni und Talbo hinaufgegangen waren, der Fels, der in die Mauer und den Turm überging.

»Du sagtest, du hättest noch eine Frage.«

Die Frage war jetzt unwichtig. Brida konnte nicht mehr richtig denken. Sie fühlte sich sonderbar. Mit einiger Anstrengung gelang es ihr, sich an ihre Frage zu erinnern.

»Ich hätte gern gewusst, warum du deine Zeit mit mir verschwendest. Warum du mich als Schülerin willst.«

»Weil das die Tradition so verlangt«, antwortete Wicca. »Du hast dich im Laufe der Reinkarnationen wenig geteilt. Du gehörst zum selben Typ Mensch wie meine Freunde und ich selber. Wir sind damit beauftragt, die Mondtradition aufrechtzuerhalten. Du bist eine Hexe.«

Brida hatte Wiccas Worten schon nicht mehr zugehört. Sie vergaß sogar, einen neuen Termin zu vereinbaren: Sie wollte jetzt nur noch weg, mit Dingen zu tun haben, die sie in ihre vertraute Welt zurückbrachten. Eine feuchte Stelle an der Wand, ein auf den Boden geworfenes Päckchen Zigaretten, Post, die auf dem Tisch des Hausmeisters liegengeblieben war.

›Morgen muss ich arbeiten.‹ Plötzlich waren feste Zeiten wieder wichtig. Auf dem Nachhauseweg machte sie sich Gedanken zur Buchhaltung der Firma, in der sie angestellt war, und hatte eine Idee, wie sie die Abläufe im Büro vereinfachen könnte. Sie war mit sich zufrieden: Vielleicht würde ihre Idee ihrem Chef ja gefallen, und er würde ihr eine Gehaltserhöhung geben.

Sie kam nach Hause, aß zu Abend, sah etwas fern. Dann schrieb sie ihre Gedanken auf. Und fiel erschöpft ins Bett.

Exportrechnungen waren wieder wichtig. Etwas anderes gab es nicht. Alles andere war Lüge.

Eine Woche lang wachte Brida immer pünktlich auf, arbeitete fleißig in der Exportfirma und wurde von ihrem Chef gelobt. Gleichzeitig besuchte sie Seminare an der Universität und las interessiert alle möglichen Zeitschriften. Sie wollte sich mit dem, was in ihrem Leben alles geschehen war, einfach nicht auseinandersetzen. Und wenn sie sich doch daran erinnerte, dass sie in den Wäldern einen Magier und in der Stadt eine Hexe kennengelernt hatte, verscheuchte der Gedanke an die Examen im nächsten Semester und irgendwelche Klatschgeschichten ihrer Freundinnen diese Erinnerungen.

Dann kam der Freitag, und ihr Verlobter holte sie von der Universität ab und lud sie ins Kino ein. Anschließend besuchten sie ihren Lieblingspub, unterhielten sich über den Film, gemeinsame Bekannte und Erlebnisse am Arbeitsplatz. Später kamen noch ein paar Freunde von ihnen von einer Party und setzten sich, dankbar, dass es in Dublin immer ein geöffnetes Restaurant gab, zu ihnen und leisteten ihnen beim Essen Gesellschaft.

Als sich ihre Freunde um zwei Uhr morgens schließlich verabschiedeten, beschlossen die beiden, zu Brida zu gehen. Als Erstes legte sie Iron Butterfly auf und schenkte ihnen beiden einen großen Whisky ein. Dann saßen sie eng umschlungen auf dem Sofa und hingen schweigend ihren Gedanken nach, während Lorens Bridas Haar streichelte und dann ihre Brüste.

»Das war eine verrückte Woche«, sagte Brida plötzlich. »Ich habe enorm viel im Büro gearbeitet, gleichzeitig für meine Prüfungen geschuftet und auch noch Zeit gefunden, ein paar private Dinge anzupacken.«

Inagaddadavida war zu Ende. Brida stand auf, um die Platte umzudrehen.

»Erinnerst du dich an die kaputte Küchenschranktür? Endlich habe ich jemanden gefunden, der sie repariert.

Dann musste ich mehrmals zur Bank. Das erste Mal, um das Geld abzuheben, das mir mein Vater geschickt hat, ein zweites Mal, um Schecks der Firma einzureichen, und dann noch mal …«

Lorens schaute sie eindringlich an.

»Was guckst du so?«, fragte Brida irritiert. Die Situation mit diesem Mann, der da vor ihr saß, nichts sagte, sie nur anschaute, nichts Intelligentes von sich gab, war irgendwie absurd. Sie brauchte ihn nicht. Sie brauchte niemanden.

»Was guckst du so?«, fragte sie erneut und stand auf.

Lorens gab keine Antwort. Er stand ebenfalls auf und führte sie liebevoll zum Sofa zurück.

»Du hörst mir überhaupt nicht zu«, sagte Brida verwirrt.

Lorens legte den Arm um sie.

›Gefühle sind wilde Pferde.‹

»Erzähl mir alles!«, bat Lorens zärtlich. »Was immer du machst, ich werde dich nicht kritisieren. Auch wenn du etwas mit einem anderen Mann angefangen hast. Auch wenn dies unser letzter Abend sein sollte. Wir sind nun schon eine Weile zusammen. Ich kenne dich zwar nicht in- und auswendig, weiß nicht, wer du genau bist. Aber ich weiß, wie du nicht bist. Und heute Abend bist du nicht du selbst.«

Brida hätte am liebsten geweint. Aber sie hatte bereits viele Tränen in Dunklen Nächten und über sprechenden Tarotkarten vergossen. Ihre Gefühle waren wie wilde Pferde, letztlich ging es nur darum, sie freizulassen.

Sie setzte sich vor Lorens hin, genau so, wie der Magier und Wicca es bei ihr getan hatten. Dann erzählte sie ohne Punkt und Komma alles, was seit ihrer Begegnung mit dem Magier auf dem Berg geschehen war. Lorens hörte schweigend zu. Als sie von dem Foto in dem Album berichtete, fragte Lorens, ob sie in einem ihrer Seminare an der Universität von den Katharern gehört hätte.

»Du glaubst mir also kein Wort von dem, was ich dir da erzähle, stimmt's?«, fragte sie. »Du glaubst, dass mir mein Unterbewusstsein einen Streich gespielt hat? – Nein, Lorens, ich habe vorher noch nie etwas von den Katharern gehört. Aber ich weiß, dass du für alles eine Erklärung hast.«

Ihre Hände zitterten plötzlich, und sie konnte nichts dagegen tun.

Lorens stand auf, nahm ein Blatt Papier und machte im Abstand von zwanzig Zentimetern zwei Löcher hinein. Er stellte das Blatt Papier aufrecht an die Whiskyflasche auf dem Tisch.

Dann holte er aus der Küche einen Korken.

Er setzte sich an den Kopf des Tisches, schob die Flasche zum anderen Ende. Dann legte er den Korken vor sich hin.

»Komm her!«, bat er.

Brida stand auf. Sie verbarg ihre zitternden Hände, die er aber nicht zu bemerken schien.

»Wir werden so tun, als wäre dieser Korken ein Elektron, eines der kleinen Teilchen, aus denen sich ein Atom zusammensetzt. Okay?«

Sie nickte.

»Also pass auf! Hätte ich hier bestimmte komplizierte Apparate, die mir erlauben würden, einen sogenannten Elektronenschuss abzugeben, und wenn ich auf dieses Blatt Papier schießen würde, würde der Schuss gleichzeitig durch beide Löcher gehen. Nur würde er durch die beiden Löcher gehen, *ohne sich zu teilen.*«

»Das glaube ich nicht«, sagte Brida. »Das ist unmöglich.«

Lorens nahm das Blatt und warf es in den Papierkorb. Dann legte er den Korken an seinen Platz zurück – er war ein sehr ordentlicher Mensch.

»Du magst es nicht glauben, aber es ist wahr. Alle Physiker wissen das, obwohl sie es nicht erklären können. Ich kann mir auch nicht vorstellen, was du mir gesagt hast, aber ich weiß trotzdem, dass es stimmt.«

Bridas Hände zitterten immer noch. Aber sie weinte nicht, und sie verlor auch nicht die Beherrschung. Ihr war nur klar, dass die Wirkung des Alkohols vollkommen verflogen war. Sie war geistig klar, auf seltsame Weise geistig klar.

»Und wie gehen Physiker mit solchen Rätseln um?«

»Sie gehen in die Dunkle Nacht, um den Begriff zu benutzen, den du mich gelehrt hast. Wir wissen, dass das

Geheimnis nie aufhören wird – und deshalb lernen wir, es zu akzeptieren und mit ihm zu leben.

Ich denke, im Leben ist es oft so. Eine Mutter, die ihr Kind erzieht, wird sich fühlen, als befände sie sich in der Dunklen Nacht. Ebenso ein Emigrant, der fern von seiner Heimat Arbeit sucht. Alle glauben, dass sich ihre Mühen lohnen und sie eines Tages begreifen werden, was unterwegs geschehen ist – und was sie zunächst so erschreckt hat.

Nicht Erklärungen helfen uns weiter, sondern unser Wille voranzuschreiten.«

Brida fühlte sich plötzlich unendlich müde. Sie musste schlafen. Der Schlaf war das einzige magische Reich, in das sie jetzt eintreten könnte.

In jener Nacht hatte sie einen schönen Traum vom Meer und bewaldeten Inseln. Frühmorgens wachte sie auf und freute sich, dass Lorens neben ihr schlief. Sie stand auf, ging ans Fenster ihres Schlafzimmers und schaute auf das schlafende Dublin. Sie musste an ihren Vater denken, der auch immer mit ihr ans Fenster getreten war, wenn sie einen Albtraum gehabt hatte. Und da fiel ihr eine andere Szene aus ihrer Kindheit ein.

Sie war mit ihrem Vater am Strand gewesen, und er wollte, dass sie nachschaute, ob das Wasser warm genug zum Baden war. Sie war damals fünf Jahre alt gewesen und glücklich, sich nützlich machen zu können. Sie war zum Wasser gegangen und hatte einen Fuß hineingesteckt.

»Ich habe einen Fuß hineingesteckt, es ist kalt«, hatte sie zu ihrem Vater gesagt.

Da hatte der Vater sie auf den Arm genommen und sie ohne Vorwarnung ins Wasser geworfen. Zuerst hatte sie einen Schreck bekommen, dann aber hatte sie großen Spaß gehabt.

»Wie ist das Wasser?«, hatte der Vater gefragt.

»Super«, hatte sie geantwortet.

»Wenn du also in Zukunft etwas wissen möchtest, tauche ganz darin ein!«

Brida hatte diese Lektion schnell wieder vergessen. Inzwischen war sie 21 Jahre alt und hatte sich für viele Dinge interessiert, diese aber immer genauso schnell aufgegeben, wie sie sich für sie begeistert hatte. Nicht aus Angst vor Schwierigkeiten, sondern aus Angst, sich für einen Weg entscheiden zu müssen.

Einen Weg wählen hieß andere Wege aufgeben. Brida hatte das ganze Leben vor sich und glaubte immer, später ihre jetzigen Entscheidungen zu bereuen.

›Ich habe Angst, mich festzulegen‹, sagte sie sich. Sie wollte alle nur möglichen Wege gehen, aber am Ende ging sie keinen einzigen.

Nicht einmal bei dem, was ihr in ihrem Leben am wichtigsten war, in der Liebe, hatte sie es geschafft, einen Weg bis zu Ende zu gehen. Nach der ersten Enttäuschung hatte sie sich nie wieder ganz hingegeben. Sie hatte Angst vor dem Leiden, dem Verlust, der Trennung, wie sie in der Liebe unvermeidbar war – es sei denn, man verzichtete ganz darauf. Das war so, wie wenn sie sich die Augen ausstechen würde, um die schlimmen Dinge im Leben nicht sehen zu müssen.

›Das Leben ist kompliziert.‹

Man musste Risiken eingehen, sich für bestimmte Wege entscheiden und andere aufgeben. Brida erinnerte sich an das, was Wicca über die Menschen gesagt hatte, die Wege nur gehen, um zu beweisen, dass sie für sie nicht die richtigen sind. Aber das war nicht das Schlimmste. Das Schlimmste war, zu wählen und sich den Rest des Lebens zu fragen, ob man richtig gewählt hatte. Kein Mensch kann eine Wahl treffen, ohne dabei Angst zu haben.

Doch das war das Gesetz des Lebens. Das war die Dunkle Nacht, und man konnte der Dunklen Nacht nicht entgehen, auch wenn man keine Entscheidungen traf, auch wenn man nicht den Mut aufbrachte, etwas zu verändern. Denn jede Entscheidung war ja schon eine Veränderung. Allerdings eine Entscheidung ohne Hoffnung auf die in der Dunklen Nacht verborgenen Schätze.

Möglicherweise hatte Lorens recht. Am Ende würden sie über ihre Ängste lachen. So wie sie selbst über die Schlangen und Skorpione gelacht hatte, mit der ihre Phantasie den Wald bevölkert hatte. In ihrer Angst hatte sie ganz vergessen, dass der Schutzpatron Irlands, der heilige Patrick, alle Schlangen aus dem Land verbannt hatte.

»Ich bin so froh, dass es dich gibt, Lorens!«, sagte sie so leise, dass er es nicht hören konnte.

Sie schlüpfte unter die Decke zurück. Sie musste an ein weiteres Erlebnis mit ihrem Vater denken. Es war an einem Sonntag gewesen, und die ganze Familie hatte bei der Großmutter zu Mittag gegessen. Brida mochte damals etwa vierzehn Jahre alt gewesen sein und hatte sich darüber beschwert, dass sie eine bestimmte Hausarbeit nicht machen wolle, weil sie ohnehin immer alles falsch mache.

»Vielleicht zeigen dir diese Fehler ja etwas«, hatte ihr Vater gesagt. Aber Brida hatte entgegnet, das sei nicht wahr, dass sie immer alles falsch anfange. Daraufhin hatte ihr Vater sie bei der Hand genommen und war mit ihr ins Wohnzimmer gegangen, in dem die Großmutter fernsah und in der auch eine alte Standuhr war, die vor Jahren stehengeblieben war, weil Teile fehlten.

»Nichts auf der Welt ist vollkommen verkehrt, meine Tochter«, hatte ihr Vater gesagt und auf die Uhr geschaut. »Sogar eine stehengebliebene Uhr geht zweimal am Tag richtig.«

Brida wanderte eine Zeitlang den Berg hinauf, bis sie den Magier traf. Er saß oben auf einem Felsen und betrachtete das Tal und die Berge im Westen. Die Aussicht war wunderschön, und Brida erinnerte sich daran, dass die Geister solche Orte liebten.

»Ist Gott womöglich nur der Gott der Schönheit?«, fragte sie, während sie zu ihm trat. »Und wie sieht es für die hässlichen Menschen und Orte dieser Welt aus?«

Der Magier antwortete nicht. Brida schämte sich.

»Vielleicht erinnern Sie sich nicht an mich. Ich war vor zwei Monaten schon mal hier. Ich bin die ganze Nacht allein im Wald geblieben. Und damals habe ich mir gelobt, erst wiederzukommen, wenn ich meinen Weg gefunden hätte. Ich habe eine Frau namens Wicca kennengelernt.«

Der Magier kniff kurz die Augen zusammen, was die junge Frau offenbar nicht bemerkte. ›Was für ein Zufall‹, dachte er und lächelte.

»Wicca hat mir gesagt, ich sei eine Hexe«, fuhr Brida fort.

»Vertrauen Sie ihr nicht?«

Der Magier hatte sie tatsächlich etwas gefragt! Brida freute sich. Sie war nicht sicher gewesen, dass er ihr überhaupt zuhörte.

»Ich vertraue ihr«, antwortete sie. »Und ich vertraue der Mondtradition. Aber ich weiß, dass mir die Sonnentradition geholfen hat, die Dunkle Nacht zu begreifen. Und deshalb bin ich wieder hier.«

»Dann setzen Sie sich, und schauen Sie den Sonnenuntergang an!«, sagte der Magier. Brida zog ihre Schuhe aus und setzte sich hin.

»Ich werde nicht wieder allein im Wald bleiben«, sagte sie. »Letztes Mal …«

Der Magier fiel ihr ins Wort:

»Sagen Sie das nicht! Gott ist in den Worten.«

Wicca hatte dasselbe gesagt.

»Was habe ich Falsches gesagt?«

»Wenn Sie ›letztes Mal‹ sagen, könnte es wirklich das letzte Mal werden. Sie wollten im Grunde doch nur sagen, ›als ich das letzte Mal hier war‹ …«

Brida schwieg betroffen. In Zukunft würde sie ihre Worte sehr genau wählen müssen. Sie tat, wie der Magier sie gebeten hatte. Doch es machte sie nervös, einfach nur den Sonnenuntergang zu betrachten. In etwa einer Stunde würde es dunkel werden, und Brida hatte noch so viel zu sagen, so viel zu fragen. Immer wenn sie still dasaß, etwas betrachtete, hatte sie das Gefühl, kostbare Zeit ihres Lebens zu vergeuden, in der sie andere Dinge tun, Leute treffen könnte. Sie hätte ihre Zeit besser nutzen können, und ausserdem gab es noch so viel zu lernen. Aber während sich die Sonne dem Horizont näherte und die Wolken sich mit goldenen und rosa Strahlen füllten, hatte Brida plötzlich das Gefühl, dass sie ihr ganzes Leben lang darum gekämpft hatte, sich eines Tages hinsetzen und einen Sonnenuntergang wie diesen betrachten zu können.

»Können Sie beten?«, fragte der Magier irgendwann.

Selbstverständlich konnte Brida beten. Das konnte schließlich jeder.

»Nun, dann sprechen Sie ein Gebet, sobald die Sonne den Horizont berührt. In der Sonnentradition werden die Menschen durch Gebete eins mit Gott. Das Gebet ist, wenn es mit den Worten der Seele gesprochen wird, mächtiger als alle Rituale.«

»Ich kann nicht beten, denn meine Seele schweigt«, antwortete Brida.

Der Magier lachte.

»Nur die Seele der großen Erleuchteten schweigt.«

»Warum aber kann ich dann nicht mit der Seele beten?«

»Weil Ihnen die Demut fehlt, um ihr zuzuhören, um zu erfahren, was sie will. Sie schämen sich, den Bitten Ihrer Seele zuzuhören. Und Sie haben Angst, diese Bitten vor Gott zu bringen, weil Sie glauben, er hätte keine Zeit, sich mit ihnen zu beschäftigen.«

Brida saß vor einem Sonnenuntergang, neben sich einen Weisen. Doch wie jedes Mal, wenn sie in ihrem Leben etwas besonders Schönes erlebte, hatte sie das Gefühl, dass sie es nicht verdient hatte.

»Ich halte mich für unwürdig. Ich glaube, die spirituelle Suche ist für Menschen gemacht, die besser sind als ich.«

»Diese Menschen müssen, sofern es sie überhaupt gibt, nichts mehr suchen. Sie sind selbst schon die Offenbarung des Geistes. Die Suche ist für Leute wie uns gemacht.«

›Wie uns‹, hatte er gesagt. Und dennoch war er ihr um viele Schritte voraus.

»Hoch über uns ist Gott, in der Sonnentradition ebenso wie in der Mondtradition«, sagte Brida, der mittlerweile klargeworden war, dass die Tradition dieselbe, nur die Art, sie zu lehren, unterschiedlich war.

»Lehren Sie mich bitte zu beten.«

Der Magier wandte sich der Sonne zu und schloss die Augen.

»Herr, wir sind Menschen und wissen nicht, wie klein wir sind. Gib uns die Demut, dich um das zu bitten, was wir brauchen, Herr, denn kein Wunsch ist unnütz, keine Bitte belanglos. Jeder weiß, welche Nahrung seine Seele braucht. Gib uns die Kraft, unsere Wünsche als etwas zu sehen, das der Quelle deiner ewigen Weisheit entstammt. Nur wenn wir unsere Wünsche annehmen, erlangen wir eine Vorstellung davon, wer wir sind, Herr. Amen.«

»Jetzt sind Sie an der Reihe«, sagte der Magier.

»Herr, mache, dass ich begreife, dass ich das Gute, welches mir im Leben geschieht, verdient habe. Mache, dass ich begreife, dass, was mich dazu bewegt, deine Wahrheit zu suchen, die gleiche Kraft ist, die die Heiligen dazu bewegt hat, und dass meine Schwächen die gleichen sind, die die Heiligen gefühlt haben. Herr, mache, dass ich demütig genug bin, um zu akzeptieren, dass ich nicht anders bin als die anderen. Amen.«

Sie schwiegen beide und blickten so lange in den Sonnenuntergang, bis der letzte Sonnenstrahl des Tages die Wolken verließ. Ihre Seelen beteten, baten um Dinge und dankten dafür, beieinander zu sein.

»Lassen Sie uns in den Dorfpub gehen!«, sagte der Magier.

Brida zog ihre Schuhe wieder an, und gemeinsam begannen sie den Abstieg. Brida erinnerte sich wieder an den

Tag, an dem sie auf den Berg gestiegen war, um den Magier zu suchen. Sie gelobte sich, diese Geschichte höchstens noch einmal in ihrem Leben zu erzählen. Sie brauchte sich nicht mehr ständig selber zu überzeugen.

Der Magier blickte auf die junge Frau, die vor ihm den Berg hinabstieg und so tat, als sei sie mit dem feuchten Boden und den Steinen vertraut, aber immer wieder stolperte. Er freute sich, wurde aber gleich wieder wachsam.

Manchmal bringen bestimmte Segnungen Gottes, wenn sie kommen, alle Fensterscheiben zum Zerspringen.

›Wie gut es tut, Brida neben sich zu haben‹, dachte der Magier, als sie den Berg hinabstiegen. Er war ein Mensch wie jeder andere, mit den gleichen Schwächen, den gleichen Tugenden – und er hatte sich bis heute nicht an seine Rolle als Meister gewöhnt. Anfangs hatte er, wenn Menschen von überall her in Irland in diesen Wald gekommen waren, um von ihm zu lernen, von der Sonnentradition gesprochen und die Menschen gebeten, aufmerksam wahrzunehmen, was um sie herum war. Denn dort halte Gott seine Weisheit verwahrt, und jeder sei imstande, diese mittels ein paar einfacher Praktiken zu begreifen. Die Art, nach der Sonnentradition zu lehren, war bereits vor zweitausend Jahren von Apostel Paulus beschrieben worden: »Und ich war bei euch in Schwachheit und in Furcht und mit großem Zittern; und mein Wort und meine Predigt geschahen nicht mit überredenden Worten menschlicher Weisheit, sondern in Erweisung des Geistes und der Kraft, damit euer Glaube nicht stehe auf Menschenweisheit, sondern auf Gottes Kraft.«

Aber die Menschen waren unfähig gewesen zu begreifen, was der Magier ihnen über die Sonnentradition sagte, und waren enttäuscht, weil er ein Mensch wie jeder andere war.

Er sagte, dem sei nicht so, er sei ein Meister und mit dem, was er tue, wolle er den anderen einfach nur eigene Mittel an die Hand geben, um die Weisheit zu erlangen.

Sie aber brauchten sehr viel mehr – sie brauchten jemanden, der sie führte. Sie begriffen die Dunkle Nacht nicht, sie begriffen nicht, dass jeder, der sie führte, mit seiner Lampe in der Dunklen Nacht nur beleuchten würde, was er selber sehen wollte. Und ging die Lampe womöglich auch noch aus, würden die Leute verloren sein, da sie den Weg zurück nicht kannten.

Aber sie brauchten nun einmal jemanden, der sie führte. Und als guter Meister musste er die Bedürfnisse der anderen akzeptieren.

Daher begann er seine Lehren mit unnötigen, aber faszinierenden Dingen anzureichern, damit alle imstande waren, die Lehre zu akzeptieren und zu lernen. Die Methode hatte Erfolg. Die Leute lernten die Sonnentradition, und wenn sie am Ende herausfanden, dass vieles, was sie der Magier gelehrt hatte, vollkommen unnütz war, lachten sie über sich selber. Und der Magier war glücklich, denn er hatte schließlich doch gelernt zu lehren.

Brida war anders. Ihr Gebet hatte die Seele des Magiers tief berührt. Sie hatte verstanden, dass kein Mensch auf Erden anders als die anderen war oder ist.

Nur wenige Menschen bringen es fertig, laut zu sagen, dass die großen Meister der Vergangenheit die gleichen Vorzüge und Mängel hatten wie alle anderen Menschen auch und dass dieser Umstand ihre Fähigkeit, Gott zu suchen, nicht im Geringsten minderte. Sich für schlechter als die anderen zu halten war eines der deutlichsten Zeichen von Stolz, die er kannte, eine besonders zerstörerische Form des Gefühls, anders zu sein.

Im Pub bestellte der Magier zwei Whiskey.

»Schauen Sie die Leute an!«, meinte Brida. »Sie sehen so aus, als kämen sie jeden Abend hierher und als würden sie immer das Gleiche machen.«

Der Magier war nun nicht mehr so überzeugt davon, dass Brida tatsächlich glaubte, dass sie wie alle anderen sei.

»Sie machen sich zu viele Gedanken über andere Menschen«, antwortete er. »Sie sind ein Spiegel Ihrer selbst.«

»Das weiß ich. Ich hatte bereits herausgefunden, was mich fröhlich macht und was traurig. Und jetzt habe ich plötzlich begriffen, dass diese Vorstellungen nichts taugen und ich das ändern muss. Aber das ist schwierig.«

»Was hat Sie Ihre Vorstellung ändern lassen?«

»Die Liebe. Ich kenne einen Mann, der mich ergänzt. Vor drei Tagen hat er mir gezeigt, dass auch seine Welt voller Geheimnisse ist. Daher bin ich nicht allein.«

Der Magier zeigte keine Regung. Aber er erinnerte sich an den Satz, wonach die Segnungen Gottes die Fensterscheiben zum Zersplittern bringen.

»Lieben Sie ihn?«

»Ich habe herausgefunden, dass ich ihn noch mehr lieben könnte. Wenn mich dieser Weg von nun an nichts Neues mehr lehren sollte, habe ich zumindest etwas Wichtiges gelernt: Man muss Risiken eingehen.«

Der Magier hatte sich während des Abstiegs überlegt, wie er diesen Abend zu etwas Besonderem machen könnte. Er wollte Brida zeigen, wie sehr er sie brauchte, ihr zeigen, dass er ein Mann wie alle anderen war, müde von so viel Einsamkeit. Brida aber wollte von ihm nur Antworten auf ihre Fragen.

»Es liegt etwas Seltsames in der Luft«, sagte die junge Frau. »Irgendetwas scheint sich verändert zu haben.«

»Das sind die Boten«, sagte der Magier. »Die falschen Dämonen, diejenigen, die nicht Teil der Heerscharen Gottes sind, diejenigen, die uns nicht ins Licht führen.«

Seine Augen leuchteten. Es hatte sich tatsächlich etwas verändert – und er redete von Dämonen.

»Gott hat die Heerscharen geschaffen, um uns zu vervollkommnen, damit wir wissen, was wir mit unserer Mission tun sollen«, fuhr er fort. »Aber Gott hat dem Menschen auch die Macht gegeben, die Kräfte der Finsternis zu kontrollieren und seine eigenen Dämonen zu erschaffen.«

Genau das geschah gerade.

»Aber können wir nicht auch die Kräfte des Guten kontrollieren?«, fragte die junge Frau leicht erschrocken.

»Das können wir nicht.«

Es war gut, dass sie ihn etwas fragte, er musste sich ablenken. Er wollte keinen Dämon schaffen. In der Sonnentradition wurden sie die Dämonen genannt und konnten viel Gutes, aber auch viel Böses tun – nur große Meister durften sie herbeirufen. Der Magier war ein großer Meister, aber er wollte jetzt keinen Dämon herbeirufen – denn die Kraft des Boten war gefährlich, vor allem, wenn enttäuschte Liebe im Spiel war.

Brida war von der Antwort des Magiers verwirrt. Er benahm sich seltsam.

»Wir können das Gute nicht kontrollieren«, fuhr er fort und versuchte sich auf seine Worte zu konzentrieren. »Die Kraft des Guten verteilt sich stets wie das Licht.

Wenn man Gutes ausstrahlt, kommt das der gesamten Menschheit zugute. Aber wenn man die Kraft des Boten kontrolliert, dann kommt dies nur einem selber zugute oder schadet einem sogar.«

Seine Augen leuchteten. Er rief den Wirt und bezahlte.

»Lassen Sie uns zu mir nach Hause gehen!«, sagte er. »Ich werde einen Tee kochen, und Sie werden mir die für ihr Leben wichtigen Fragen stellen.«

›Ich muss Risiken eingehen‹, sagte sich Brida abermals.

Das Haus des Magiers lag etwas außerhalb der Ortschaft. Brida bemerkte, dass es ebenso einladend und schön eingerichtet war wie Wiccas Wohnung, nur ganz anders. Es war allerdings kein einziges Buch zu sehen – außer ein paar Möbeln gab es nur leeren Raum.

Sie gingen in die Küche, um Tee zu kochen, und kehrten dann mit den vollen Tassen ins Wohnzimmer zurück.

»Warum sind Sie heute zu mir gekommen?«

»Ich hatte mir gelobt, dass ich dann wiederkommen würde, wenn ich schon etwas weiß.«

»Und was wissen Sie?«

»Ein wenig. Ich weiß, dass der Weg einfach ist und deshalb schwieriger, als ich dachte. Aber ich werde mich um Einfachheit in meiner Seele bemühen. Und hier meine erste Frage. Warum verlieren Sie Ihre Zeit mit mir?«

›Weil du mein Anderer Teil bist‹, dachte der Magier.

»Weil auch ich jemanden brauche, mit dem ich mich unterhalten kann«, antwortete er.

»Was halten Sie von dem Weg, den ich gewählt habe, von der Mondtradition?«

Der Magier musste die Wahrheit sagen. Auch wenn ihm eine andere Wahrheit besser gefallen hätte.

»Es war Ihr Weg. Wicca hat vollkommen recht. Sie sind eine Hexe. Sie werden die Lektionen, die Gott gelehrt hat, aus dem Gedächtnis der Zeit lernen.«

Und er dachte eine Weile darüber nach, warum wohl

das Leben so war, warum er seinen Anderen Teil gefunden hatte, der aber einzig und allein durch die Mondtradition lernen konnte.

»Eine letzte Frage«, sagte Brida. Es wurde spät, bald würde kein Bus mehr fahren. »Die Antwort ist mir unendlich wichtig, aber ich weiß, dass Wicca sie mir nicht wird geben können. Das weiß ich, weil sie eine Frau ist wie ich – sie wird immer meine Meisterin sein, aber bei dieser Frage wird sie immer eine Frau sein. – Ich hätte gern gewusst, wie ich meinen Anderen Teil finden kann.«

›Er sitzt vor dir‹, dachte der Magier.

Aber er sagte nichts. Er ging in eine Ecke des Raumes, löschte alle Lichter bis auf das einer Lavalampe, die Brida beim Hereinkommen übersehen hatte. Darin befand sich eine farblose Flüssigkeit mit darin auf- und absteigenden Blasen, die farbig angestrahlt wurden und ringsum alles in rotes und blaues Licht tauchten.

»Wir sind einander zweimal begegnet«, sagte der Magier und starrte auf die Lampe. »Mir ist nur erlaubt, durch die Sonnentradition zu lehren. Die Sonnentradition weckt in den Menschen die Weisheit ihrer Vorfahren.«

»Wie finde ich meinen Anderen Teil durch die Sonnentradition?«

»Darin besteht die große Suche der Menschen auf der Erde«, sagte der Magier und wiederholte damit, ohne es zu wissen, Wiccas Worte. Vielleicht hatten beide beim selben Meister gelernt, dachte Brida.

»Und die Sonnentradition hat, damit die Menschen dies sehen, das Zeichen des Anderen Teils in die Welt gestellt: das Leuchten in den Augen.«

»Ich habe schon viele Augen leuchten sehen«, meinte Brida. »Heute im Pub habe ich gesehen, wie Ihre Augen leuchteten. Alle Menschen, die auf der Suche sind, haben diesen leuchtenden Blick.«

›Sie hat ihr Gebet bereits vergessen‹, dachte der Magier. ›Jetzt glaubt sie wieder, dass sie anders als die anderen ist. Sie ist außerstande zu sehen, was Gott ihr so großzügig zeigt.‹

»Ich verstehe das mit den Augen nicht«, begann Brida von neuem. »Ich will wissen, wie die Menschen ihren Anderen Teil durch die Mondtradition finden.«

Der Magier wandte sich Brida zu. Sein Blick war kalt und ausdruckslos.

»Ich weiß, Sie sind meinetwegen traurig«, fuhr sie fort. »Traurig, weil ich es nicht schaffe, durch einfache Dinge zu lernen. Sie verstehen einfach nicht, dass die Menschen leiden, wenn sie einander aus Liebe suchen und dabei nicht wissen, dass sie die göttliche Mission erfüllen, ihren Anderen Teil zu finden. Weil Sie ein Weiser sind und sich vom Leben der ganz normalen Menschen entfernt haben, übersehen Sie, dass ich zum Beispiel Jahrtausende der Enttäuschung in mir trage und es nicht mehr schaffe, bestimmte Dinge durch die Einfachheit des Lebens zu lernen.«

Der Magier blieb ungerührt.

»Durch einen Punkt«, sagte er. »Einen leuchtenden Punkt über der linken Schulter des Anderen Teils. So ist es in der Mondtradition.«

»Ich werde jetzt gehen«, sagte Brida. Und hoffte inständig, dass er sie bitten würde zu bleiben. Sie war gern hier. Er hatte ihre Fragen beantwortet.

Der Magier stand auf und begleitete sie zur Tür.

»Ich hoffe, ich werde lernen, was Sie wissen«, sagte sie. »Ich möchte herausfinden, wie man diesen Punkt sieht.«

Der Magier wartete, bis Brida nicht mehr zu sehen war. Der nächste Bus nach Dublin fuhr in einer halben Stunde, also brauchte er sich keine Sorgen zu machen.

Er ging in den Garten und führte sein allabendliches Ritual durch. Er war es gewohnt, aber manchmal musste er sich gehörig zusammennehmen, um die nötige Konzentration aufzubringen. Heute war er besonders abgelenkt.

Als er mit dem Ritual fertig war, setzte er sich auf die Türschwelle und schaute in den Himmel. Er dachte an Brida. Er sah sie im Bus, über ihrer linken Schulter den leuchtenden Punkt, denn sie war sein Anderer Teil. Er dachte daran, wie sehr sie sich wünschte, die Suche abzuschließen, die am Tag ihrer Geburt begonnen hatte. Er dachte daran, wie kühl und fern sie gewesen war, seit sie sein Haus betreten hatten, und dass dies ein gutes Zeichen war. Es bedeutete, dass sie in Bezug auf ihre eigenen Gefühle verwirrt war. Sie wehrte sich gegen etwas, das sie nicht verstehen konnte. Er dachte auch besorgt daran, dass sie verliebt war.

»Alle Menschen finden ihren Anderen Teil, Brida«, sagte der Magier laut zu seinen Pflanzen im Garten. Aber tief in seinem Inneren begriff er auch, dass er, obwohl er die Tradition schon seit so vielen Jahren befolgte, seinen Glauben noch stärken musste, und er sagte sich: ›Wir alle begegnen unserem Anderen Teil irgendwann in unserem Leben und erkennen ihn. Wäre ich nicht ein Magier und sähe ich nicht den Punkt über ihrer linken Schulter, würde ich etwas länger brauchen, um dich zu akzeptieren. Aber du würdest um mich kämpfen, und eines Tages würde ich das Leuchten in deinen Augen sehen.

Ich bin nun aber ein Magier, und jetzt muss ich um dich kämpfen. Damit all mein Wissen zu Weisheit wird.‹

Er schaute lange in die Nacht und dachte an Brida, die im Bus nach Hause fuhr. Es war kühler als sonst – der Sommer würde bald zu Ende sein.

›Es gibt auch in der Liebe kein Risiko, und du wirst das selber herausfinden. Seit Tausenden von Jahren suchen und finden die Menschen einander.‹

Doch plötzlich wurde ihm klar, dass es da möglicherweise doch ein Problem gab. Es gab ein Risiko, ein einziges Risiko.

Dass derselbe Mensch während ein und derselben Inkarnation mehr als einem Anderen Teil begegnete.

Auch das geschah seit Jahrtausenden.

Winter und Frühling

Während der nächsten zwei Monate führte Wicca Brida in die ersten Geheimnisse der Hexerei ein. Sie sagte, dass Frauen schneller lernten als Männer, weil sich jeden Monat im weiblichen Körper der ganze Zyklus der Natur vollzog: Geburt, Leben, Tod. »Der Mondzyklus«, sagte sie.

Brida sollte ein neues Notizheft kaufen und dort alle Erfahrungen seit ihrer ersten Begegnung eintragen. Das Notizheft musste immer auf dem neuesten Stand sein und auf dem Umschlag einen fünfzackigen Stern tragen – der das darin Geschriebene in die Mondtradition stellte. Wicca erzählte, dass alle Hexen so ein Heft hätten, welches zu Ehren der im Lauf der vierhundert Jahre währenden Hexenjagd getöteten Schwestern als *Buch der Schatten* bezeichnet werde.

»Warum muss ich das alles tun?«

»Wir müssen die besondere Gabe wecken. Ohne sie kannst du nur die Kleinen Mysterien erfahren. Die Gabe ist deine Art, der Welt zu dienen.«

Brida musste in einer Ecke ihrer Wohnung, die sie nicht häufig benutzte, einen kleinen Hausaltar aufbauen, auf dem Tag und Nacht eine Kerze brannte. Die Kerze war der Mondtradition zufolge das Symbol für die vier

Elemente. Der Docht verkörperte die Erde, das Paraffin das Wasser, das Feuer brannte, und die Luft nährte es. Die Kerze war auch wichtig, um daran zu erinnern, dass eine Mission zu erfüllen war und dass Brida an dieser Mission beteiligt war. Nur die Kerze durfte sichtbar sein – ihre anderen magischen Werkzeuge mussten auf einem Regal oder in einer Schublade verborgen verwahrt werden. Seit dem Mittelalter verlangte die Tradition, dass die Hexen ihre Aktivitäten so geheim hielten wie möglich – denn verschiedene Prophezeiungen sagten die Rückkehr der Finsternis am Ende des Jahrtausends voraus.

Immer, wenn sie nach Hause kam und die Flamme brannte, verspürte Brida eine merkwürdige, beinahe heilige Verantwortung.

Wicca hatte sie angewiesen, immer auf das Geräusch der Welt zu achten. »Wo immer du auch bist, kannst du das Geräusch der Welt hören«, sagte die Hexe. »Es ist ein Geräusch, das nie aufhört. Es ist in den Bergen, in der Stadt, am Himmel und auf dem Meeresgrund. Dieses Geräusch – das einem Vibrieren ähnelt – ist die sich verwandelnde Weltenseele, die sich dem Licht entgegenbewegt. Eine Hexe muss immer aufmerksam sein, denn sie spielt dabei eine wichtige Rolle.«

Wicca hatte Brida außerdem erklärt, dass die Alten mit unserer Welt durch Symbole sprachen. Auch wenn niemand zuhörte, auch wenn fast alle die Sprache der Symbole vergessen hatten, hörten die Alten doch nie auf zu reden.

»Sind sie Wesen wie wir?«, fragte Brida eines Tages ihre Meisterin.

»Wenn wir eins sind mit ihnen, verstehen wir alles, was vergangene Generationen herausgefunden haben, und alles, was die Großen Weisen des Universums niedergeschrieben haben. Jesus hat gesagt: ›Mit dem Reich Gottes ist es so, wie wenn ein Mensch Samen aufs Land wirft und schläft und aufsteht, Nacht und Tag; und der Same geht auf und wächst – er weiß nicht, wie.‹

Die Menschen trinken immer aus dieser unerschöpflichen Quelle des Wissens – und wenn schon alle sagen, dass sie verschwunden ist, versiegt sie doch nicht. Sie hat überlebt, als die Menschen die Affen verscheucht und als die Wasser die Erde bedeckt haben. Und sie wird überleben, wenn alle sich auf die letzte Katastrophe vorbereiten.

Wir sind verantwortlich für das Universum, denn wir sind das Universum.«

Je länger Brida mit ihr zusammen war, umso deutlicher sah sie, wie schön Wicca war.

Wicca führte sie immer weiter in die Mondtradition ein. Sie wies Brida an, sich einen zweischneidigen Dolch zu beschaffen, dessen Klinge unregelmäßig war wie eine Flamme. Brida suchte in verschiedenen Läden danach, fand aber nichts, was auch nur annähernd so aussah. Doch Lorens löste das Problem, indem er einen auf Metalle spezialisierten Kollegen an der Universität bat, so eine Klinge herzustellen. Lorens arbeitete die Klinge sogar noch in einen hölzernen Griff ein und schenkte Brida den Dolch. Damit zeigte er ihr, dass er ihre Suche respektierte.

Wicca weihte den Dolch mit einem komplizierten Ritual – magische Worte, Kohlezeichnungen auf der Klinge, ein Holzlöffel. Der Dolch sollte als Verlängerung ihres Armes benutzt werden und alle Energie des Körpers in der Klinge bündeln. Das erklärt, weshalb die Feen einen Zauberstab benutzen. Die Magier haben keinen Dolch, sondern benutzen ein Schwert.

Als sich Brida über die Kohle und den Holzlöffel wunderte, sagte ihr Wicca, dass die Zauberinnen zur Zeit der Hexenjagd gezwungen gewesen seien, Materialien zu benutzen, die mit Gegenständen des täglichen Lebens verwechselt werden konnten. Die Tradition habe in Klinge, Kohle und Holzlöffel die Jahrhunderte überlebt. Das Wissen über die Materialien jedoch, die die Alten benutzt hatten, sei völlig verlorengegangen.

Brida lernte, Weihrauch zu verbrennen und den Dolch

zu benutzen, um magische Kreise zu ziehen. Es gab ein Ritual, das sie immer durchführen musste, wenn der Mond in eine andere Phase trat. Sie ging dann mit einer mit Wasser gefüllten Tasse ans Fenster und ließ dessen Oberfläche vom Mond bescheinen. Dann spiegelte sie ihr Gesicht im Wasser so, dass sich das Bild des Mondes mitten auf ihrer Stirn befand. Wenn sie all ihre Kräfte gebündelt hatte, berührte sie das Wasser mit dem Dolch und zerteilte so sich selber und den Mond in viele Spiegelungen.

Das Wasser in der Tasse musste anschließend sofort getrunken werden, damit die Kraft des Mondes ihn ihr wachsen konnte.

»All das ergibt keinen Sinn«, meinte Brida einmal. Wicca ging nicht darauf ein – sie hatte das früher auch gedacht. Aber Wicca erinnerte Brida wieder an die Worte Jesu über die Dinge, die in einem jeden wuchsen, ohne dass man wusste, wie.

»Es ist gleichgültig, ob es einen Sinn ergibt oder nicht«, fügte sie hinzu. »Denke an die Dunkle Nacht. Je häufiger du dies machst, umso häufiger werden die Alten sich mit dir in Verbindung setzen. Anfangs so, dass du es nicht verstehst – dann lauscht ihnen nur deine Seele. Eines Tages aber werden die Stimmen wieder erweckt.«

Brida wollte nicht nur Stimmen erwecken – sie wollte ihren Anderen Teil kennenlernen. Aber darüber sprach sie mit Wicca nicht.

Es war ihr verboten, wieder in die Vergangenheit zurückzukehren. Wicca meinte, dies sei nur selten notwendig.

»Benutze die Karten auch nicht, um die Zukunft zu

sehen. Die Karten sind dafür da, jenes Wachsen zu unterstützen, das sich unbemerkt und ohne Worte vollzieht.«

Brida musste dreimal wöchentlich die Tarotkarten vor sich ausbreiten und sie betrachten. Es kam nicht immer zu Visionen – und wenn sie welche hatte, dann meist in Form von Szenen, die keinen Sinn für sie ergaben. Wenn sie sich über die Visionen beschwerte, sagte Wicca nur, die Bedeutung dieser Szenen sei ihr nur so sehr verborgen, dass sie sie bislang nicht begreifen könne.

»Warum darf ich nicht die Zukunft lesen?«

»Nur die Gegenwart hat Macht über unser Leben«, antwortete Wicca. »Wenn du aus einem Kartenspiel die Zukunft liest, bringst du die Zukunft in die Gegenwart. Das kann zu schweren Schäden führen: die Zukunft kann deine Gegenwart durcheinanderbringen.«

Einmal in der Woche gingen sie in den Wald, und die Zauberin lehrte ihre Schülerin das Geheimnis der Kräuter. Für Wicca trug alles auf dieser Welt Gottes Handschrift – vor allem die Pflanzen. Herzförmige Blätter waren gut für Herzkrankheiten, während die Blumen, deren Blüten an Augen erinnerten, Augenkrankheiten heilten. Brida stellte fest, dass viele Pflanzen tatsächlich den menschlichen Organen ähnlich sahen – und in einem Band über Volksmedizin, den Lorens in der Universitätsbibliothek auslieh, wurde wissenschaftlich nachgewiesen, dass die Tradition der Bauern und Hexen tatsächlich medizinisch sinnvoll war.

»Gott hat seine Apotheke in die Wälder gestellt«, sagte Wicca eines Tages, als sie unter einem Baum Rast machten. »Damit alle Menschen gesund sein können.«

Brida wusste inzwischen, dass ihre Meisterin andere Schüler hatte, aber sie hatte lange gebraucht, um das herauszufinden – der Hund bellte immer zur rechten Zeit. Dennoch war sie auf der Treppe schon einer älteren Dame, einer jungen Frau in ihrem Alter und einem Mann im Anzug begegnet. Brida lauschte ihren Schritten im Haus, und die knarrenden alten Dielen im dritten Stock verrieten, wo sie hinstrebten: zu Wiccas Wohnung.

Einmal wagte es Brida, nach den anderen Schülern zu fragen.

Wicca antwortete ausweichend: »Die Kraft der Hexerei ist eine kollektive Kraft. Die unterschiedlichen besonderen Gaben halten die Energie immer in Bewegung. Eines hängt vom andern ab.« Sie erklärte weiter, es gebe neun besondere Gaben und sowohl die Sonnentradition wie auch die Mondtradition sorgten dafür, dass diese die Jahrhunderte überdauerten.

»Welche Gaben sind das?«, wollte Brida wissen.

Wicca antwortete, Brida sei zu bequem, sie frage immer nur und versuche nicht, selber etwas herauszubekommen – wie eine wahre Hexe auf ihrer spirituellen Suche. Sie sagte, Brida solle mehr in der Bibel lesen (»worin alle wahre okkulte Weisheit enthalten ist«) und im ersten Brief des Paulus an die Korinther nach den Gaben suchen. Brida schlug nach und erfuhr, welche diese Gaben waren: das Wort der Weisheit, das Wort der Erkenntnis, der Glaube, die Kraft zu heilen, die Kraft, Wunder zu tun, die Gabe der prophetischen Rede und die Gabe, mit Geistern zu kommunizieren, in anderen Zungen zu sprechen. Sprachen und die Fähigkeit, diese auszulegen.

Erst da wurde ihr klar, nach welcher Gabe sie suchte: nach der Gabe, mit Geistern zu reden.

Wicca brachte Brida das Tanzen bei. Sie sagte, Brida müsse ihren Körper im Einklang mit dem Geräusch der Welt bewegen, diesem ständig gegenwärtigen Vibrieren. Es gebe keine besondere Technik – man brauche nur eine beliebige Bewegung zu machen, eine, die einem gerade einfiel. Dennoch brauchte Brida eine Weile, bis sie sich daran gewöhnt hatte, sich ohne Logik zu bewegen und zu tanzen.

»Der Magier von Folk hat dich etwas über die Dunkle Nacht gelehrt. In beiden Traditionen – die in Wahrheit eine einzige sind – ist die Dunkle Nacht die wichtigste Voraussetzung für das Wachsen. Wenn man in den Weg der Magie eintaucht, begibt man sich zuallererst in die Hände einer höheren Macht. Man begegnet dann Dingen, die man niemals begreifen wird.

Nichts folgt mehr der Logik, die wir gewohnt sind. Wir werden die Dinge nur mit unserem Herzen verstehen, und das kann erschrecken. Die Reise wird lange wie eine Dunkle Nacht wirken. Jede Suche ist ein Akt des Glaubens.

Aber Gott, der schwieriger zu verstehen ist als eine Dunkle Nacht, rechnet uns diesen Glaubensakt hoch an. Und er hält unsere Hand und führt uns durch das Mysterium.«

Vom Magier von Folk sprach Wicca übrigens ganz ohne Groll oder Bitterkeit. Brida hatte sich geirrt – Wicca hatte nie eine Affäre mit ihm gehabt. Das las sie aus ihren Augen. Vielleicht hatte die Irritation damals nur an der

Unterschiedlichkeit der Wege gelegen. Auch Hexen und Magier waren eitel, und jeder wollte dem anderen zeigen, dass sein Weg der bessere war.

Plötzlich wurde Brida bewusst, dass Wicca auch nie in den Magier verliebt gewesen war. Brida hatte schon Filme darüber gesehen und Bücher gelesen. Alle Welt konnte die Augen eines verliebten Menschen erkennen.

›Ich begreife die einfachen Dinge erst, wenn ich mich mit den komplizierten beschäftige‹, dachte sie. Vielleicht würde sie irgendwann der Sonnentradition folgen können.

Der Herbst war schon weit fortgeschritten, und langsam wurde es richtig kalt, als Brida eines Tages einen Anruf von Wicca bekam.

»Wir treffen uns im Wald. In zwei Tagen, in der Neumondnacht, kurz bevor es dunkel wird« war alles, was sie sagte.

Brida konnte zwei Tage lang an nichts anderes als an das bevorstehende Treffen im Wald denken. Sie hatte wie immer die Rituale durchgeführt, hatte zum Geräusch der Welt getanzt. ›Ich hätte dazu lieber Musik‹, dachte sie immer, wenn sie tanzte. Aber sie hatte sich schon fast daran gewöhnt, ihren Körper dieser seltsamen Vibration entsprechend zu bewegen, die man nachts besser wahrnahm – oder an stillen Orten wie beispielsweise in Kirchen. Wicca hatte gesagt, dass die Seele, wenn man nach der Musik der Welt tanzte, sich im Körper wohler fühlte und Spannungen dann abnahmen. Brida fiel plötzlich auf, dass die Menschen draußen auf der Straße nicht wussten, was sie mit ihren Händen anfangen sollten, und dass sie beim Gehen weder Hüften noch Schultern bewegten. Sie hätte ihnen am liebsten zugerufen, dass die Welt eine Melodie spielte und dass sie, wenn sie nach dieser Musik tanzten oder vielmehr ihre Körper nur wenige Minuten am Tag ohne Logik bewegten, sich sehr viel besser fühlen würden.

Dieser Tanz gehörte allerdings zur Mondtradition, und

nur die Zauberinnen wussten davon. In der Sonnentradition musste es etwas Ähnliches geben. Es gab immer eine Entsprechung in der Sonnentradition, obwohl, wie es schien, außer Brida keine Frau durch sie lernen wollte.

»Die Geheimnisse des Lebens spielen in unserem Leben keine Rolle mehr«, sagte sie zu Lorens. »Und dennoch gibt es sie. Ich will eine Zauberin sein, um sie sehen zu können.«

Am vereinbarten Tag begab sich Brida in den Wald. Sie ging zwischen den Bäumen hindurch, spürte die magische Gegenwart der Naturgeister. Sechshundert Jahre zuvor war dieser Wald der heilige Ort der Druiden gewesen – bis der heilige Patrick die Schlangen aus Irland verbannt hatte und die Druidenkulte verschwanden. Dennoch war die Verehrung für diesen Ort von Generation zu Generation weitergegeben worden, und bis heute respektierten und fürchteten die Bewohner des nahe gelegenen Dorfes diesen Ort.

Sie traf Wicca, die wieder ihren Umhang trug, auf der Lichtung an. Es waren noch weitere vier Menschen bei ihr – alles Frauen und alle gewöhnlich gekleidet. An der Stelle, wo sie beim letzten Mal Asche gesehen hatte, brannte jetzt ein Feuer. Brida wurde plötzlich von einer unerklärlichen Angst erfasst, als sie in die Flammen blickte. Sie wusste nicht, ob es wegen des Teils von Loni war, den sie in sich trug, oder ob das Feuer auch schon in früheren Inkarnationen mit einer angstvollen Erfahrung für sie verbunden gewesen war.

Es kamen weitere Frauen hinzu, darunter einige, die so

alt wie Brida, und andere, die älter als Wicca waren. Nun standen sie zu neunt um das Feuer herum.

»Ich habe heute keine Männer eingeladen«, begrüßte Wicca die Runde. »Lasst uns auf das Reich des Mondes warten!«

Das Reich des Mondes war die Nacht.

Sie standen um das Feuer herum, unterhielten sich über alltägliche Dinge – Brida hatte das Gefühl, zu einem Teekränzchen eingeladen worden zu sein –, nur die Kulisse war anders. Als sich der Himmel mit Sternen bedeckte, verflog die Teekränzchenstimmung, ohne dass Wicca auch nur ein Wort zu sagen brauchte. Das Geplauder verebbte, und Brida fragte sich, ob die anderen Frauen etwa erst jetzt das Feuer und den Wald bemerkten.

In die eingetretene Stille hinein sagte Wicca:

»Einmal im Jahr, in der heutigen Nacht, versammeln sich alle Hexen der Welt, um zu beten und ihre Vorfahrinnen zu ehren. Das verlangt die Tradition. Am zehnten Mond des Jahres müssen wir uns um das Feuer versammeln, das Leben und Tod unserer verfolgten Schwestern war.«

Wicca zog einen Holzlöffel aus ihrem Umhang. »Hier ist das Symbol«, sagte sie und zeigte ihn allen. Die Frauen standen und reichten einander die Hände. Dann reckten sie die Hände in die Höhe und lauschten Wiccas Gebet.

»Möge der Segen der Jungfrau Maria und ihres Sohnes Jesu in dieser Nacht über unsere Häupter kommen. In unserem Körper schläft der Andere Teil unserer Vorfahren; möge die Jungfrau Maria uns segnen.

Wir bitten um ihren Segen, weil wir Frauen sind und

heute in einer Welt leben, in der uns die Männer lieben und immer besser verstehen. Dennoch tragen wir in unserem Körper die Spuren vergangener Leben, und diese Spuren schmerzen noch.

Wir bitten die Jungfrau Maria, uns von diesen Spuren zu befreien, und darum, in uns die Schuldgefühle ein für allemal auszulöschen. Denn wir fühlen uns schuldig, wenn wir aus dem Haus gehen, um Geld für den Unterhalt unserer Kinder zu verdienen und sie dort zurücklassen. Wir fühlen uns schuldig, wenn wir zu Hause bleiben, weil es so aussieht, als würden wir die Möglichkeiten nicht nutzen, die die Welt uns bietet. Wir fühlen uns wegen allem und jedem schuldig, dabei können wir doch gar nicht schuldig sein, da wir von Entscheidungen und Macht immer ferngehalten wurden.

Möge die Jungfrau Maria sich immer daran erinnern, dass wir, die Frauen, es waren, die bei Jesus blieben, als die Männer flohen und ihren Glauben verleugneten. Dass wir Frauen es waren, die weinten, als er das Kreuz trug. Dass wir in der Stunde seines Todes am Kreuz bei ihm waren, dass wir ihn in seiner leeren Grabstätte aufsuchten. Dass wir keine Schuld haben sollten.

Möge die Jungfrau Maria an uns immer als diejenigen denken, die verbrannt und verfolgt wurden, weil wir die Religion der Liebe predigten. Während die Leute versuchten, die Zeit mit der Kraft der Sünde aufzuhalten, versammelten wir uns zu verbotenen Festen, um zu feiern, was es noch Schönes auf der Welt gab. Deshalb wurden wir verurteilt und auf den Plätzen verbrannt.

Möge sich die Jungfrau Maria an uns immer als diejenigen erinnern, denen auf öffentlichen Plätzen wegen Ehebruchs der Prozess gemacht wurde, während den Männern auf öffentlichen Plätzen wegen Landstreitigkeiten der Prozess gemacht wurde.

Möge die Jungfrau Maria uns immer an unsere Vorfahrinnen gemahnen, die sich – wie die heilige Johanna – als Männer verkleiden mussten, um das Wort des Herrn zu erfüllen und dennoch auf dem Scheiterhaufen sterben mussten.«

Wicca hielt den Holzlöffel in beiden Händen und streckte beide Arme vor.

»Dies ist das Symbol des Martyriums unserer Vorfahrinnen. Möge die Flamme, die ihre Körper verschlungen hat, immer in unserer Seele lodern.

Denn sie sind in uns.
Denn wir sind sie.«

Und sie warf den Holzlöffel ins Feuer.

Brida führte weiterhin die Rituale durch, die Wicca sie gelehrt hatte. Sie hielt die Kerze immer am Brennen, tanzte zum Geräusch der Welt. Sie schrieb im ›Buch der Schatten‹ die Begegnungen mit der Hexe auf und ging zweimal in der Woche in den heiligen Wald.

Zu ihrer Überraschung stellte sie fest, dass sie bereits etwas von Kräutern und Pflanzen verstand.

Aber die Stimmen, die Wicca wecken wollte, machten sich nicht bemerkbar.

Ebenso wenig konnte sie den leuchtenden Punkt sehen.

›Kann es sein, dass ich meinen Anderen Teil noch nicht kennengelernt habe‹, dachte sie bang. Das war das Schicksal derjenigen, die die Mondtradition kannten, sich, was den Mann ihres Lebens betraf, nicht zu irren. Das hieß, dass sie von dem Augenblick an, in dem sie zu einer richtigen Hexe wurde, nie mehr die Illusion haben würde, die die anderen Menschen in Bezug auf die Liebe hatten. Es hieß vielleicht auch, dass sie weniger leiden würde, das stimmte – vielleicht würde sie sogar überhaupt nicht mehr leiden, denn sie konnte viel intensiver lieben; die Suche nach dem Anderen Teil war eine göttliche Mission im Leben jedes Menschen. Auch wenn sie eines Tages gehen müsste, war die Liebe zum Anderen Teil – so lehrten es die Traditionen – von Herrlichkeit, von Verständnis und läuternder Sehnsucht gekrönt.

Aber es bedeutete auch, dass sie von dem Augenblick

an, in dem sie den leuchtenden Punkt sehen konnte, nicht mehr den Zauber der Dunklen Nacht der Liebe erleben würde. Brida dachte an die vielen Momente, in denen sie Liebeskummer gehabt hatte; an die Nächte, in denen sie nicht schlafen konnte, weil sie auf einen Anruf wartete, der nicht kam; an die romantischen Wochenenden, auf die Werktage der Enttäuschung gefolgt waren; an Feste, bei denen sie unruhig in die Runde geblickt hatte; an die Freude an der Eroberung, nur weil sie möglich war; an ihre Traurigkeit und Einsamkeit, wenn sie sich einredete, dass der Freund einer Freundin der einzige Mann war, der sie würde glücklich machen können. All dies war Teil ihrer Welt – und der Welt aller Menschen, die sie kannte. Das war die Liebe, und so suchten die Menschen ihren Anderen Teil seit Anbeginn der Zeiten – indem sie anderen in die Augen schauten und darin das Leuchten und das Begehren suchten. Brida hatte dem allen nie großen Wert beigemessen. Sie hatte ganz im Gegenteil gefunden, dass es unnütz war, wegen eines anderen Menschen zu leiden; unnütz, sich vor Angst zu verzehren bei dem Gedanken, man könnte den anderen Menschen, mit dem man sein Leben teilen würde, nicht finden. Jetzt, wo sie sich ein für allemal von dieser Angst befreien konnte, wusste sie nicht mehr recht, was sie eigentlich wollte.

›Will ich den leuchtenden Punkt wirklich sehen?‹

Sie erinnerte sich an den Magier – und begann einzusehen, dass nur die Sonnentradition mit der Liebe umgehen konnte. Aber sie durfte jetzt nicht einen neuen Weg einschlagen. Einen Weg kannte sie nun, und den musste sie zu Ende gehen. Sie wusste, dass es immer schwieriger werden würde, im Leben eine Entscheidung zu treffen, wenn sie diesen Weg aufgeben würde.

Eines Nachmittags nach einer langen Unterrichtsstunde zu den Ritualen, die von den alten Zauberinnen benutzt wurden, um Regen zu machen (und die Brida in ihr ›Buch der Schatten‹ schreiben musste), fragte Wicca sie, ob sie ihre Kleidungsstücke auch alle trage.

»Selbstverständlich nicht« war die Antwort.

»Dann trage von dieser Woche an alles, was du in deinem Kleiderschrank hast!«

Brida glaubte, sich verhört zu haben.

»Alles, was unsere Energie enthält, muss immer in Bewegung sein«, sagte Wicca. »Die Kleidung, die du gekauft hast, ist ein Teil von dir, und sie steht für besondere Augenblicke. Augenblicke, in denen du aus dem Haus gegangen bist und dir selber ein Geschenk machen wolltest, weil du mit der Welt zufrieden warst. Augenblicke, in denen dir jemand weh getan hat und du etwas kompensieren musstest. Augenblicke, in denen du fandest, es sei notwendig, dein Leben zu verändern.

Die Kleidung verwandelt immer Gefühle in Materie. Sie ist eine der Brücken zwischen dem Sichtbaren und dem Unsichtbaren. Es gibt bestimmte Kleidungsstücke, die sogar Unheil anrichten können, da sie für andere Menschen gemacht wurden und aus Versehen in deine Hände gelangt sind.«

Brida verstand, was sie damit meinte: Wenn sie ganz bestimmte Kleidungsstücke trug, passierte am Ende immer etwas Unangenehmes.

»Stoße Kleidungsstücke ab, die nicht für dich gemacht wurden!«, sagte Wicca eindringlich. »Und trage die anderen. Es ist wichtig, die Erde immer umzupflügen, die Welle muss immer ihre Schaumkrone haben, und das Gefühl muss in Bewegung sein. Das gesamte Universum bewegt sich: Wir dürfen nicht stehenbleiben.«

Zu Hause legte Brida alle Kleidungsstücke, die sie im Schrank hatte, aufs Bett. Sie schaute sich jedes genau an: Es waren mehrere darunter, von denen sie gar nicht mehr wusste, dass sie in ihrem Schrank hingen. Andere erinnerten sie an glückliche Augenblicke in der Vergangenheit, wurden aber, obwohl sie inzwischen aus der Mode gekommen waren, von Brida nicht ausrangiert, weil sie einen besonderen Zauber zu besitzen schienen und womöglich, wenn sie sich von ihnen trennte, die mit ihnen verbundenen positiven Erlebnisse ins Negative kehren würden. Dann nahm Brida sich die Kleidungsstücke vor, von denen sie immer geglaubt hatte, sie hätten eine »schlechte Ausstrahlung«. Sie hatte immer gehofft, sie würden diese Ausstrahlung irgendwann verlieren und sie würde sie wieder tragen können – aber immer, wenn sie sich entschied, das auszuprobieren, hatte sie am Ende Probleme gehabt.

Brida stellte fest, dass ihre Beziehung zur Kleidung offenbar komplizierter war, als sie gedacht hatte. Dennoch fiel es ihr schwer zu akzeptieren, dass Wicca sich in etwas einmischte, was sie als etwas sehr Intimes und Persönliches empfand: ihre Art, sich zu kleiden. Bestimmte Kleidungsstücke mussten für bestimmte Gelegenheiten aufbewahrt werden, und nur sie selbst konnte entscheiden, wann sie sie zu tragen hatte. Andere waren für die Arbeit nicht geeignet oder fürs Ausgehen am Wochenende. Warum musste Wicca sich da einmischen? Brida hatte noch nie eine Anweisung Wiccas in Frage gestellt, hatte getanzt, Kerzen angezündet, Dolche ins Wasser und in Dinge gesteckt, die sie niemals gebrauchen würde. Das alles konnte sie akzeptieren – es gehörte zu einer Tradition, einer Tradition, die sie nicht verstand, die aber möglicherweise ihre unbekannte Seite ansprach. Aber in dem Moment, indem Wicca Brida Anweisung zu ihrer Bekleidung gab, griff sie in Bridas Art, in der Welt zu sein, ein.

Damit überschritt Wicca möglicherweise die Grenzen ihrer Macht. Vielleicht versuchte sie dort einzugreifen, wo sie es nicht sollte.

›Es ist schwieriger zu verändern, was draußen ist, als das, was drinnen ist.‹

Jemand hatte etwas gesagt. Unwillkürlich drehte Brida sich um, obwohl sie wusste, dass dort niemand war.

Es war die Stimme.

Die Stimme, die Wicca wecken wollte.

Brida beherrschte ihre Aufregung und ihre Angst. Sie schwieg, versuchte noch etwas zu hören – doch alles, was sie hörte, war Straßenlärm, einen in der Nähe laufenden Fernseher und das allgegenwärtige Geräusch der Welt. Sie versuchte die Haltung beizubehalten, die sie vorher gehabt hatte, an dieselben Dinge wie vorher zu denken. Alles war so schnell geschehen, dass sie sich nicht einmal erschreckt hatte – und auch nicht verwundert oder stolz auf sich selber war.

Aber die Stimme hatte etwas gesagt. Brida hatte eine

Stimme gehört, die nicht ihre eigene war, da war sie sich ganz sicher – selbst wenn die Hexenjagd plötzlich wieder losbrechen würde und sie deswegen vor Gericht kommen und auf dem Scheiterhaufen sterben müsste.

›Es ist schwieriger zu verändern, was draußen ist, als das, was drinnen ist.‹ Die Stimme hätte etwas Erhebenderes sagen können, denn es war schließlich das erste Mal, dass sie sie in ihrer derzeitigen Inkarnation hörte. Doch plötzlich wurde Brida von einer unendlichen Freude übermannt. Sie hätte am liebsten Lorens angerufen oder den Magier besucht oder bei Wicca geklingelt, um ihnen zu erzählen, dass ihre besondere Gabe ans Tageslicht gekommen war und sie jetzt Teil der Mondtradition sein konnte. Sie ging auf und ab, rauchte ein paar Zigaretten, und erst eine halbe Stunde später hatte sie sich genügend beruhigt, um sich wieder aufs Bett setzen zu können, auf dem alle ihre Kleidungsstücke verstreut lagen.

Die Stimme hatte recht. Brida hatte ihre Seele einer fremden Frau anvertraut – und so unsinnig es scheinen mochte, es war viel einfacher, die eigene Seele entscheiden zu lassen, wie sie sich kleiden wollte.

Erst jetzt begriff Brida, wie stark die scheinbar sinnlosen Exerzitien mittlerweile in ihr Leben eingriffen. Erst jetzt, indem sie sich äußerlich änderte, konnte sie erkennen, wie sehr sie sich innerlich verändert hatte.

Bei ihrem nächsten Treffen mit Wicca musste sie ihr alles über die Stimme erzählen. Sie hatte alles im ›Buch der Schatten‹ aufgezeichnet, und Wicca war zufrieden.

»Wessen Stimme war das?«, wollte Brida wissen.

Wicca ging jedoch auf Bridas Frage nicht ein. Sie hatte ihr Wichtigeres zu sagen.

»Bis jetzt habe ich dir gezeigt, wie du auf den Weg zurückkehren kannst, den deine Seele seit mehreren Inkarnationen geht. Ich habe das in ihr verborgene Wissen geweckt, indem ich durch Symbole und Rituale unserer Vorfahren direkt mit deiner Seele gesprochen habe. Du hast dich zwar beschwert, aber deine Seele war glücklich, denn sie fand ihre Mission wieder. Während du dich über die Übungen geärgert, dich beim Tanzen gelangweilt hast, bei den Ritualen fast eingeschlafen bist, schöpfte deine verborgene Seite aus der Weisheit der Zeit, erinnerte sich an das, was sie einst gelernt hatte, und der Samen wuchs – und du wusstest nicht, wie. Jetzt ist der Augenblick gekommen, Neues zu lernen. Der Augenblick der Initiation, der wahre Anfang, mit dem du beginnst, die Dinge zu lernen, die du in diesem Leben lernen musst. Dass du die Stimme gehört hast, zeigt, dass du jetzt bereit bist.

In der Tradition der Hexen wird die Initiation immer zur Tagundnachtgleiche durchgeführt. Die nächste Tagundnachtgleiche ist am Frühlingsanfang, am 21. März. Es wäre schön, wenn dies der Tag deiner Initiation werden könnte, denn auch ich bin während einer Frühlings-Tagundnachtgleiche initiiert worden. Du kannst bereits mit den Werkzeugen umgehen und kennst die Rituale, die notwendig sind, um die Brücke zwischen dem Sichtbaren und dem Unsichtbaren offen zu halten. Deine Seele hat die Lektionen vergangener Leben nicht vergessen. Sie erinnert sich daran, wenn du eines der Rituale durchführst, die du inzwischen gelernt hast.

Indem du die Stimme hörst, hast du, was bereits in der unsichtbaren Welt geschah, in die sichtbare Welt gebracht. Oder, anders gesagt, du hast begriffen, dass deine Seele für den nächsten Schritt bereit ist. Das erste große Ziel ist erreicht.«

Brida fiel ein, dass sie noch vor kurzem unbedingt auch den leuchtenden Punkt hatte sehen wollen. Aber seit sie begonnen hatte, über die Suche nach Liebe nachzudenken, wurde dies von Woche zu Woche unwichtiger.

»Es fehlt nur noch eine Prüfung, damit du zur Frühlingsinitiation zugelassen wirst. Falls du es dieses Mal nicht schaffst, mach dir deswegen keine Sorgen – du hast noch viele Tagundnachtgleichen vor dir, und eines Tages wirst du initiiert werden.

Bisher hast du dich mit deiner männlichen Seite beschäftigt: dem Wissen. Du weißt, bist imstande zu begreifen, was du weißt. Aber die große weibliche Kraft, eine der Hauptkräfte der Veränderung, hast du noch nicht berührt. Und Wissen ohne Veränderung ist keine Weisheit.

Diese Kraft war immer die Zauberkraft der Hexen und generell der Frauen. Alle Menschen auf dieser Welt kennen diese Kraft. Alle wissen, dass wir, die Frauen, die großen Wächterinnen ihrer Geheimnisse sind. Weil wir diese Kraft wecken können, die vielerorts verabscheut wird, wurden wir verdammt, war die Welt uns gegenüber feindlich gesinnt und wurde gefährlich für uns. Wer mit dieser Kraft – auch unwissentlich – in Berührung kommt, wird für den Rest seines Lebens mit ihr verbunden sein. Er kann sie beherrschen oder ihr Sklave sein, kann sie zu einer magischen Kraft werden lassen oder sie für den Rest seines Lebens benutzen, ohne sich deren ungeheuren Macht bewusst zu werden. Diese Kraft ist in allem, was uns umgibt, sie ist in der sichtbaren Welt der Menschen und in der unsichtbaren Welt der Mystiker. Sie kann abgetötet, erniedrigt, verborgen und sogar verneint werden. Sie kann jahrelang irgendwo in einer Ecke vergessen schlafen, kann vom Menschen auf fast alle erdenklichen Arten behandelt werden, nur auf eine Art nicht: in dem Augenblick, in dem jemand diese Kraft kennenlernt, wird er sie sein ganzes Leben lang nicht mehr vergessen können.«

»Und welche Kraft ist das?«

»Nun stell mir nicht schon wieder dumme Fragen!«, antwortete Wicca. »Ich weiß genau, dass du es weißt.«

Brida wusste es.

Die Sexualität.

Wicca öffnete einen der makellos weißen Vorhänge und deutete nach draußen auf die Landschaft. Das Fenster ging zum Fluss hinaus, zu alten Gebäuden und den Bergen am Horizont. Auf einem dieser Berge lebte der Magier.

»Was ist das?«, fragte Wicca und wies auf die Turmspitze einer Kirche.

»Ein Kreuz. Das Symbol des Christentums.«

»Ein Römer hätte niemals ein Gebäude betreten, an dem ein solches Kreuz angebracht gewesen wäre. Er hätte geglaubt, dass dort gefoltert würde, denn das Kreuz ist eines der grausamsten Folterinstrumente, die der Mensch je erfunden hat.

Das Kreuz hat sich nicht verändert, wohl aber seine Bedeutung. Ganz ähnlich verhält es sich mit der Sexualität. Als die Menschen Gott noch nahe waren, war der Geschlechtsakt die symbolische Vereinigung mit Gott, die Wiederbegegnung mit dem Sinn des Lebens.«

»Warum aber lehnen Menschen, die Gott suchen, Sexualität ab?«

Wicca ärgerte sich sichtlich über die Unterbrechung, beantwortete aber trotzdem Bridas Frage.

»Wenn ich von der Kraft spreche, meine ich nicht nur den Geschlechtsakt. Bestimmte Menschen benutzen diese Kraft, ohne ein Ziel zu haben. Alles hängt vom gewählten Weg ab.«

»Ich kenne diese Kraft«, sagte Brida. »Ich weiß sie zu benutzen.«

Wicca griff ihr Thema wieder auf.

»Vielleicht kannst du im Bett mit der Sexualität umgehen. Das bedeutet aber noch lange nicht, dass du diese Kraft kennst. Männer wie Frauen sind der Kraft der Sexualität ausgeliefert, weil dort Lust und Angst gleich wichtig sind.«

»Und warum gehen Lust und Angst Hand in Hand?«

Endlich hatte die junge Frau etwas gefragt, auf das sich zu antworten lohnte.

»Weil, wer mit Sexualität zu tun hat, weiß, dass er mit etwas zu tun hat, das sich nur dann mit ganzer Intensität entfaltet, wenn man die Kontrolle verliert. Wenn wir mit jemandem im Bett sind, dann geben wir diesem Menschen nicht nur die Erlaubnis, mit unserem Körper, sondern mit unserer ganzen Persönlichkeit eins zu werden. Die reinen Kräfte des Lebens kommunizieren ganz unabhängig von uns miteinander, und wir können dann nicht verbergen, wer wir sind. Gleichgültig, welches Bild wir von uns selber haben – Verkleidungen, fertige Antworten, ehrenhafte Ausflüchte gelten hier nicht. Beim Sex ist es schwierig, dem anderen etwas vorzumachen – denn jeder zeigt sich, wie er wirklich ist.«

Wicca sprach wie jemand, der diese Kraft gut kannte. Ihre Augen leuchteten, Stolz lag in ihrer Stimme. Vielleicht machte diese Kraft sie so anziehend. Es tat gut, von ihr zu lernen: Eines Tages würde sie herausfinden, worin das Geheimnis dieses Zaubers lag.

»Damit die Initiation vollzogen werden kann, musst du dieser Kraft begegnen. Alles andere, wie die Sexualität der Hexen, gehört zu den Großen Mysterien, und du wirst es nach der Zeremonie wissen.«

»Und wie begegne ich ihr?«

»Es ist einfach, aber wie bei allen einfachen Dingen ist es viel schwieriger, damit umzugehen, als mit den komplizierten Ritualen, die ich dir bisher beigebracht habe.«

Wicca trat ganz nah an Brida heran, fasste sie bei den Schultern und schaute ihr tief in die Augen.

»Die Formel dafür ist folgende: Benutze die ganze Zeit alle deine fünf Sinne. Kommen sie im selben Augenblick zum Orgasmus, bist du bereit für die Initiation.«

»Ich bin gekommen, um Sie um Verzeihung zu bitten«, sagte Brida.

Sie saßen an derselben Stelle, an der sie sich das letzte Mal getroffen hatten, auf der Westseite des Berges, von dem aus man über das ausgedehnte Tal sah.

»Manchmal denke ich etwas und mache etwas ganz anderes«, fuhr sie fort. »Aber sollten Sie irgendwann einmal Liebe erfahren haben, dann wissen Sie, wie sehr man aus Liebe leiden kann.«

»Ja, ich weiß«, antwortete der Magier.

»Wegen des leuchtenden Punkts hatten Sie recht. Das Leben wird etwas weniger aufregend. Aber ich habe herausgefunden, dass die Suche genauso interessant sein kann wie das Finden.«

»Sofern man die Angst überwindet.«

»Genau.« Brida freute sich, weil auch er, trotz all seines Wissens, offenbar immer noch Angst hatte.

Sie gingen den ganzen Nachmittag durch den verschneiten Wald. Sie unterhielten sich über Pflanzen, über die Landschaft und über die Art, wie in dieser Region die Spinnen ihre Netze webten. Irgendwann trafen sie einen Hirten, der seine Schafherde heimführte.

»Hallo, Santiago!«, begrüßte der Magier den Hirten. Dann wandte er sich an Brida.

»Gott hat eine besondere Vorliebe für Hirten. Es sind

Menschen, die mit der Natur, der Stille und der Geduld vertraut sind. Sie besitzen alle Tugenden, um mit dem Universum in Verbindung zu treten.«

Bislang hatten sie diese Themen nicht angesprochen, und Brida wollte nichts übereilen. Sie redete weiter über ihr Leben und das Weltgeschehen. Ihre Intuition warnte sie davor, Lorens zu erwähnen. Warum der Magier ihr so viel Aufmerksamkeit schenkte, wusste sie noch immer nicht recht. Aber sie musste die Gunst des Augenblicks nutzen. Verfluchte Zauberkraft, hatte Wicca gesagt. Doch Brida hatte ein Ziel, und der Magier war der Einzige, der ihr helfen konnte, es zu erreichen.

Ein paar Schafe kamen vorbei, die mit ihren Hufen im Schnee eine lustige Spur hinterließen. Diesmal war kein Hirte dabei, aber die Schafe schienen zu wissen, wohin sie gehen mussten und was sie suchten. Der Magier schaute den Tieren lange nach. Womöglich sann er über ein Geheimnis der Sonnentradition nach, das Brida nicht verstehen würde.

Mit dem Tageslicht verschwand auch das Gefühl von Angst und Respekt, das Brida an der Seite dieses Mannes immer überkam. Zum ersten Mal war sie ruhig und voller Vertrauen. Vielleicht weil sie nicht mehr meinte, ihm unbedingt ihre besonderen Gaben zeigen zu müssen – sie hatte die Stimme gehört, und ihr Eintritt in die Welt dieser Männer und Frauen war nur noch eine Frage der Zeit. Auch sie gehörte dem Weg der Mysterien an, und seit sie die Stimme gehört hatte, gehörte der Mann neben ihr zu ihrem Universum.

Sie hätte am liebsten seine Hände genommen, ihn gebeten, ihr etwas von der Sonnentradition zu zeigen, so wie sie Lorens immer bat, ihr von den alten Sternen zu erzählen. Es war eine Art auszudrücken, dass sie dasselbe sahen – aus verschiedenen Blickwinkeln.

Etwas sagte ihr, dass er das brauchte, und es war nicht die geheimnisvolle Stimme der Mondtradition, sondern die unruhige, manchmal impulsive Stimme ihres Herzens. Eine Stimme, auf die sie immer weniger hörte, weil sie sie immer auf Wege führte, die sie nicht begriff. Doch die Gefühle waren wie wilde Pferde und baten um Aufmerksamkeit. Brida ließ sie eine Zeitlang frei galoppieren, bis sie müde wurden. Ihre Gefühle erzählten ihr, wie schön dieser Abend sein würde, wenn sie in den Magier verliebt wäre. Denn wenn sie sich in ihn verliebte, könnte sie alles verstehen und Dinge erfahren, die sie nicht einmal denken mochte. Denn die Liebe ist der Schlüssel zu allen Geheimnissen.

Sie stellte sich Liebesszenen vor, bis sie ihre Gefühle wieder in der Gewalt hatte. Dann sagte sie sich, dass sie niemals einen Mann wie ihn würde lieben können. Denn er verstand das Universum, und alle menschlichen Gefühle wurden aus der Ferne betrachtet winzig und unbedeutend.

Sie gelangten zur Ruine einer alten Kirche. Der Magier setzte sich auf einen Haufen unbehauener Steine, die auf dem Boden herumlagen. Brida wischte den Schnee von einer Fensterbrüstung.

»Es muss schön sein, hier zu leben, die Tage in einem Wald zu verbringen und nachts in einem geheizten Haus zu schlafen«, sagte sie.

»Ja, es ist schön. Ich kenne die Lieder der Hirten, kann Gottes Zeichen lesen, habe hier die Sonnen- und die Mondtradition gelernt.«

›Aber ich bin allein‹, hätte er am liebsten gesagt. ›Aber es bringt nichts, das gesamte Universum zu verstehen, wenn man allein ist.‹

Vor ihm, an der Fensterbrüstung, lehnte sein Anderer Teil. Er konnte den leuchtenden Punkt über ihrer linken Schulter sehen, und er bereute, beide Traditionen gelernt zu haben. Möglicherweise hatte ihn dieser Punkt dazu gebracht, sich in diese Frau zu verlieben.

›Sie ist intelligent. Sie ahnt die Gefahr voraus, und jetzt will sie von leuchtenden Punkten nichts mehr wissen.‹

»Meine Gabe hat zu mir gesprochen. Wicca ist eine großartige Meisterin.«

Damit kam sie zum ersten Mal an diesem Nachmittag auf das Thema Magie zu sprechen.

»Diese Stimme wird Sie die Geheimnisse der Welt lehren, die Geheimnisse, die an die Zeit gebunden sind und von den Hexen von Generation zu Generation weitergegeben werden.«

Er achtete beim Sprechen nicht auf seine Worte. Er versuchte sich daran zu erinnern, wie es gewesen war, als er seinem Anderen Teil zum ersten Mal begegnet war. Menschen, die allein leben, verlieren das Zeitgefühl. Die Stunden sind lang, die Tage hören nie auf. Dabei waren sie sich doch erst zweimal begegnet. Brida lernte alles sehr schnell.

»Ich kenne die Rituale und werde bei der nächsten Tagundnachtgleiche in die Großen Mysterien eingeweiht.«

Sie war jetzt wieder angespannt.

»Es gibt allerdings etwas, das ich noch nicht weiß. Die Kraft, die alle kennen und als Mysterium ehren.«

Der Magier begriff, warum sie an diesem Nachmittag gekommen war. Es war ihr nicht nur darum gegangen, zwischen den Bäumen herumzuwandern und mit ihm gemeinsam Fußspuren im Schnee zu hinterlassen – Spuren, die sich immer näher kamen.

Brida stellte den Mantelkragen hoch. Sie wusste nicht, ob sie es wegen der Kälte tat, die sie nun stärker spürte, weil sie nicht mehr gingen, oder ob sie nur ihre Nervosität verbergen wollte.

»Ich möchte lernen, wie man die Kraft der Sexualität weckt. Die fünf Sinne«, sagte sie schließlich. »Wicca redet nicht darüber. Sie meint, ich würde es herausfinden, so wie ich die Stimme gefunden habe.«

Sie schwiegen minutenlang. Brida überlegte, ob es richtig gewesen war, das Thema Sexualität ausgerechnet in den Ruinen einer Kirche anzusprechen. Die Mönche, die hier gelebt hatten, hatten gegen die Versuchung gekämpft – sie würden sie verstehen.

»Ich habe auf jede erdenkliche Weise versucht, es herauszubekommen. Ich habe das Gefühl, dass es einen Trick gibt – wie den Trick mit dem Telefon, den Wicca bei den Tarotkarten angewandt hat. Etwas, das Wicca mir nicht zeigen wollte. Ich glaube, sie hatte Schwierigkeiten, es zu lernen, und möchte, dass ich die gleichen Schwierigkeiten habe.«

»Sind Sie deshalb zu mir gekommen?«, unterbrach sie der Magier.

Brida schaute ihm tief in die Augen.

»Ja.«

Sie war gespannt, wie er ihre Antwort aufnehmen würde. Denn seit sie hergekommen war, war sie sich nicht mehr so sicher. Der Weg durch den verschneiten Wald, das auf dem Schnee reflektierte Sonnenlicht, das sorglose Gespräch über Alltagsdinge – alles hatte dazu geführt, dass ihre Gefühle wie eine Herde Pferde galoppierten. Sie musste den Magier erneut davon überzeugen, dass sie nur auf der Suche war und dass sie ihr Ziel wie auch immer erreichen würde. Denn Gott war Frau gewesen, bevor er Mann war.

Der Magier erhob sich von dem Steinhaufen, auf dem er gesessen hatte, und ging zur einzigen noch stehenden Wand. Mitten in der Wand war eine Türöffnung, und er lehnte sich an deren Rahmen. Das Rot leuchtete ihn an, und im Gegenlicht konnte Brida sein Gesicht nicht sehen.

»Es gibt etwas, das Wicca Ihnen nicht beigebracht hat«, sagte der Magier. »Möglicherweise hat sie es vergessen. Vielleicht aber wollte sie, dass Sie es allein herausfinden.«

»Nun bin ich hier! Um es allein herauszufinden!«

Und sie fragte sich, ob nicht genau das der Plan ihrer Meisterin gewesen war: dass sie diesen Mann traf.

»Ich werde es Ihnen beibringen«, sagte er schließlich. »Kommen Sie mit!«

Sie gingen bis zu einer Stelle im Wald, an der die Bäume höher und dicker waren. Brida sah, dass an einigen Bäumen einfache Holzleitern zu Hochsitzen hinaufführten.

Brida fing an zu klettern. Auf halber Höhe wurde ihr schwindlig, und sie hatte Angst hinunterstürzen. Doch sie fasste sich ein Herz und kletterte weiter. Gewiss befand sie sich an einem heiligen Ort, der von den Geistern des Waldes beschützt wurde. Der Magier hatte nicht um Erlaubnis gebeten einzutreten, aber vielleicht war das in der Sonnentradition ja nicht notwendig.

Oben angekommen, stieß Brida einen Seufzer der Erleichterung aus und setzte sich auf die schmale Bank des Hochsitzes. Sie hatte eine weitere ihrer Ängste besiegt.

»Dies ist ein guter Ort, Sie den Weg zu lehren«, sagte er. »Es ist übrigens ein Hinterhalt.«

»Ein Hinterhalt?«

»Die Tiere können den Geruch der Menschen, die hier oben sitzen, nicht wittern.

Während des ganzen Jahres legen die Jäger unten Futter für die Tiere aus. Diese gewöhnen sich daran, hierherzukommen, und eines schönen Tages werden sie dann getötet. Schauen Sie mal hinunter!«

Für zwei Personen war es sehr eng, und ihre Körper berührten einander. Brida stand auf und schaute hinab. Unten lagen ein paar leere Patronenhülsen. Sie war schockiert. Der Baum musste der höchste von allen sein, denn sie konnten von ihrem Hochsitz aus die Wipfel der anderen Bäume, das Tal und die schneebedeckten Berge am Horizont sehen. Es war ein wunderschöner Ort. Hätte der Magier doch bloß die Sache mit dem Hinterhalt verschwiegen.

Er schob das Segeltuchdach der Hütte zur Seite, und plötzlich wurde die Hütte von Sonne durchflutet. Es war kalt, und Brida kam es so vor, als befänden sie sich an einem magischen Ort auf dem höchsten Punkt der Erde. Ihre Gefühle wollten wieder losgaloppieren, doch das durfte sie nicht zulassen, musste sich jetzt fest im Zaum halten.

»Im Grunde genommen hätte ich Sie nicht hierherzuführen brauchen, um Ihnen zu erklären, was Sie wissen möchten«, sagte der Magier. »Aber ich wollte, dass Sie diesen Wald noch etwas besser kennenlernen. Im Winter, wenn die Jäger nicht kommen, steige ich immer auf diese Bäume und betrachte die Welt ringsum.«

Er wollte tatsächlich seine Welt mit ihr teilen. Bridas Puls schlug schneller. Sie war von einem friedlichen Gefühl durchdrungen und ganz einem dieser Augenblicke im Leben hingegeben, die dazu geschaffen scheinen, einen die Beherrschung verlieren zu lassen.

»Alle Beziehungen zwischen den Menschen und der Welt laufen über die fünf Sinne. In die Welt der Magie einzutauchen bedeutet, unbekannte Sinne zu entdecken – und der Weg dorthin führt über die Sexualität.«

Der Magier hatte unvermittelt seinen Tonfall geändert und sprach jetzt wie ein Biologielehrer, der seinem Schüler Unterricht erteilt. ›Vielleicht ist es besser so‹, dachte sie, war allerdings nicht recht davon überzeugt.

»Gleichgültig, ob man in der Kraft der Sexualität Erkenntnis oder Lust sucht – sie wird immer eine umfassende Erfahrung sein. Denn sie ist die einzige Aktivität des Menschen, bei der alle seine fünf Sinne beteiligt sind – oder beteiligt sein sollten. Alle Kanäle, die uns mit dem Partner verbinden, sind dann durchlässig.

Im Augenblick des Orgasmus verschwinden die fünf Sinne, und man tritt ein in die Welt der Magie. Man kann nicht mehr sehen, hören, schmecken, fühlen, riechen. In diesen langen Sekunden verschwindet alles, und die Ekstase tritt an die Stelle der Sinne. Eine absolute Ekstase wie diejenige, die die Mystiker nach Jahren des Verzichts und der Disziplin erreichen.«

Brida hätte ihn am liebsten gefragt, warum die Mystiker sie nicht durch den Orgasmus zu erreichen versuchten.

»Die fünf Sinne treiben den Menschen zur Ekstase. Je stärker sie stimuliert werden, umso größer ist der Antrieb. Und umso größer die Ekstase. Verstehen Sie?«

Selbstverständlich. Sie verstand alles und nickte. Aber mit dieser Frage distanzierte er sich von ihr. Sie wäre ihm lieber wieder so nah gewesen wie vorher, als sie durch den Wald gegangen waren.

»Das ist alles«, sagte er.

»Das wusste ich schon, doch es gelingt mir nicht, es umzusetzen.« Sie durfte Lorens nicht erwähnen. Sie spürte, dass dies gefährlich war. »Sie haben mir noch nicht diesen Weg gezeigt, um zur Ekstase zu kommen!«

Brida war nervös. Ihre Gefühle begannen mit ihr davonzugaloppieren, und sie verlor allmählich die Selbstkontrolle.

Der Magier blickte hinab auf den Wald. Brida fragte sich, ob auch er mit seinen Gefühlen kämpfte. Aber mit dieser Frage wollte und durfte sie sich heute nicht beschäftigen.

Er war ein Meister der Sonnentradition. Sie wusste, dass die Meister der Sonnentradition, wenn sie lehrten, den Raum und den Augenblick nutzten und niemals zuließen, dass die Theorie die Überhand gewann. Sie hatte darüber nachgedacht, bevor sie zum Magier von Folk gefahren war, und hatte vorausgesehen, dass sie beide allein sein würden, dass es außer ihnen weit und breit keine Menschenseele geben würde. Trotzdem war sie hergekommen – denn der Weg war ihr jetzt wichtiger als alles andere. Sie musste die Tradition ihrer vielen vorangegangenen Leben in ihrem jetzigen Leben weiterführen.

Aber der Magier verhielt sich wie Wicca, die nur über die Dinge sprach.

»Lehren Sie es mich!«, sagte sie noch einmal.

Der Magier starrte auf die kahlen, schneebedeckten Wipfel. Er könnte in diesem Augenblick vergessen, dass er ein Meister war, und nur ein Mann wie alle anderen sein. Er wusste, dass sein Anderer Teil vor ihm stand. Er könnte über das Licht sprechen, das er sah, überlegte er, und Brida würde es glauben, und die Wiederbegegnung würde vollzogen werden. Selbst wenn sie weinend und empört wegrennen würde, käme sie schließlich doch wieder, denn er sagte die Wahrheit – so wie er sie brauchte, brauchte sie ihn. Die getrennten Teile würden einander immer wieder erkennen – darin lag ihre Weisheit.

Aber er war ein Meister. Und eines Tages hatte er in einem spanischen Dorf einen heiligen Eid geschworen. Dieser Eid besagte unter anderem, dass kein Meister einen anderen Menschen dazu verleiten dürfe, eine Wahl zu treffen. Er hatte diesen Fehler einmal gemacht und war deshalb jahrelang aus der Welt der Magier verbannt worden. Jetzt lagen die Dinge anders. Dennoch wollte er kein Risiko eingehen. ›Ich könnte ihretwegen die Magie aufgeben‹, überlegte er kurz, bemerkte aber sofort, wie dumm dieser Gedanke war. Die Liebe brauchte so einen Verzicht nicht. Die wahre Liebe ließ zu, dass jeder seinen eigenen Weg ging – im Wissen, dass dies die zusammengehörenden Teile niemals auseinanderbringen konnte.

Er musste Geduld haben. Er würde weiter die Hirten beobachten, aber immer wissen, dass Brida und er früher oder später zusammen sein würden. Das war das Gesetz. Er hatte sein ganzes Leben lang daran geglaubt.

»Ihre Bitte zu erfüllen ist einfach«, sagte er schließlich. Er hatte sich jetzt ganz in der Gewalt. Die Disziplin hatte gesiegt.

»Ihre fünf Sinne müssen beteiligt sein, wenn Sie den anderen berühren. Denn Sexualität hat ein Eigenleben. Sobald man ihr freien Lauf lässt, übernimmt sie die Herrschaft – sie beherrscht uns dann. Und alles, was man in sie hineingelegt hat – Ängste, Wünsche, Sensibilität –, bleibt die ganze Zeit über präsent. So entsteht Impotenz. Beim Sex sollte man nur Liebe und die fünf Sinne mit ins Bett nehmen. Nur so wird man das Einssein mit Gott erfahren.«

Brida schaute auf die am Boden verstreuten Patronen. Sie zeigte nicht, was sie fühlte. – Jetzt kannte sie den Trick. Und der war (redete sie sich ein) das Einzige, was sie interessierte.

»Das ist alles, was ich Ihnen beibringen kann.«

Brida schwieg, und die wilden Pferde wurden durch das Schweigen gezähmt.

»Atmen Sie siebenmal ruhig durch, schärfen Sie vor dem körperlichen Kontakt Ihre fünf Sinne. Lassen Sie sich Zeit.«

Er war ein Meister der Sonnentradition. Er hatte eine weitere Prüfung bestanden. Sein Anderer Teil hatte ihm die Gelegenheit gegeben, selber ebenfalls eine Menge zu lernen.

»Nun habe ich Ihnen den Blick von hier oben gezeigt. Wir können wieder hinuntersteigen.«

Brida blickte zerstreut auf die Kinder, die auf dem Platz spielten. Jemand hatte einmal gesagt, jede Stadt habe einen »magischen Ort«, einen Ort, an den wir uns immer begeben, wenn wir ernsthaft über unser Leben nachdenken müssen. Dieser Platz war ihr »magischer Ort« in Dublin. Sie hatte ganz in der Nähe ihre erste Wohnung gemietet, als sie voller Träume und Erwartungen in die große Stadt gekommen war. Damals hatte sie vorgehabt, sich im Trinity College einzuschreiben und Literatur zu studieren. Sie hatte oft lange auf derselben Bank gesessen, Gedichte geschrieben und versucht, wie ihre literarischen Idole zu leben.

Aber das Geld, das ihr Vater ihr schickte, reichte nicht, und sie hatte die Anstellung in der Exportfirma, in der sie jetzt arbeitete, annehmen müssen. Sie beklagte sich nicht darüber. Sie war mit ihrer Arbeit zufrieden, die einen wichtigen Platz in ihrem Leben einnahm, denn Arbeiten war etwas Reelles und half ihr, nicht verrückt zu werden und stattdessen ein wenn auch wackliges Gleichgewicht zwischen der sichtbaren und der unsichtbaren Welt aufrechtzuerhalten. Um die Bank herum spielten Kinder. Wie sie selbst in ihrer Kindheit hatten auch all diese Kinder Geschichten von Feen und Hexen gehört, in denen schwarzgewandete Zauberinnen armen, im Wald verirrten Mädchen vergiftete Äpfel anboten. Keines dieser Kinder wäre auf die Idee gekommen, dass da eine richtige Hexe saß und ihnen beim Spielen zuschaute.

An jenem Nachmittag hatte Wicca ihr aufgetragen, eine Übung zu machen, die nichts mit der Mondtradition zu tun hatte. Jeder Mensch konnte sie mit Erfolg durchführen. Brida allerdings sollte dabei die Brücke zwischen dem Sichtbaren und dem Unsichtbaren immer offenhalten.

Die Übung war einfach: Sie sollte sich hinlegen und sich entspannen. Sich eine Einkaufsstraße im Zentrum vorstellen, sich in die Schaufensterauslage eines Geschäfts versenken und sich alle Einzelheiten vergegenwärtigen und merken: Waren, Preise, Anordnung der Waren. Anschließend sollte sie in die Einkaufsstraße gehen und Vorstellung und Wirklichkeit vergleichen.

Jetzt aber saß sie einfach nur da und schaute den Kindern beim Spielen zu. Sie war vorher in der Einkaufsstraße und dort in dem Laden gewesen, dessen Schaufenster sie sich ausgemalt hatte – die Auslage dort hatte genau ihrer Vorstellung entsprochen. Nun fragte sie sich, ob ihre halbjährige Hexenausbildung beim Erfolg mit eine Rolle gespielt hatte. Allerdings lag die bewusste Straße in der Nähe ihres »magischen Ortes«. ›Nichts geschieht zufällig‹, dachte sie.

Ihr Herz war wegen etwas in Aufruhr, das sie nicht richtig in den Griff bekam: die Liebe. Sie liebte Lorens, dessen war sie sich sicher. Sie wusste, dass sie, wenn sie die Mondtradition erst richtig beherrschte, den leuchtenden Punkt über seiner linken Schulter sehen würde. Einmal hatten sie in der Nähe des Turms, der James Joyce zu seinem *Ulysses*-Roman inspiriert hatte, eine heiße Schokolade getrunken, und da hatte sie zum ersten Mal das Leuchten in seinen Augen gesehen.

Der Magier hatte recht. Die Sonnentradition war der Weg aller Menschen, und sie konnte daher von jedem, der beten und die nötige Geduld aufbringen und deren Lehren lernen wollte, verstanden werden. Je mehr sie selbst in die Mondtradition eintauchte, umso besser verstand und umso mehr bewunderte sie die Sonnentradition.

Der Magier. Sie dachte wieder an ihn. Seinetwegen war sie zu ihrem »magischen Ort« gekommen. Seit sie nebeneinander auf dem Hochsitz gesessen hatten, dachte sie häufig an ihn. Jetzt zum Beispiel wäre sie gern zu ihm gegangen und hätte mit ihm über die Übung sprechen wollen, die sie gerade gemacht hatte. Aber sie wusste, dass dies nur ein Vorwand gewesen wäre. Dahinter stand die Hoffnung, er würde sie wieder einladen, mit ihm im Wald spazieren zu gehen. Sie war sich sicher, dass er sie freudig empfangen würde, und begann zu glauben, dass er aus irgendeinem geheimnisvollen Grund – den sie sich nicht auszumalen wagte – auch gern mit ihr zusammen war.

›Ich hatte schon immer einen Hang zu Verrücktheiten‹, dachte sie und versuchte, sich den Magier aus dem Kopf zu schlagen. Aber sie wusste auch, dass er dort schon bald wiederauftauchen würde.

So wollte sie nicht weitermachen. Sie war eine Frau und kannte die Symptome einer neuen Leidenschaft genau. Sie musste um jeden Preis verhindern, dass sich da etwas entwickelte. Sie liebte Lorens und wollte, dass alles so weiterging wie bisher. Ihre Welt hatte sich schon genug ver ändert.

Am Samstagmorgen rief Lorens an.

»Lass uns einen Ausflug machen«, sagte er. »Lass uns zu den Klippen hinausfahren.«

Brida packte etwas zu essen ein, und dann brachen sie auf. Es war eine fast einstündige Fahrt in einem Bus, dessen Heizung nicht richtig funktionierte. Gegen Mittag kamen sie in einem Ort unweit der Klippen an.

Brida war aufgeregt. In ihrem ersten Studienjahr der Literaturwissenschaft hatte sie viel über den Dichter gelesen, der dort im vergangenen Jahrhundert gelebt hatte. Er war ein geheimnisvoller Mann gewesen, ein großer Kenner der Mondtradition, Mitglied verschiedener Geheimgesellschaften, und in seinen Büchern hatte er Botschaften für diejenigen zurückgelassen, die den spirituellen Weg suchten. Er hieß William Butler Yeats. Sie erinnerte sich an einige seiner Verse, die wie für diesen kalten Morgen geschaffen schienen, an dem Möwen über die in dem kleinen Hafen ankernden Schiffe flogen:

> Die Träume breit ich aus vor deinen Füßen:
> Tritt leicht darauf, du trittst auf meine Träume.

Sie gingen in den einzigen Pub am Ort, tranken einen Whiskey, um sich aufzuwärmen, und machten sich dann auf den Weg. Bald verengte sich die kleine asphaltierte Straße zu einem hügelan führenden Weg, und eine halbe

Stunde später gelangten sie an den Ort, den die Einheimischen die ›Klippen‹ nannten. Es handelte sich um eine Landzunge mit einer Felsformation, die direkt ins Meer abfiel. Ein Fußweg führte um die Felsen herum. Brida und Lorens würden die Klippen in knapp vier Stunden umrunden können. Anschließend würden sie den Bus zurück nach Dublin nehmen.

Brida war begeistert von dem Vorschlag. Auch wenn ihr Leben in den vorangegangenen Monaten sehr aufregend gewesen war, fand sie den Winter doch wie jedes Jahr schwer erträglich. Sie ging jeden Tag brav zur Arbeit, abends in die Universität und am Wochenende ins Kino. Sie führte zu den vorgeschriebenen Uhrzeiten die Rituale durch und tanzte, wie Wicca es ihr beigebracht hatte. Aber sie hatte Lust, das Haus zu verlassen und in die freie Natur hinauszugehen.

Der Himmel war bedeckt, die Wolken hingen tief, die körperliche Anstrengung und der Whiskey machten die Kälte erträglicher. Der Weg war zu eng, als dass beide hätten nebeneinander gehen können. Lorens ging voran, Brida folgte ihm in ein paar Metern Abstand. Besonders gut reden konnte man so nicht. Dennoch wechselten sie hin und wieder ein paar Worte, genug, um sich einander nahe zu fühlen, das Naturerlebnis miteinander zu teilen.

Sie betrachtete beinahe kindlich fasziniert die Landschaft ringsum. Das Szenarium hatte sich bestimmt seit Jahrtausenden nicht verändert – seit der Zeit, als es noch keine Städte, keine Häfen und keine Dichter und Mädchen gab, die die Mondtradition suchten. Damals gab es nur die Felsen und das Meer, das sich unten brach, und die Möwen, die unter den tiefhängenden Wolken hin und her flogen. Ab und an schaute Brida aufs Meer hinunter und spürte ein leichtes Schwindelgefühl. Das Meer sagte Unverständliches, die Möwen schwangen sich so hoch hinauf, wie Brida es niemals können würde. Sie schaute auf diese ursprüngliche Welt, als würde dort mehr noch als in allen Büchern, die sie las, oder in allen Ritualen, die sie durchführte, die wahre Erkenntnis des Universums verwahrt. Je weiter sie sich vom Hafen entfernten, umso bedeutungsloser wurden ihre Träume, ihr Alltag, ihre Suche. Es blieb nur noch, was Wicca »Gottes Handschrift« nannte.

Es blieb nur das ursprüngliche Erleben der reinen Kräfte der Natur – das Gefühl, lebendig zu sein an der Seite von jemandem, den sie liebte.

Nachdem sie ungefähr zwei Stunden gewandert waren, wurde der Pfad breiter, und sie beschlossen, sich zu setzen, um etwas auszuruhen. Lange würden sie nicht verweilen können. Die Kälte würde bald unerträglich werden, sie würden sich recht bald schon wieder bewegen müssen. Aber Brida wollte wenigstens ein paar Minuten neben Lorens sitzen, in die Wolken schauen und dem Rauschen des Meeres lauschen.

Brida spürte den Meeresgeruch und den Salzgeschmack auf ihrer Zunge. Ihr an Lorens' Jacke geschmiegtes Gesicht glühte. Ihre fünf Sinne arbeiteten.

Den Bruchteil einer Sekunde lang dachte sie an den Magier, vergaß ihn aber gleich wieder. Sie konzentrierte sich ganz auf ihre fünf Sinne. Jetzt war der richtige Augenblick gekommen.

»Ich möchte dir etwas sagen, Lorens.«

Lorens murmelte etwas, doch sein Herz war bang. Er sah hinauf in die Wolken und hinab in den Abgrund, und ihm war in diesem Augenblick klar wie noch nie, wie viel ihm die Frau an seiner Seite bedeutete. Ohne sie wären diese Felsen, dieser Himmel und dieser Winter für ihn bedeutungslos. Wenn Brida nicht bei ihm wäre, könnten alle Engel des Himmels heruntergeflogen kommen, um ihn zu trösten – es würde nichts bringen, selbst das Paradies hätte dann keinen Sinn.

»Ich möchte dir sagen, dass ich dich liebe«, sagte Brida sanft. »Denn du hast mir die Freuden der Liebe gezeigt.«

Sie fühlte sich erfüllt und ganz, eins mit der Landschaft. Lorens begann ihr Haar zu streicheln. Und sie war sich sicher, dass sie, wenn sie Risiken einging, eine Liebe erfahren würde, die sie noch nie erfahren hatte.

Brida küsste ihn. Sie spürte den Geschmack seines Mundes, die Berührung seiner Zunge. Sie konnte jede kleinste Regung spüren und ahnte, dass es ihm genauso ging – denn die Sonnentradition offenbarte sich immer allen, die die Welt betrachteten, als sähen sie sie zum ersten Mal.

»Ich möchte dich hier lieben, Lorens.«

Ihm schoss durch den Kopf, dass sie sich auf einem öffentlichen Weg befanden, dass jemand vorbeikommen könnte, jemand, der wie sie verrückt genug war, mitten im Winter dort spazieren zu gehen. Doch wer das tat, wusste vermutlich auch, dass es bestimmte Kräfte gab, die, waren sie einmal in Bewegung gesetzt, nicht mehr aufzuhalten waren.

Er legte seine Hände auf ihren Pullover und spürte ihre

Brüste. Brida war vollkommen hingegeben – ihre fünf Sinne nahmen alle Kräfte der Welt in sich auf, verwandelten sie in jene Energie, die sich ihrer jetzt bemächtigte. Beide legten sich auf den Boden unweit des Randes der Klippe, die neben ihnen steil zum Meer abfiel. Neben ihnen lag der Abgrund, der mögliche Tod auf den Steinen. Über ihnen schwebten die Möwen wie ein Sinnbild des Lebens. Und sie liebten sich ohne Angst, denn Gott schützt die Unschuldigen.

Sie spürten die Kälte nicht mehr. Das Blut strömte so schnell durch ihre Adern, dass sie sich fast alle Kleider vom Leib rissen. Es gab keinen Schmerz: Knie und Rücken rieben sich zwar am steinigen Boden auf, doch das gehörte dazu und steigerte noch ihre Lust. Brida spürte, dass sie bald zum Orgasmus kommen würde, doch dies war ein fernes Gefühl. Sie war jetzt ganz mit der Welt verbunden, ihr Körper und der Körper von Lorens verschmolzen mit dem Meer, den Steinen, dem Leben und dem Tod. Sie verweilte, so lange es ging, in diesem Zustand, während ein anderer Teil in ihr – wenn auch nur sehr vage – mitbekam, dass sie Dinge tat, die sie nie zuvor getan hatte. Doch es war ihre Wiederbegegnung mit dem Sinn des Lebens, es war die Rückkehr in den Garten Eden, der Augenblick, in dem Eva wieder in Adam aufging und beide Teile der Schöpfung verschmolzen.

Plötzlich konnte sie die Welt um sich herum nicht mehr wahrnehmen, ihre fünf Sinne schienen sich von ihr zu lösen, sie hatte keine Kraft mehr, sie zu halten. Wie von einem heiligen Strahl getroffen, ließ sie sie frei, und die Welt, die Möwen, der Salzgeschmack, der rauhe Erdboden, der Geruch des Meeres, die Wolken über ihr, das alles verschwand – und an dessen Stelle trat ein ungeheures goldenes Licht, das wuchs, bis es den fernsten Stern der Galaxie erreichte.

Brida kam langsam aus diesem Zustand wieder zurück, und Meer und Wolken tauchten wieder auf. Doch schwang ein tiefer Friede in allem mit, der Friede des Universums, das sie jetzt verstand, denn sie war eins mit ihm gewesen. Sie hatte eine weitere Brücke gefunden, die das Unsichtbare mit dem Sichtbaren verband, und würde den Weg nie wieder vergessen.

Am nächsten Tag rief sie Wicca an und erzählte ihr, was geschehen war. Wicca schwieg lange.

»Herzlichen Glückwunsch«, sagte sie schließlich. »Du hast es geschafft.«

Sie erklärte Brida, dass die Kraft der Sexualität von diesem Augenblick an tiefe Veränderungen in ihrer Sichtweise und Erfahrung der Welt nach sich ziehen werde.

»Du bist für das Fest zur Tagundnachtgleiche bereit. Du brauchst nur noch etwas.«

»Noch etwas? Aber du hast doch gesagt, ich hätte es geschafft!«

»Es ist etwas ganz Einfaches. Du musst von einem Kleid träumen. Von dem Kleid, das du an diesem Tag tragen wirst.«

»Und wenn ich es nicht schaffe?«

»Du wirst davon träumen.«

Und dann wechselte sie das Thema, wie so oft. Sie erzählte, dass sie sich einen Wagen gekauft habe und ein paar Einkäufe machen wolle, und fragte Brida, ob sie nicht Lust habe, sie zu begleiten.

Brida war stolz auf die Einladung und bat ihren Chef, an diesem Tag etwas früher Schluss machen zu dürfen. Es war das erste Mal, dass Wicca ihr so etwas wie Zuneigung zeigte – auch wenn diese sich nur in einer Einladung zum Shopping ausdrückte. Bestimmt nahm Wicca nicht viele ihrer Schüler zum Einkaufen mit.

Wer weiß, vielleicht würde sie Wicca an diesem Nachmittag zeigen können, wie wichtig sie für sie war und wie gern sie ihre Freundin wäre. Es fiel Brida schwer, Freundschaft von spiritueller Suche zu trennen, und es schmerzte sie, dass die Meisterin bisher keinerlei Interesse am Privatleben ihrer Schülerin gezeigt hatte. Ihre Gespräche waren nie über das strikt Notwendige hinausgegangen, hatten sich allein um die Mondtradition gedreht.

Wicca erwartete sie zum verabredeten Zeitpunkt in einem offenen roten MG-Cabrio. Der Wagen, ein klassisches Modell der britischen Automobilindustrie, war außergewöhnlich gut erhalten, die Chromteile glänzten, und das hölzerne Armaturenbrett war poliert. Brida wagte nicht, sich auszurechnen, was der Wagen gekostet haben mochte. Die Vorstellung, dass eine Hexe ein so teures Auto fahren könnte, erschreckte sie etwas. Von Kindesbeinen an, bevor sie etwas von der Mondtradition wusste, war ihr immer gesagt worden, dass Hexen schreckliche Pakte mit dem Teufel schlossen, um zu Geld und Macht zu gelangen.

»Findest du es nicht etwas kalt, um offen zu fahren?«, fragte Brida ihre Meisterin, als sie auf dem Beifahrersitz Platz nahm.

»Ich kann nicht bis zum Sommer warten«, antwortete Wicca. »Ich bin ganz verrückt danach, offen zu fahren.«

Wie gut. Zumindest war sie, was das betraf, ein ganz normaler Mensch.

Sie fuhren durch die Straßen und ernteten bewundernde Blicke von älteren Leuten. Ein paar Männer riefen ihnen Komplimente zu oder pfiffen hinter ihnen her.

»Ich bin froh, dass du an dir zweifelst, weil du nicht von deinem Kleid träumst«, meinte Wicca. Brida hatte das Telefongespräch längst vergessen.

»Höre nie auf zu zweifeln. Wenn du keine Zweifel mehr hast, dann nur, weil du auf deinem Weg stehengeblieben bist. Sonst kommt Gott und bringt alles durcheinander, denn so verfährt er mit denen, die er erwählt hat. Er tut alles, damit sie den Weg, der ihnen vorbestimmt ist, ganz zu Ende gehen. Wenn wir aus irgendeinem Grund stehen bleiben – aus Bequemlichkeit, Faulheit oder dem falschen Gefühl, bereits alles zu wissen –, zwingt er uns weiterzugehen. Aber achte auf eines: Lass nie zu, dass Zweifel dein Handeln lähmen. Treffe auch dann immer die notwendigen Entscheidungen, wenn du nicht sicher bist, ob deine Entscheidung richtig ist. Niemand macht etwas falsch, wenn er bei seinen Entscheidungen ein altes deutsches Sprichwort im Sinn hat, das die Mondtradition bis in die heutige Zeit überliefert hat. Wenn du dieses Sprichwort beachtest, kannst du eine falsche immer in eine richtige Entscheidung ummünzen.

Das Sprichwort lautet: ›Der Teufel steckt im Detail.‹«

Wicca hielt unvermittelt an einer Autowerkstatt.

»Man kann das Sprichwort aber auch anders deuten«, sagte sie. »Der Teufel kommt nur, wenn wir ihn brauchen. Ich habe den Wagen gerade erst gekauft, und – wie gesagt – der Teufel steckt im Detail.«

Sie sprang aus dem Wagen, als der Mechaniker herankam.

»Ist das Cabriodach kaputt?«, fragte er.

Wicca machte sich nicht die Mühe, darauf zu antworten. Sie bat ihn, den Wagen ganz durchzuchecken. Auf der anderen Straßenseite war eine Konditorei, und während der Mechaniker sich den MG vornahm, gingen die beiden Frauen hinüber, um eine heiße Schokolade zu trinken.

»Beobachte den Mechaniker«, sagte Wicca und deutete zur Werkstatt hinüber. Der Mechaniker stand ganz ruhig da und blickte auf den Motor unter der geöffneten Kühlerhaube.

»Er fasst nichts an. Er schaut nur. Er hat jahrelange Berufserfahrung und weiß, dass der Wagen eine besondere Sprache spricht. Jetzt arbeitet nicht sein Verstand, sondern seine Intuition.«

Plötzlich machte sich der Mechaniker an einer bestimmten Stelle des Motors zu schaffen.

»Er hat den Schaden gefunden«, fuhr Wicca fort. »Er hat keine Zeit vergeudet, denn die Kommunikation zwischen ihm und dem Wagen stimmt. Alle guten Automechaniker, die ich kenne, sind so.«

›Und die ich kenne, auch‹, dachte Brida. Aber sie hatte immer geglaubt, dass sie so arbeiteten, weil sie nicht wussten, wo sie anfangen sollten. Sie hatte sich nie die Mühe gemacht, darauf zu achten, dass sie immer an der richtigen Stelle anfingen.

»Warum versuchen diese Leute, die das Sonnenwissen in ihrem Leben haben, nie, die grundlegenden Fragen des Universums zu verstehen? Warum reparieren sie lieber Motoren oder bedienen in Bars?«

»Und was macht dich glauben, dass wir mit unserem

Weg und unserer Hingabe das Universum besser verstehen als sie?

Ich habe viele Schüler. Es sind Menschen wie alle anderen auch, Leute, die im Kino weinen und, obwohl sie wissen, dass es den Tod nicht gibt, verzweifelt sind, wenn ihre Kinder zu spät nach Hause kommen. Der Hexenkult ist nur eine Form, der Höchsten Weisheit nahe zu sein – doch jede Tätigkeit kann einen Menschen dorthin führen, solange er sie mit Liebe ausübt. Wir Hexen können mit der Weltenseele kommunizieren, das Leuchten über der linken Schulter unseres Anderen Teils sehen und die Unendlichkeit im stillen Kerzenlicht betrachten. Aber wir verstehen nichts von Automotoren. So wie wir die Mechaniker brauchen, brauchen sie auch uns. Ihre Brücke zum Unsichtbaren liegt im Motor eines Autos. Unsere in der Mondtradition. Das Unsichtbare aber ist ein und dasselbe.

Mache, was du für richtig hältst, und kümmere dich nicht um die anderen. Sei gewiss, dass Gott auch mit ihnen spricht und sie genau wie du versuchen herauszufinden, was der Sinn des Lebens ist.«

»Im Prinzip ist der Wagen in Ordnung«, empfing sie der Mechaniker, als Wicca und Brida aus der Konditorei zurückkamen. »Sie hatten wirklich Glück: Ein Schlauch stand kurz vor dem Platzen.«

Wicca mäkelte dann zwar noch etwas an dem Preis für die Reparatur, war letztlich aber dankbar, dass der Gedanke an das Sprichwort sie rechtzeitig in die Werkstatt geführt hatte.

Sie machten ein paar Einkäufe auf einer der Hauptgeschäftsstraßen von Dublin – genau der, die Brida sich bei der Übung mit dem Schaufenster vorgestellt hatte. Immer wenn das Gespräch auf Persönliches kam, wich Wicca mit vagen Antworten aus. Aber sie redete begeistert über triviale Dinge – die Preise, die Kleider, die schlechte Laune der Verkäuferinnen. Sie gab an jenem Nachmittag eine ganze Menge Geld aus, und zwar hauptsächlich für raffinierte, geschmackvolle Dinge.

Obwohl Brida wusste, dass es sich nicht gehörte zu fragen, woher Wicca das viele Geld hatte, konnte sie ihre Neugier nur mit Mühe bezähmen.

Sie ließen den Nachmittag im ältesten japanischen Restaurant der Stadt mit einem Teller Sashimi ausklingen.

»Möge Gott unsere Speise segnen«, sagte Wicca. »Wir sind wie Seefahrer auf einem unbekannten Meer. Mögen wir immer den Mut aufbringen, das Unbekannte, das Geheimnis zu akzeptieren.«

»Aber du bist doch eine Meisterin der Mondtradition«, wandte Brida ein. »Für dich gibt es doch kein Geheimnis, du kennst doch die Antwort auf alle Fragen, oder etwa nicht?«

Wicca sah geistesabwesend auf ihre Sashimi.

»Ich kann zwischen Gegenwart und Vergangenheit hin- und herreisen«, sagte sie nach einer Weile. »Ich kenne die Welt der Geister und bin schon mit so außerordentlichen Kräften in Verbindung getreten, dass die Worte aller Sprachen nicht ausreichen, sie zu beschreiben. Vielleicht könnte man sagen, dass ich Hüterin des geheimen Wissens bin, das die Menschen auf ihrem Weg bis zum heutigen Tag angesammelt haben.

Und da ich dieses Wissen besitze und eine Meisterin bin, weiß ich auch, dass wir niemals, wirklich niemals, den letzten Grund unserer Existenz erfahren werden. Wir wissen etwas über das Wie, das Wo und das Wann unserer Existenz. Aber auf die Frage nach dem Wozu gibt es keine Antwort, und das wird auch immer so bleiben. Aber die Absicht des großen Architekten des Universums kennt nur er allein und sonst niemand.«

Es wurde plötzlich ganz still im Restaurant.

»Während wir beide hier essen, beschäftigen sich neunundneunzig Prozent der Menschen auf diesem Planeten mit diesem Problem, jeder auf seine Art. Wozu sind wir hier? Viele denken, die Antwort in ihrer Religion oder im Materialismus gefunden zu haben. Andere sind verzweifelt und verbringen ihr ganzes Leben damit und geben ein Vermögen dafür aus, den Sinn herauszufinden. Einige wenige lassen diese Frage offen und leben nur für den Augenblick, ohne sich um die Folgen ihres Handelns und um das, was um sie herum geschieht, zu kümmern. Nur die Mutigen, die die Sonnen- und die Mondtradition kennen, wissen die einzig mögliche Antwort auf diese Frage: *Ich weiß es nicht.*

Das mag uns im ersten Moment schrecklich vorkommen und uns das Gefühl geben, was die Welt, die Dinge der Welt, unseren Lebenssinn betrifft, ohnmächtig zu sein.

Doch wenn der erste Schreck erst einmal vorbei ist, gewöhnen wir uns an die einzig mögliche Lösung, nämlich die, unseren Träumen zu folgen. Den Mut aufzubringen, die Schritte zu tun, die wir schon immer tun wollten, ist die einzige Möglichkeit zu zeigen, dass wir Gott vertrauen.

In dem Augenblick, in dem wir das akzeptieren, erhält das Leben für uns einen heiligen Sinn, und wir erleben dann die gleichen Gefühle wie die Heilige Jungfrau, als an einem Nachmittag ihres gewöhnlichen Lebens ein Fremder zu ihr kam, ihr ein Angebot machte, und sie sagte: ›Mir geschehe, wie du gesagt hast.‹ Denn sie hatte begriffen, dass das Größte, was ein Mensch erleben kann, das Hinnehmen des Geheimnisses ist.«

Nach längerem Schweigen nahm Wicca ihre Essstäbchen wieder auf und aß weiter. Brida sah sie an und war stolz darauf, an ihrer Seite zu sein. Sie dachte nicht mehr an die Fragen, die sie sich nun nie wieder stellen würde, ob Wicca Geld verdiente oder ob sie in jemanden verliebt oder auf einen Mann eifersüchtig war. Sie dachte an die Seelengröße der wahren Weisen. Die Weisen, die ein ganzes Leben damit verbracht hatten, nach einer Antwort zu suchen, die es nicht gab, und die, als sie das begriffen, keine falschen Erklärungen abgaben. Sie lebten demütig in einem Universum, das sie niemals verstehen würden. Doch sie konnten an ihm teilhaben, wenn sie ihren eigenen Wünschen, ihren eigenen Träumen folgten – denn so machte sich der Mensch zu einem Werkzeug Gottes.

»Wozu soll man dann suchen?«, fragte Brida.

»Wir suchen nicht. Wir akzeptieren, und dann wird das Leben viel intensiver und strahlender, weil wir begreifen, dass jeder unserer Schritte in jeder Minute unseres Lebens einen Sinn besitzt, der über uns hinausweist. Wir begreifen, dass es irgendwo in Zeit und Raum eine Antwort auf diese Frage gibt. Wir begreifen, dass es einen Grund gibt, weshalb wir hier sind, und das reicht.

Wir tauchen vertrauensvoll in die Dunkle Nacht ein, erfüllen, was die alten Alchimisten die persönliche Geschichte nannten, und geben uns jedem Augenblick ganz und gar hin im Wissen, dass es immer eine Hand gibt, die uns führt: Es liegt bei uns, es zu akzeptieren oder nicht.«

Später am Abend hörte Brida stundenlang Musik und genoss das Wunder, am Leben zu sein. Sie erinnerte sich an ihren Lieblingsautor, den vor fast zweihundert Jahren verstorbenen englischen Dichter William Blake. Ein einfacher Satz von ihm hatte ihr das Vertrauen gegeben, sich auf die Suche nach Erkenntnis zu begeben. Er lautete etwa so:

»Was jetzt Tatsache ist, war einst nur ein Traum.«

Es war spät geworden und Zeit für eines von Wiccas Ritualen. Sie würde in den nächsten Minuten in die Flamme einer Kerze blicken. Brida setzte sich dazu vor den kleinen Hausaltar, den sie sich gebaut hatte. Die Kerzenflamme entführte sie weit weg, zurück zu dem Nachmittag, an dem Lorens und sie sich auf den Klippen geliebt hatten. Die Möwen waren so hoch wie die Wolken und auch dicht über den Wellen geflogen.

Die Fische mussten sich fragen, wie es möglich war zu fliegen, denn hin und wieder tauchten geheimnisvolle Kreaturen in ihre Welt ein und verschwanden wieder so schnell, wie sie gekommen waren.

Die Vögel mussten sich beim Anblick der Fische bestimmt fragen, wie es möglich war, unter Wasser zu atmen, denn sie ernährten sich von Tieren, die unter den Wellen lebten.

Es gab Vögel, und es gab Fische. Sie lebten in verschiedenen Universen, die hin und wieder miteinander in Berührung kamen, ohne dass eines die Fragen des anderen beantworten konnte. Dennoch hatten beide Fragen. Und es gab Antworten auf diese Fragen.

Brida blickte ins Licht der Kerze, die vor ihr stand, und um sie herum entstand eine magische Atmosphäre. Ähnliches passierte sonst auch, aber an diesem Abend war es intensiver.

Wenn sie eine Frage stellen konnte, dann, weil es in dem anderen Universum darauf eine Antwort gab. Jemand kannte diese Antwort, auch wenn sie selber sie nie erfahren würde. Sie brauchte nicht zu wissen, was der Sinn des Lebens war. Es reichte, dem Jemand zu begegnen, der sie kannte. Und dann in seinen Armen einzuschlafen, wie ein Kind, das weiß, dass jemand, der stärker ist als es selbst, es vor allem Bösen und allen Gefahren beschützte.

Als Brida das Ritual beendet hatte, sprach sie ein kleines Gebet, in dem sie für die Schritte dankte, die sie bis jetzt hatte tun können. Sie dankte, weil der erste Mensch, den sie nach Magie gefragt hatte, nicht versucht hatte, ihr das Universum zu erklären – ganz im Gegenteil, er hatte dafür gesorgt, dass sie eine ganze Nacht im dunklen Wald verbrachte. Sie musste zu ihm gehen, um ihm für alles zu danken, was er sie gelehrt hatte.

Wenn sie zu diesem Mann gefahren war, war sie jedes Mal auf der Suche nach etwas gewesen. Und sobald sie es gefunden oder erhalten hatte, war sie einfach wieder gegangen, ohne sich zu verabschieden. Dabei war es der Magier gewesen, der sie zu der Tür geführt hatte, durch die sie bei der Tagundnachtgleiche gehen wollte. Sie musste sich wenigstens bei ihm bedanken.

Nein, Angst davor, sich in ihn zu verlieben, hatte sie nicht. Sie hatte bereits in Lorens' Augen Dinge über die verborgene Seite ihrer Seele gelesen.

Sie mochte Zweifel hinsichtlich des Traums vom Kleid haben, aber was ihre Liebe betraf, gab es keine.

»Vielen Dank, dass Sie meine Einladung angenommen haben«, begrüßte sie den Magier, sobald sie sich gesetzt hatten. Sie befanden sich im einzigen Pub des Dorfes, im selben, in dem sie das seltsame Leuchten in seinen Augen wahrgenommen hatte.

Der Magier schwieg. Er spürte, dass sich ihre Energie vollkommen verändert hatte. Es war ihr gelungen, die Kraft zu wecken.

»An dem Tag, an dem ich allein im Wald zurückblieb, habe ich mir gelobt zurückzukommen, entweder um mich zu bedanken oder um Sie zu verfluchen. Ich habe mir gelobt zurückzukommen, wenn ich meinen Weg gefunden habe. Keines meiner Versprechen habe ich gehalten. Beide Male, als ich zu Ihnen kam, brauchte ich Hilfe, und Sie haben sie mir nicht versagt.

Vielleicht ist es ja übertrieben, aber ich möchte, dass Sie wissen, dass Sie ein Werkzeug in den Händen Gottes waren. Deshalb möchte ich Sie heute Abend einladen.«

Sie wollte wie beim letzten Mal zwei Whiskeys bestellen, doch der Magier stand auf, ging an die Theke und kam dann mit einer Flasche Wasser, einer Flasche Wein und zwei Gläsern zurück.

»Im alten Persien«, sagte er, »wurde, wenn zwei Menschen sich trafen, um miteinander zu trinken, einer davon zum König des Abends gewählt – normalerweise derjenige, der eingeladen hatte.«

Der Magier wusste nicht, ob seine Stimme fest klang. Er war verliebt, und Bridas Energie hatte sich verändert.

Er schob den Wein und das Mineralwasser zu ihr hin über.

»Der König der Nacht bestimmte, worüber geredet wurde. Wenn er ins erste Glas mehr Wasser als Wein goss, hieß das, dass sie über ernste Dinge reden würden. Schenkte er gleich viel von beidem ein, würden sie von angenehmen Dingen sprechen. Würde er aber das Glas mit Wein füllen und nur ein paar Tropfen Wasser hineintun, würde die Nacht angenehm entspannt werden.«

Brida füllte die Gläser bis zum Rand mit Wein und goss nur ganz wenig Wasser dazu.

»Ich bin nur gekommen, um mich zu bedanken«, sagte sie noch einmal. »Weil Sie mir beigebracht haben, dass das Leben ein Akt des Glaubens ist. Das hat mir auf dem Weg, den ich gewählt habe, sehr geholfen.«

Sie tranken das erste Glas in einem Zug aus. Er, weil er angespannt war. Sie, weil sie entspannt war.

»Leichte Themen, nicht wahr?«, fragte Brida.

Der Magier sagte, sie sei der König der Nacht und würde entscheiden, worüber gesprochen würde.

»Ich möchte etwas über Ihr Privatleben erfahren. Ich wüsste gern, ob Sie einmal eine Liebesaffäre mit Wicca hatten.«

Er nickte. Brida war unaussprechlich eifersüchtig – aber sie wusste nicht, ob sie eifersüchtig auf den Magier oder auf Wicca war.

»Wir haben allerdings nie erwogen zusammenzubleiben«, fuhr er fort. »Wir kannten beide die Traditionen.

Wir wussten beide, dass wir es nicht mit unserem Anderen Teil zu tun hatten.«

›Ich möchte nie lernen, den leuchtenden Punkt zu sehen‹, dachte Brida, obwohl sie wusste, dass dies unausweichlich war. Die Liebe zwischen Hexern hatte tatsächlich so ihre Haken und Ösen.

Sie trank noch etwas. Sie hatte sich schon lange nicht mehr erlaubt, zu viel zu trinken. Bis zur Tagundnachtgleiche war es nicht mehr lang, sie war ihrem Ziel ganz nahe und konnte daher völlig locker sein, denn es fehlte jetzt nur noch der Traum vom Kleid.

Sie unterhielten sich und tranken weiter. Brida wollte wieder auf ihr Thema zurückkommen, aber dazu musste der Magier entspannter sein. Sie sorgte dafür, dass ihre beiden Gläser immer voll blieben, und sie waren noch mitten im Gespräch über die Schwierigkeiten, in einem kleinen Dorf wie diesem zu leben, für dessen Bewohner der Magier mit dem Dämon verbunden war, als die erste Flasche leer wurde.

Das Gefühl, dass er ihr vertraute, dass sie wichtig für ihn zu sein schien, machte Brida glücklich. Sie nahm an, dass er sehr allein war. Womöglich wurde er von allen im Dorf geschnitten, kaum mehr gegrüßt. Sie bestellten eine zweite Flasche, und Brida war überrascht, dass selbst ein Magier, der den ganzen Tag in den Wäldern verbrachte und das Einssein mit Gott suchte, gerne auch etwas mehr Wein trank.

Als die zweite Flasche leer war, dachte Brida nicht mehr daran, dass sie gekommen war, um sich bei dem Mann, der ihr gegenübersaß, zu bedanken. In ihrer Beziehung zu ihm – das wurde ihr erst jetzt klar – hatte immer eine unterschwellige Herausforderung gelegen. Sie hatte nie den ganz gewöhnlichen Menschen in ihm sehen wollen, und jetzt tat sie es doch. Vorher hatte sie ihn immer lieber als Weisen gesehen, der sie auf einen Hochsitz geführt und stundenlang mit ihr den Sonnenuntergang betrachtet hatte.

Sie brachte das Gespräch wieder auf Wicca, um zu sehen, wie er reagieren würde. Sie erzählte ihm, Wicca sei eine ausgezeichnete Lehrerin, die ihr bis jetzt alles Notwendige beigebracht habe – aber auf so subtile Weise, dass sie immer das Gefühl gehabt habe, schon zu wissen, was sie gerade lernte.

»Aber Sie haben es schon immer gewusst«, sagte der Magier. »Die Sonnentradition sieht das so.«

›Er wird nie zugeben, dass Wicca eine gute Lehrerin ist‹, dachte Brida. Sie trank noch ein Glas Wein und redete weiter über ihre Meisterin. Der Magier schwieg.

»Erzählen Sie mir von der Liebe, die es zwischen Ihnen beiden gegeben hat«, sagte sie schließlich, um zu sehen, ob sie ihn provozieren konnte. Im Grunde genommen wollte sie es gar nicht wissen, wer weiß, vielleicht konnte sie ihn so dazu bringen, überhaupt etwas zu sagen.

»Eine Jugendliebe. Wir gehörten einer Generation an, die keine Grenzen kannte, die die Beatles und die Rolling Stones liebte.«

Sie war überrascht, das zu hören. Der Wein machte sie nicht lockerer, sondern nur noch unruhiger. Sie hatte diese Fragen schon lange stellen wollen, merkte jetzt aber, dass sie mit den Antworten nicht glücklich war.

»Als wir uns begegneten«, fuhr er fort, ohne Bridas Anspannung zu bemerken, »waren wir beide auf der Suche nach unserem Weg, und unsere Wege kreuzten sich, als wir beim selben Meister lernten. Gemeinsam haben wir die Sonnen- und die Mondtradition erlernt, und jeder ist auf seine Weise Meister geworden.«

Brida bohrte weiter. Zwei Flaschen Wein machen mutig und Menschen, die eben noch Fremde waren, zu Jugendfreunden.

»Warum haben Sie sich getrennt?«

Der Magier bestellte eine dritte Flasche. Brida spürte, wie ihre Anspannung wuchs, und sie gestand sich ein, dass sie es nicht ertragen würde, wenn er sagte, er liebe Wicca noch immer.

»Wir sind auseinandergegangen, weil wir das mit dem Anderen Teil erfahren haben.«

»Hätten Sie das mit dem leuchtenden Punkt und dem Strahlen in den Augen nicht gewusst, wären Sie dann immer noch zusammen?«

»Ich weiß es nicht. Ich weiß nur, dass es für uns beide nicht gut gewesen wäre. Wir verstehen das Leben und das Universum nur, wenn wir unseren Anderen Teil finden.«

Brida schwieg. Sie wusste nicht, was sie sagen sollte. Da übernahm der Magier die Initiative und schlug vor hinauszugehen. Dabei hatte er von der dritten Flasche nur einen Schluck probiert. »Ich brauche Wind und kalte Luft im Gesicht«, sagte er.

›Er fängt an, betrunken zu werden‹, dachte sie. ›Und er hat Angst.‹ Sie war stolz auf sich, weil sie mehr vertragen konnte als er und keine Angst hatte, die Kontrolle zu verlieren. Sie wollte sich an diesem Abend einfach nur amüsieren.

»Noch einen Schluck. Ich bin der König der Nacht.«

Der Magier trank noch ein Glas. Aber er wusste, dass er an seine Grenze gelangt war.

»Sie stellen überhaupt keine persönlichen Fragen an mich«, meinte sie herausfordernd. »Sind Sie nicht neugierig? Oder ermöglichen Ihnen Ihre Kräfte ohnehin, alles zu wissen?«

Den Bruchteil einer Sekunde lang spürte sie, dass sie zu weit ging. Aber sie kümmerte sich nicht weiter darum. Sie bemerkte nur, dass der Blick des Magiers sich verändert hatte, dass darin ein vollkommen anderer Glanz lag. Etwas in Brida schien sich zu öffnen – oder, besser gesagt, sie hatte das Gefühl, dass eine Mauer zusammenbrach und von nun an alles erlaubt sein würde. Sie erinnerte sich an das letzte Mal, als sie bei ihm gewesen war, an ihren Wunsch, ihm nahe zu sein, an die Kälte, mit der er sie behandelt hatte. Jetzt begriff sie, dass sie an diesem Abend nicht hergekommen war, um sich zu bedanken. Sie war hier, um sich zu rächen. Um ihm zu sagen, dass sie die Kraft mit einem anderen Mann entdeckt habe, mit dem Mann, den sie liebte.

›Warum muss ich mich an ihm rächen? Warum bin ich zornig auf ihn?‹, fragte sie sich. Doch der Wein erlaubte ihr keine klare Antwort.

Der Magier blickte auf die junge Frau, die vor ihm saß, und der Wunsch, ihr seine Macht zu zeigen, keimte in ihm auf. Ein Tag wie dieser hier hatte vor vielen Jahren sein ganzes Leben verändert. Es gab zwar damals die Beatles und die Rolling Stones. Aber es gab auch Menschen, die unbekannte Kräfte suchten, ohne an sie zu glauben, Menschen, die magische Kräfte benutzten, weil sie ihre eigenen Kräfte überschätzten und sicher waren, dass sie die Tradition verlassen könnten, wenn sie ihrer überdrüssig wären. Er war einer von ihnen gewesen. Er war durch die Mondtradition in die übersinnliche Welt gelangt, hatte die Rituale gelernt und die Brücke überquert, die das Sichtbare mit dem Unsichtbaren verbindet.

Anfangs war er ohne fremde Hilfe, nur anhand von Büchern, mit diesen Kräften umgegangen. Dann fand er seinen Meister. Gleich beim ersten Treffen hatte der Meister gesagt, er solle lieber die Sonnentradition lernen – doch der Magier hatte das nicht gewollt. Die Mondtradition war faszinierender, sie umfasste die alten Rituale und das über die Zeiten tradierte Wissen. Daraufhin lehrte ihn der Meister die Mondtradition mit der Begründung, dass er möglicherweise auf diesem Weg zur Sonnentradition gelangen würde.

Damals war er sich seiner selbst, des Lebens, dessen, was er erreicht hatte, sicher gewesen. Er hatte eine brillante berufliche Karriere vor sich gehabt und wollte die

Mondtradition einsetzen, um seine Ziele zu erreichen. Doch um das Recht dazu zu erwerben, musste er zuerst einmal zum Meister geweiht werden. Das verlangten die Regeln der Magie. Zweitens musste er die einzige Beschränkung, die den Meistern der Mondtradition auferlegt wurde, achten: den Willen anderer nicht zu beeinflussen. Er bekam Zutritt zu dieser Welt und durfte dabei seine magischen Kenntnisse einsetzen, doch durfte er weder andere, die ihm im Weg standen, verdrängen noch andere dazu zwingen, seinen Weg zu gehen. Das war das einzige Verbot. Der einzige Baum, von dessen Früchten er nicht essen durfte.

Und alles war gutgegangen – bis er sich in eine Schülerin seines Meisters verliebte. Beide kannten die Traditionen. Er wusste, dass er nicht ihr Mann war, sie wusste, dass sie nicht seine Frau war. Dennoch hatten sie sich einander hingegeben, es dem Leben überlassen, sie zu trennen, wenn der Augenblick gekommen wäre. Ihre gegenseitige Hingabe war dadurch nicht etwa geringer geworden, sondern beide lebten jeden Augenblick so, als wäre er der letzte. Und die Liebe erreichte jene Intensität, die der Liebe zwischen zwei Menschen die Aura des Unvergänglichen verleiht, weil beide wissen, dass sie vergehen wird.

Bis die Schülerin eines Tages einem anderen Mann begegnet war. Einem Mann, der weder die Traditionen kannte noch den leuchtenden Punkt über der Schulter oder das Leuchten im Blick besaß, das den Anderen Teil offenbart. Trotzdem hatte sie sich in ihn verliebt, denn die Liebe fragt nicht nach Gründen. Für sie war die Zeit mit dem Magier zu Ende gewesen.

Sie hatten diskutiert, gestritten, er hatte gebettelt und gefleht. Er hatte sich demütigen lassen, wie es unglücklich Verliebte häufig tun. Und er lernte, was es hieß, zu warten, Angst zu haben, zu resignieren, alles Dinge, die er bisher nie mit der Liebe in Verbindung gebracht hatte. »Er hat kein Licht über der Schulter«, versuchte er seiner Freundin gegenüber als Argument ins Feld zu führen. Doch das war ihr egal. Bevor sie ihrem Anderen Teil begegnete, wollte sie die Männer und die Welt kennenlernen.

Der Magier hatte sich eine Grenze gesetzt, wie viel Schmerz er zu ertragen bereit war. Wenn er die Grenze erreichte, würde er die Frau vergessen. Eines Tages war er an diese Grenze gelangt, warum, daran konnte er sich nicht mehr erinnern. Doch er vergaß die Frau keineswegs, sondern machte die Erfahrung, dass Gefühle ungezähmt sind und sein Meister recht hatte mit seiner Mahnung, dass Weisheit nötig ist, um die Gefühle zu beherrschen. Seine Leidenschaft war stärker als sein jahrelanges Studium der Mondtradition, stärker als die mentale Kontrolle, die er gelernt hatte, stärker als die strenge Selbstdisziplin, die er sich hatte auferlegen müssen, um überhaupt bis dahin zu gelangen, wo er jetzt war. Die Leidenschaft war eine blinde Kraft, die ihm einflüsterte, dass er diese Frau nicht verlieren durfte.

Er konnte nichts dagegen tun. Seine Geliebte war eine Meisterin wie er – und sie hatte ihr Können aus den vielen Inkarnationen der Liebe gewonnen, von denen einige ihr Anerkennung und Ruhm gebracht hatten, andere von Feuer und Leid gekennzeichnet waren. Sie würde sich zu verteidigen wissen.

Allerdings gab es in dem wilden Kampf seiner Leidenschaft einen Dritten. Einen Mann, der in dem geheimnisvollen Spinnennetz des Schicksals festsaß, das weder die Magier noch die Zauberinnen begreifen können. Einen gewöhnlichen Mann, der möglicherweise genauso verliebt in diese Frau war wie der Magier, der sie auch glücklich machen, ihr sein Bestes geben wollte. Einen gewöhnlichen Mann, den die mysteriösen Ratschlüsse der Vorsehung mitten in den wilden Kampf zwischen einem Mann und einer Frau gestellt hatte, die beide die Mondtradition kannten.

Eines Nachts, als der Magier seinen Schmerz nicht mehr ertrug, aß er die Frucht vom verbotenen Baum. Er benutzte Kräfte, die ihn die über die Zeiten weitergegebene Weisheit gelehrt hatten, und entfernte diesen Mann aus dem Leben der geliebten Frau.

Er wusste bis heute nicht, ob die Frau es herausgefunden hatte. Möglicherweise war sie bereits ihrer neuen Eroberung überdrüssig gewesen und hatte dem Ereignis keine besondere Bedeutung beigemessen. Aber sein Meister wusste es. Sein Meister wusste immer alles, und die Mondtradition war den Initiierten gegenüber unbarmherzig, die die Schwarze Magie bei etwas einsetzten, das für die Menschen das Wichtigste ist und das sie zugleich so verletzlich macht: bei der Liebe.

In der Auseinandersetzung mit seinem Meister hatte er begriffen, dass der heilige Eid, den er gesprochen hatte, unter keinen Umständen gebrochen werden durfte. Der Magier begriff, dass die Kräfte, die er zu beherrschen und benutzen glaubte, sehr viel mächtiger waren als er. Er begriff, dass er auf einem Weg war, den er selbst gewählt hatte. Doch es war nicht irgendein Weg. Er begriff, dass er ihn in dieser Inkarnation nicht wieder verlassen konnte.

Jetzt, wo er gefehlt hatte, würde er den Preis dafür zahlen müssen. Und der Preis war das grausamste Gift – die Einsamkeit – so lange, bis die Liebe der Meinung war, dass er wieder zu einem Meister geworden war. Dann würde ihn eben die Liebe, die er verletzt hatte, wieder befreien, ihm endlich seinen Anderen Teil zeigen.

Sie stellen mir überhaupt keine persönlichen Fragen! Sind Sie nicht neugierig? Oder ermöglichen Ihnen Ihre Kräfte ohnehin, alles zu wissen?«

Die Geschichte seines Lebens zog im Bruchteil einer Sekunde an ihm vorbei, lange genug, damit er entscheiden konnte, ob er die Dinge laufenlassen sollte wie in der Sonnentradition. Oder ob er über den leuchtenden Punkt sprechen und ins Schicksal eingreifen sollte.

Brida wollte eine Hexe sein, war es aber noch nicht. Er erinnerte sich an den Hochsitz, wo er beinahe davon gesprochen hätte – jetzt war die Versuchung wieder da, denn er hatte sein Schwert gesenkt, hatte vergessen, dass der Teufel im Detail steckt. Die Menschen sind Meister ihres eigenen Schicksals. Sie können dieselben Fehler immer wieder machen. Sie können vor allem fliehen, was sie wünschen und was das Leben ihnen großzügig vorsetzt.

Oder sie können sich der göttlichen Vorsehung anheimgeben, Gottes Hand ergreifen und um ihre Träume kämpfen, akzeptieren, dass diese Träume immer zum richtigen Zeitpunkt kommen.

»Lassen Sie uns hinausgehen«, wiederholte der Magier. Und Brida sah, dass es ihm ernst war.

Sie ließ es sich nicht nehmen, die Rechnung zu bezahlen. Sie war der König der Nacht. Sie zogen ihre Mäntel an und gingen in die Kälte hinaus, die aber nicht mehr beißend war, denn der Frühling war schon nah.

Der Magier begleitete Brida zum Bahnhof, wo ihr Bus schon bereitstand. In der kühlen Nachtluft war Bridas Zorn in Verwirrung umgeschlagen, die sie sich nicht erklären konnte. Plötzlich wollte sie nicht mehr fahren – sie hatte ein ungutes Gefühl, so als hätte sie das Ziel ihres Besuches verfehlt und müsse es nun wiedergutmachen. Sie war hergekommen, um sich beim Magier zu bedanken, aber das hatte sie noch immer nicht getan.

Brida sagte, ihr sei übel, und stieg nicht in den Bus.

Nach einer Viertelstunde kam der nächste Bus.

»Ich will jetzt nicht fahren«, sagte sie. »Mir ist nicht wirklich schlecht, und ich habe auch nicht zu viel getrunken, sondern ich habe das Gefühl, alles kaputtgemacht zu haben. Denn ich habe mich noch nicht einmal bei Ihnen bedankt.«

»Dieser Bus ist der letzte heute Abend«, sagte der Magier.

»Dann nehme ich eben später ein Taxi. Auch wenn's teuer ist.«

Als der Bus dann ohne sie abfuhr, tat es Brida doch leid, geblieben zu sein. Sie war durcheinander, wusste nicht, was sie wirklich wollte. ›Ich bin betrunken‹, dachte sie.

»Lassen Sie uns ein bisschen spazieren gehen. Ich möchte nüchtern werden.«

Sie gingen durch den leeren kleinen Ort, in dem außer der Straßenbeleuchtung nirgendwo Licht brannte. ›Das ist unmöglich. Ich habe das Leuchten in Lorens' Augen gesehen, dennoch will ich bei diesem Mann bleiben.‹ Sie hielt sich für eine gewöhnliche, unbeständige Frau, allen Lehren und Erfahrungen der Zauberei unwürdig. Sie schämte sich: Ein paar Schluck Wein, und schon waren Lorens und der Andere Teil, alles, was sie in der Mondtradition gelernt hatte, bedeutungslos geworden. Oder irrte sie sich etwa, und das Leuchten in Lorens' Augen war gar nicht so, wie es die Sonnentradition lehrte? Aber im Grunde war ihr natürlich klar, dass sie sich selbst belog. Niemand irrt sich, wenn es um das Leuchten in den Augen des Anderen Teils geht.

Selbst in einem großen Theaterraum, in dem Lorens nur einer unter vielen gewesen wäre, hätte sie in dem Augenblick, als sich ihre Blicke begegneten, die vollkommene Gewissheit gehabt, dass sie vor dem Mann ihres Lebens stand. Sie hätte sich ihm genähert, und er wäre empfänglich gewesen, denn die Traditionen irren nie, am Ende finden die Anderen Teile einander. Sie hatte immer gewusst, dass es sie gab, die Liebe auf den ersten Blick, eine Liebe, die niemand recht erklären konnte.

Jeder Mensch konnte dieses Leuchten erkennen, dazu brauchte er keine magischen Kräfte. Sie hatte dieses Leuchten in den Augen des Magiers gesehen, als sie das erste Mal in den Pub gegangen waren, und gewusst, was es bedeutete, obwohl ihr niemand vorher davon erzählt hatte.

Sie blieb unvermittelt stehen.

›Ich bin betrunken‹, dachte sie wieder. Sie musste das ganz schnell wieder vergessen. Sie musste ihr Geld zählen, nachsehen, ob sie genug hatte, um mit dem Taxi nach Hause zu fahren. Das war jetzt sehr wichtig. Aber sie konnte sich nichts vormachen: Sie hatte im Blick des Magiers das Leuchten gesehen, das den Anderen Teil anzeigte.

»Sie sind ja ganz blass«, sagte der Magier. »Sie haben wohl zu viel getrunken.«

»Es wird vorübergehen. Macht es Ihnen etwas aus, wenn wir uns kurz hinsetzen, bis mir besser ist. Dann fahre ich nach Hause.«

Sie setzten sich auf eine Bank, und Brida wühlte in ihrer Tasche nach Geld. Sie konnte einfach aufstehen, ein Taxi nehmen und für immer gehen. Sie hatte eine Meisterin, wusste, wo sie ihren Weg wiederaufnehmen konnte. Sie hatte auch ihren Anderen Teil gefunden: Würde sie sich entscheiden, von dieser Bank aufzustehen und zu gehen, hätte sie dennoch die Mission erfüllt, die Gott ihr zugedacht hatte.

Und mit ihren 21 Jahren wusste sie bereits, dass es möglich war, in einer Inkarnation zwei Anderen Teilen zu begegnen und dass das Ergebnis Kummer und Leid war.

Wie konnte sie dem entgehen?

»Ich fahre nicht nach Hause«, sagte sie. »Ich bleibe.«

Die Augen des Magiers leuchteten, und was vorher nur Hoffnung gewesen war, wurde nun zu Gewissheit.

Sie gingen weiter. Der Magier sah, wie Bridas Aura die Farbe immer wieder wechselte, und hoffte inständig, dass sie den richtigen Weg einschlug. Er wusste, welche Gewitter und Erdbeben sich in der Seele seines Anderen Teils abspielten – aber das gehörte nun einmal zum Prozess der Veränderung. So veränderten sich die Erde, die Sterne, die Menschen.

Sie verließen den Ort und gingen über ein freies Feld den Bergen entgegen, wo die junge Frau den Magier schon mehrmals besucht hatte, als Brida unvermittelt stehenblieb:

»Lassen Sie uns hier entlanggehen«, sagte sie und bog in einen Weg ein, der auf ein Weizenfeld zuführte. Warum sie das tat, wusste sie nicht. Sie spürte nur, dass sie die Kräfte der Natur, der Geister brauchte, die ihre Freunde waren und seit der Schöpfung alle schönen Orte des Planeten bewohnen. Ein helles Licht strahlte am Himmel und erlaubte ihnen, den Pfad und das Feld ringsum zu erkennen.

Der Magier folgte Brida schweigend. Innerlich dankte er Gott dafür, dass sein Glaube stark genug gewesen war und er denselben Fehler nicht noch einmal gemacht hatte, denn, kurz bevor er erhielt, um was er gebeten hatte, hätte er ihn fast begangen.

Sie gingen auf das Weizenfeld, das vom Mondlicht in ein silbernes Meer verwandelt wurde. Brida ging aufs Geratewohl, hatte keine Vorstellung, was ihr nächster Schritt sein würde. Eine Stimme in ihr sagte, sie solle einfach mutig weitergehen und sich keine Sorgen machen, denn sie sei so stark wie die Hexen, die ihr vorangegangen waren und jetzt ihre Schritte lenkten und sie mit ihrer Weisheit beschützten.

Sie blieben mitten auf dem von Hügeln begrenzten Feld stehen, und Brida erinnerte sich an den Felsen, von dem aus man den Sonnenuntergang so gut betrachten konnte, an den Hochsitz, der alle anderen überragt, und an die Nacht, in der sie ihre Angst überwunden und sich der Dunkelheit gestellt hatte.

Sie hatte keine Ahnung, wie es weitergehen würde, aber sie fühlte sich beschützt.

Vor ihrem inneren Auge ließ sie die brennende Kerze bei sich zu Hause erstehen, das Zeichen der Mondtradition.

»Dies ist die richtige Stelle«, sagte sie und blieb stehen.

Sie nahm einen Stein, zeichnete einen großen Kreis auf den Boden und sprach dazu die heiligen Namen aus, die die Meisterin ihr beigebracht hatte. Sie trug nicht das übliche rituelle Gewand und hatte auch keinen ihrer heiligen Gegenstände dabei, aber ihre Vorgängerinnen waren bei ihr und sagten ihr, um nicht auf dem Scheiterhaufen sterben zu müssen, hätten sie einst ihre Küchenutensilien geweiht.

»Alles auf der Welt ist heilig«, sagte Brida. Auch der Stein in ihrer Hand war heilig.

»Ja«, antwortete der Magier. »Alles auf der Welt ist

heilig. Und ein Sandkorn kann eine Brücke zum Unsichtbaren sein.«

»In diesem Augenblick ist die Brücke zum Unsichtbaren allerdings mein Anderer Teil«, entgegnete Brida.

Seine Augen füllten sich mit Tränen. Gott war gerecht.

Beide traten in den Kreis, und sie schloss ihn mit einem Ritual. Dies war der Schutz, den Magier und Hexer seit undenklichen Zeiten benutzten.

»Du hast mir großzügig deine Welt gezeigt«, sagte Brida. »Jetzt mache ich dieses Ritual, um zu zeigen, dass ich zu deiner Welt gehöre.«

Sie hob die Arme zum Mond und rief die magischen Kräfte der Natur an, wie sie es ihre Meisterin schon oft hatte tun sehen, wenn sie zusammen in den Wald gegangen waren. Doch jetzt tat sie es selbst und war sicher, nichts falsch zu machen. Die Kräfte sagten ihr, dass sie alles Wissen bereits habe, dass es reiche, sich an ihre vielen vorangegangenen Leben als Hexe zu erinnern. Brida betete um eine reiche Ernte und darum, dass dieses Feld immer fruchtbar sein möge. In anderen Zeiten hatten ihre Vorgängerinnen, was sie über den Boden und die Verwandlung des Samens wussten, miteinander in Verbindung gebracht und gebetet, während der Mann das Feld bestellte. Jetzt war sie die Priesterin.

Der Magier ließ Brida das Ritual beginnen, einstweilen musste er ihr die Führung überlassen, denn sie hatte es eingeleitet. Irgendwann aber würde er die Leitung übernehmen. Sein Meister, der in diesem Augenblick in der Astralsphäre auf sein nächstes Leben wartete, war bestimmt ebenfalls anwesend – genau wie damals in der Bar, als er das letzte Mal in Versuchung geraten war – und zufrieden mit ihm, weil er offensichtlich aus seinem Leid gelernt hatte.

Der Magier hörte Bridas Gebeten schweigend zu, bis sie innehielt.

»Keine Ahnung, warum ich das gemacht habe«, sagte sie.

»Ich mache weiter«, sagte er.

Dann wandte er sich nach Norden und ahmte den Gesang der Vögel nach, die es nur noch in Legenden und Mythen gibt. Nur das fehlte noch – Wicca war eine gute Meisterin und hatte Brida fast alles beigebracht, nur das Ende nicht.

Als der Gesang des heiligen Pelikans und des Phönix beschworen worden war, füllte sich der ganze Kreis mit Licht, einem geheimnisvollen Licht, das nichts im Umkreis beleuchtete und dennoch Licht war. Der Magier sah seinen Anderen Teil an, und da stand sie, in ihrem ewigen Körper, strahlend, mit einer vollkommen goldenen Aura, und Lichtfäden kamen aus ihrem Bauchnabel und aus ihrer Stirn. Er wusste, dass sie das Gleiche sah, dazu den leuchtenden Punkt über seiner linken Schulter, wenn auch etwas verschwommen wegen des Weins, den sie vorher getrunken hatten.

»Mein Anderer Teil«, flüsterte sie, als sie den Punkt sah.

»Ich werde mit dir durch die Mondtradition gehen«, sagte der Magier. Und das Weizenfeld verwandelte sich schlagartig in eine graue Wüste, in der ein Tempel stand, vor dessen riesigem Eingangstor weißgekleidete Frauen tanzten. Brida und der Magier sahen dies von einer Düne aus, und ihr war nicht klar, ob die Frauen sie sehen konnten.

Brida spürte den Magier an ihrer Seite und wollte nach der Bedeutung dieser Vision fragen, doch sie bekam keinen Ton heraus. Er bemerkte die Angst in ihrem Blick, und sie kehrten in den Lichtkreis auf dem Weizenfeld zurück.

»Was war das?«, fragte sie.

»Ein Geschenk von mir an dich. Es war einer der elf geheimen Tempel der Mondtradition. Ein Geschenk der Liebe und der Dankbarkeit dafür, dass es dich gibt und ich so lange gewartet habe, bis ich dir begegnet bin.«

»Nimm mich mit dir«, sagte sie. »Bringe mir bei, mich in deiner Welt zu bewegen.«

Und beide reisten durch die Zeit, den Raum, die Traditionen. Brida sah blühende Felder, Tiere, die sie nur aus Büchern kannte, geheimnisvolle Burgen und Städte, die auf Lichtwolken zu schweben schienen. Der ganze Himmel leuchtete, während der Magier über dem Weizenfeld die heiligen Symbole der Tradition für sie zeichnete. Irgendwann schienen sie sich auf einem der Pole der Erde zu befinden, in einer vollkommen mit Eis bedeckten Landschaft, doch es war nicht auf diesem Planeten. Andere, kleinere Wesen mit längeren Fingern und anderen Augen arbeiteten in einem riesigen Raumschiff. Immer, wenn sie zu dem, was sie sah, etwas sagen wollte, verschwanden die Bilder und wurden durch andere ersetzt. Brida begriff mit weiblicher Intuition, dass dieser Mann sich bemühte, alles zu zeigen, was er in vielen Jahren gelernt und die ganze

Zeit für sich behalten hatte, um sie damit zu beschenken. Ihr konnte er sich ohne Angst hingeben, denn sie war sein Anderer Teil. Er konnte mit ihr durch die elysischen Gefilde reisen, in denen die erleuchteten Seelen wohnen und wohin die Seelen, die noch auf der Suche nach Erleuchtung sind, hin und wieder kommen, um Hoffnung zu schöpfen.

Sie konnte nicht genau sagen, wie viel Zeit vergangen war, bis sie sich wieder mit dem leuchtenden Wesen in dem Kreis befand, den sie selber gezogen hatte. Sie hatte schon zuvor Liebe erfahren, aber bis zu jener Nacht hatte Liebe auch immer Angst bedeutet. Diese Angst war immer wie ein Schleier gewesen – sie konnte durch ihn fast alles erkennen, nur die Farben nicht. Und in diesem Augenblick, in dem ihr Anderer Teil vor ihr stand, begriff sie, dass Liebe ein eng mit Farben verbundenes Gefühl war – als handelte es sich um Millionen sich überlagernder Regenbögen.

›Was ich mir alles aus Angst, etwas zu verlieren, habe entgehen lassen!‹, dachte Brida und blickte auf die Regenbögen. Sie lag jetzt in dem Kreis, auf ihr das Lichtwesen. Über seiner Schulter leuchtete ein Punkt, und aus seiner Stirn und aus seinem Bauchnabel kamen strahlende Fäden.

»Ich wollte dir etwas sagen, habe aber keinen Ton herausgebracht«, sagte sie.

»Wegen des Alkohols«, antwortete er.

Für Brida war dies eine ferne Erinnerung: der Pub, der Wein und das Gefühl, über etwas zornig zu sein, das sie nicht akzeptieren wollte.

»Danke für die Visionen.«

»Das waren keine Visionen«, sagte das Lichtwesen. »Du hast die Weisheit der Erde und die eines fernen Planeten gesehen.«

Darüber wollte Brida nicht reden. Sie wollte keinen Unterricht. Sie wollte nur, was sie gerade erlebt hatte.

»Leuchte ich auch?«

»Genauso wie ich. Die gleiche Farbe, das gleiche Licht. Und die gleichen Garben aus Energie.«

Die Farbe war jetzt golden und die Garben aus Energie, die aus dem Bauchnabel und aus der Stirn kamen, leuchtend hellblau.

»Ich fühle, dass wir verloren waren und jetzt gerettet sind«, sagte Brida.

»Ich bin müde. Ich möchte nach Hause. Ich habe auch viel getrunken.«

Brida war natürlich klar, dass es irgendwo einen Ort mit Pubs, Weizenfeldern und Bushaltestellen gab. Aber sie wollte nicht dorthin zurück – sie wollte nur für immer hierbleiben. Sie hörte eine ferne Stimme, die Beschwörungen sprach, während das Licht um sie herum immer schwächer wurde, bis es vollends erlosch. Ein riesiger Mond beschien wieder das Feld. Sie waren beide nackt, hielten einander umschlungen. Und fühlten weder Kälte noch Scham.

Der Magier bat Brida, das Ritual abzuschließen, da sie es begonnen hatte. Brida sprach die ihr bekannten Worte aus, und er assistierte. Nachdem alle Formeln gesprochen waren, öffnete er den magischen Kreis. Beide zogen sich an und setzten sich auf den Boden.

»Lass uns gehen«, sagte Brida nach einer Weile. Der Magier erhob sich, Brida ebenfalls. Sie wusste nicht, was sie sagen sollte – sie war gehemmt und er auch. Sie hatten einander gestanden, dass sie sich liebten, und jetzt konnten sie, wie jedes Paar, das diese Erfahrung gemacht hat, einander nicht in die Augen blicken.

Der Magier brach das Schweigen.

»Du musst zurück in die Stadt. Ich weiß, wo man ein Taxi rufen kann.«

Brida wusste nicht, ob sie über diese Äußerung enttäuscht oder erleichtert sein sollte. Übelkeit und Kopfschmerzen traten an die Stelle des Gefühls von Freude. Sie wusste, dass sie in dieser Nacht keine gute Gesellschaft abgeben würde.

»Ist gut«, antwortete sie.

Und sie machten sich auf den Weg zurück in den Ort. Der Magier rief von einer Telefonzelle aus ein Taxi. Dann warteten sie auf dem Mittelstreifen auf den Wagen.

»Ich möchte mich für diese Nacht bedanken«, sagte sie.

Er sagte nichts.

»Ich weiß nicht, ob das Tagundnachtgleichefest nur für Hexen ist. Aber es wird ein wichtiger Tag für mich sein.«

»Ein Fest ist ein Fest.«

»Dann möchte ich dich einladen.«

Er machte eine Handbewegung, die andeutete, dass er das Thema wechseln wollte. Er dachte wahrscheinlich in diesem Augenblick dasselbe wie sie – wie schwierig es ist, sich von seinem Anderen Teil zu trennen, wenn man ihm begegnet ist. Brida stellte sich vor, wie er allein nach Hause ging und sich fragte, wann sie wiederkommen würde. Sie würde wiederkommen – denn das gebot ihr Herz. Allerdings war die Einsamkeit des Waldes schwieriger zu ertragen als die Einsamkeit der Städte.

»Ich weiß nicht, ob die Liebe plötzlich auftaucht«, fuhr Brida fort. »Aber ich weiß, dass ich offen für sie bin.«

Das Taxi kam. Brida schaute den Magier noch einmal an und stellte fest, dass er plötzlich viel jünger wirkte.

»Ich bin auch bereit für die Liebe« war alles, was er sagte.

Die Sonnenstrahlen schienen durch makellos saubere Fensterscheiben einer tadellos aufgeräumten Küche.

»Hast du gut geschlafen, Liebes?«, fragte Bridas Mutter, während sie heiße Schokolade, Toast und Käse auf den Tisch stellte. Dann kehrte sie an den Herd zurück, wo bereits Eier mit Schinken in der Pfanne brutzelten.

»Ja, Mama, sehr gut sogar. Sag mal: Hast du eigentlich mein Kleid für das Fest übermorgen schon fertig?«

Die Mutter brachte die Eier und den Schinken und setzte sich zu Brida. Sie spürte, dass mit ihrer Tochter etwas los war, etwas, das ihr nicht ganz geheuer war, aber sie konnte nichts machen. Sie hätte gern mit ihr geredet, anders als bisher, doch das würde wenig bringen. Draußen gab es eine Welt, die sie nie kennengelernt hatte.

Sie hatte Angst um Brida, weil sie ihre Tochter liebte, die so ganz auf sich gestellt in dieser neuen Welt unterwegs war.

»Was ist nun mit dem Kleid?«, wollte Brida wissen.

»Vor dem Mittagessen sollte es fertig sein«, antwortete die Mutter, glücklich, dass wenigstens ein paar Dinge auf der Welt sich nicht veränderten. Mütter lösten immer noch einige Probleme ihrer Töchter.

Nach kurzem Zögern fragte sie: »Wie geht es Lorens?«

»Gut. Er holt mich heute Abend ab.«

Bridas Mutter war traurig und erleichtert zugleich. Beziehungsprobleme verletzten immer die Seele, und sie dankte Gott, dass ihre Tochter keine hatte. Andererseits waren diese Probleme vielleicht die einzigen, bei denen sie ihrer Tochter helfen konnte, denn Liebe und Liebesleid hatten sich im Lauf der Zeit wenig verändert.

Sie machten sich zu einem Spaziergang durch die kleine Stadt auf, in der Brida ihre ganze Kindheit verbracht hatte. Die Häuser waren immer noch gleich wie früher, die Menschen machten, was sie immer getan hatten. Unterwegs begegneten sie zwei ehemaligen Schulkameradinnen von Brida, die eine arbeitete inzwischen in der einzigen Bankfiliale am Ort, die andere im Schreibwarengeschäft. Sie begrüßten Brida mit Vornamen und machten ihr Komplimente, wie reif sie wirke und wie schön sie geworden sei. Um zehn dann setzten sich Mutter und Tochter in ein Café, in das die Mutter, bevor sie ihren Mann kennengelernt hatte, sonnabends immer gegangen war – auf der Suche nach einer Begegnung, einem Flirt oder auch nur nach Abwechslung.

Während sie ihr den neuesten Klatsch aus der Stadt erzählte, blickte die Mutter ihre Tochter an. Brida interessierte sich noch immer dafür, und das freute sie.

»Ich brauche das Kleid heute«, sagte Brida noch einmal. Sie wirkte besorgt, aber das Kleid konnte nicht der Grund dafür sein. Brida wusste doch, dass ihre Mutter ihr jeden Wunsch erfüllte.

Sie musste es noch einmal wagen. Diese Frage stellen, die Kinder immer hassen, weil sie finden, dass sie unabhängige, freie Menschen sind, die ihre Probleme selber lösen können.

»Gibt es irgendein Problem?«

»Hast du schon einmal zwei Männer gleichzeitig geliebt, Mama?«, fragte Brida in leicht herausforderndem Ton, als hätte nur sie allein Ahnung von den Fallstricken des Lebens.

Die Mutter tauchte eine Madeleine in die Teetasse und aß sie vorsichtig. Ihr Blick war in eine fast vergessene Vergangenheit gerichtet.

»Ja, das habe ich.«

Brida schaute sie verblüfft an.

Die Mutter lächelte. Und lud sie ein, den Spaziergang fortzusetzen.

»Dein Vater war meine erste und meine größte Liebe«, begann sie, als sie aus dem Café traten. »Ich bin glücklich an seiner Seite. Ich habe alles, von dem ich geträumt hatte, als ich viel jünger war als du heute. Damals glaubten meine Freundinnen und ich, dass der einzige Lebenszweck die Liebe sei. Diejenige, der es nicht gelang, jemanden zu finden, würde nie sagen können, dass sich ihre Träume erfüllt hätten.«

»Nicht abschweifen, Mama«, mahnte Brida ungeduldig.

»Ich hatte andere Träume. Ich träumte beispielsweise davon zu tun, was du jetzt machst: in einer großen Stadt zu wohnen, die Welt kennenzulernen, die jenseits der Grenzen meines Dorfes lag. Ich konnte meine Eltern nur davon überzeugen, meinen Entschluss zu billigen, woanders zu studieren, indem ich mir eine Ausbildung wählte, die in der nahen Umgebung nicht angeboten wurde.

Viele Nächte habe ich wach gelegen, habe über das Gespräch nachgedacht, das ich mit ihnen würde führen müssen. Ich überlegte mir jeden einzelnen Satz, den ich sagen würde, und malte mir ihre Antworten aus.«

Es war das erste Mal, dass ihre Mutter so mit ihr redete. Brida hörte ihr voller Zärtlichkeit zu und fühlte ein leises Bedauern. Sie hätten doch schon früher solche Gespräche führen können – aber beide waren eben in ihrer eigenen Welt und deren Werten gefangen gewesen.

»Zwei Tage vor meinem Gespräch mit meinen Eltern lernte ich deinen Vater kennen. Ich blickte ihm in die Augen, und da war dieses besondere Leuchten, als wäre ich dem Menschen begegnet, nach dem ich mich mein ganzes Leben lang gesehnt hatte.«

»Das kenne ich, Mama.«

»Nachdem ich deinen Vater kennengelernt hatte, war meine Suche zu Ende. Ich brauchte keine Erklärung mehr für die Welt und war auch nicht frustriert, weil ich hier zwischen denselben Menschen lebte und tat, was ich immer getan hatte. Wegen der großen Liebe, die wir füreinander empfanden, war kein Tag wie der andere.

Wir haben uns verlobt und geheiratet. Ich habe ihm nie von meinen Träumen erzählt, einmal in der großen Stadt zu leben und andere Orte und Menschen kennenzulernen. Denn plötzlich passte die ganze Welt in mein Dorf. Die Liebe erklärte mein Leben.«

»Du hast vorher etwas von einem anderen Mann gesagt, Mama.«

»Ich möchte dir etwas zeigen«, sagte Bridas Mutter nur.

Beide gingen bis zum Fuß einer Treppe, die zur einzigen Kirche des Ortes führte, die in den vielen Religionskriegen immer wieder zerstört und wiederaufgebaut worden war. Brida war dort früher sonntags zur Messe gegangen, und die vielen Stufen zum Portal hinauf waren als Kind für sie immer eine Tortur gewesen. Unten an der Treppe standen zwei Statuen – die des heiligen Paulus links und die des Apostels Jakobus rechts; sie waren von der Zeit und von den vielen Touristenhänden schon ziemlich mitgenommen. Der Boden war mit welkem Laub bedeckt, als wäre nicht der Frühling, sondern der Herbst im Anzug.

Die Kirche lag oben auf dem Hügel und war von der Stelle, an der die beiden Frauen standen, nicht zu sehen. Bridas Mutter setzte sich auf die unterste Treppenstufe und bat ihre Tochter, sich neben sie zu setzen.

»Hier war es«, sagte sie. »Eines Tages wollte ich aus irgendeinem Grund, an den ich mich jetzt nicht mehr erinnern kann, nachmittags beten. Ich hatte das Bedürfnis, allein zu sein, über mein Leben nachzudenken, und fand, die Kirche sei dafür der geeignete Ort.

Hier auf der Treppe traf ich einen Mann. Er saß da, wo du jetzt sitzt, neben ihm standen zwei Koffer, und er wirkte verloren. Er suchte verzweifelt etwas in einem Buch, das er aufgeschlagen in den Händen hielt. Ich hielt ihn für einen Touristen, der ein Hotel suchte, und ging zu ihm. Als ich ihn ansprach, zuckte er zusammen, doch dann entspannte er sich.

Er hatte sich weder verfahren noch verlaufen. Er sagte, er sei Archäologe und mit seinem Wagen in Richtung

Norden zu Ausgrabungen mit seinem Team unterwegs gewesen – als der Motor gestreikt habe. Ein Mechaniker sei auf dem Weg, und er nutze die Wartezeit, um die Kirche zu besichtigen. Er fragte mich aus, über das Städtchen, die Nachbarorte, die Sehenswürdigkeiten.

Plötzlich verschwanden die Sorgen, über die ich an diesem Nachmittag in der Kirche nachdenken wollte, sie waren wie weggeblasen. Ich fühlte mich nützlich und fing an, ihm alles zu erzählen, was ich über mein Städtchen und dessen Geschichte wusste, und die vielen Jahre, die ich da gelebt hatte, bekamen plötzlich einen Sinn. Dieser Mann neben mir auf der Treppe studierte die Menschen und Völker und würde, was ich als Kind gehört oder herausgefunden hatte, für künftige Generationen bewahren. Ich war wichtig für die Welt und die Geschichte meines Städtchens, ich fühlte mich gebraucht, und das ist eines der besten Gefühle, die ein Mensch haben kann.

Wir redeten dann über andere Dinge, und ich sagte ihm, wie stolz ich auf meinen Geburtsort sei, und er antwortete mir mit dem Satz eines Autors, dessen Name mir entfallen ist; der Satz lautete ungefähr: ›Dein Dorf gibt dir universelle Kraft.‹«

»Leo Tolstoi«, sagte Brida.

Wie Brida vor einiger Zeit machte nun die Mutter eine Zeitreise. Nur brauchte sie dafür keine Kathedralen im Raum oder unterirdische Bibliotheken und angestaubte Bücher. Ihr reichte die Erinnerung an einen Frühlingsnachmittag und einen Mann mit Koffern am Fuß einer Treppe.

»Wir redeten eine Zeitlang miteinander. Ich hatte den

ganzen Nachmittag Zeit, während er auf den Mechaniker wartete, der jeden Augenblick kommen konnte. Doch ich beschloss, bis dahin jede Minute zu genießen. Ich befragte ihn nach seiner Welt, zu seinen Ausgrabungen und zu der Herausforderung, ständig die Vergangenheit in der Gegenwart zu suchen. Er erzählte mir von Kriegern, von Weisen und von Piraten, die unsere Gegend bewohnt hatten.

Plötzlich stand die Sonne fast am Horizont. In meinem ganzen Leben war noch nie ein Nachmittag so schnell vergangen. Es war Frühling, in der Luft lag der köstliche Duft von etwas Neuem, und ich fühlte mich wieder jung. Es gibt Blumen, die blühen erst im Herbst. Nun, an jenem Nachmittag habe ich mich wie eine dieser Blumen gefühlt. Als wäre unvermittelt im Herbst meines Lebens, als ich dachte, ich hätte schon alles erlebt, was es zu erleben gibt, dieser Mann auf der Treppe nur aufgetaucht, um mir zu zeigen, dass Gefühle wie die Liebe nicht zusammen mit dem Körper altern. In der Welt der Gefühle gibt es keine Zeit, keinen Raum und keine Grenzen.«

Sie verstummte. Ihr Blick ging in die Ferne – und zurück zu jenem Frühling.

»Da stand ich mit meinen achtunddreißig Jahren, wie ein Backfisch, und fühlte mich wieder begehrt. Ich spürte, dass der Mann mich nicht gehen lassen wollte und deshalb immer weiterredete. Aber irgendwann schwieg er dann doch und lächelte mich an. Und mit diesem Lächeln sagte er mir, dass ich ihn richtig verstanden hatte, dass ich wirklich wichtig für ihn war. Wir saßen dann beide einfach nur schweigend da, und nach einer Weile verabschiedeten wir uns. Der Mechaniker war nicht gekommen.

Obwohl ich dem Mann auf der Treppe an jenem Nachmittag so nahe war, ja so etwas wie Liebe für ihn empfand, habe ich nie, auch nicht einen einzigen Tag lang aufgehört, deinen Vater zu lieben«, sagte sie abschließend. »Er war immer an meiner Seite, hat immer sein Bestes gegeben, und ich möchte bei ihm sein bis zum Ende meiner Tage. Aber das Herz ist ein Mysterium, und ich werde niemals begreifen, was passiert ist. Ich weiß, dass diese Begegnung mir mehr Selbstvertrauen gegeben und mir gezeigt hat, dass ich imstande war, Liebe zu geben, und dass ich auch jemand war, den man lieben konnte. Dieses Erlebnis hat mich etwas gelehrt, das ich nie vergessen werde: Wenn du etwas Wichtiges in deinem Leben findest, heißt das nicht, dass du alle anderen Dinge dafür aufgeben musst.

Von Zeit zu Zeit denke ich gern an ihn zurück. Ich wüsste gern, wo er ist, ob er gefunden hat, was er an jenem Nachmittag suchte, ob er noch lebt. Ich weiß, dass er nie zurückkehren wird – und nur deshalb konnte ich ihn so ganz und gar lieben. Ich wusste, ich würde ihn niemals verlieren. Er würde immer in meiner Erinnerung bleiben, in der Erinnerung an einen intensiven Nachmittag.«

Bridas Mutter erhob sich.

»Ich glaube, ich muss jetzt los, sonst wird dein Kleid nie rechtzeitig fertig«, sagte sie.

»Ich bleibe noch ein bisschen«, antwortete Brida.

Die Mutter küsste ihre Tochter zärtlich. »Danke, dass

du mir zugehört hast. Ich habe diese Geschichte heute zum ersten Mal erzählt. Ich hatte immer Angst, ich würde sterben, ohne sie erzählt zu haben, und sie würde mit mir sterben. Jetzt wirst du sie für mich bewahren.«

Brida stieg die Stufen hinauf. Vor dem Kirchenportal blieb sie stehen. Das kleine, runde Gebäude war der große Stolz der Gegend. Es war eine der ersten christlichen Kirchen in der Gegend, und das ganze Jahr über kamen Forscher und Touristen, um es zu besuchen. Von dem ursprünglichen Bau aus dem fünften Jahrhundert war nur ein Teil des Fußbodens erhalten. Die Kirche war im Lauf der Jahrhunderte immer wieder zerstört worden, aber jedes Mal war irgendetwas erhalten geblieben, so dass die Besucher die Geschichte der verschiedenen Baustile an ein und demselben Gebäude studieren konnten.

Drinnen spielte eine Orgel, und Brida lauschte andächtig. Wenn man in diese Kirche trat und glaubte, was der Pfarrer sagte, brauchte man sich keine Sorgen mehr zu machen. Das Universum hatte seinen festen Platz, es gab keine geheimnisvollen Kräfte, die über den Menschen herrschten, keine Dunklen Nächte, in denen man glauben musste, ohne zu verstehen. Heutzutage drohten keine Scheiterhaufen mehr, und die Religionen der Welt lebten friedlich zusammen, verbanden den Menschen wieder mit Gott. Nur in Bridas Land nicht – im Norden töteten die Menschen einander im Namen des Glaubens. Aber in ein paar Jahren würde das vorbei sein. Gott war kein Rätsel mehr. Er war ein großzügiger Vater, und alle waren gerettet.

›Ich bin eine Hexe‹, sagte sie sich und kämpfte gegen

den immer mächtigeren Wunsch, die Kirche zu betreten. Ihre Tradition war jetzt eine andere, und auch wenn es sich um denselben Gott handelte, würde sie, wenn sie die Schwelle übertrat, einen Ort entweihen und durch ihn entweiht werden.

Brida zündete sich eine Zigarette an und schaute auf den Horizont. Sie versuchte, diese Gedanken zu verdrängen und über das nachzudenken, was ihre Mutter ihr erzählt hatte. Am liebsten wäre sie nach Hause gelaufen, hätte ihren Kopf in den Schoß ihrer Mutter gelegt und ihr erzählt, dass sie in zwei Tagen in die Großen Mysterien der Hexen eingeweiht werden würde. Dass sie Zeitreisen gemacht hatte und die Macht der weiblichen Sexualität kannte, dass sie aus der Ferne sagen konnte, was im Schaufenster eines Ladens war, indem sie die Techniken der Mondtradition anwandte. Sie brauchte Zärtlichkeit und Verständnis, denn auch sie hatte Geschichten, die sie niemandem erzählen konnte.

Die Orgel verstummte, und Brida hörte wieder die Geräusche der Stadt, den Gesang der Vögel, den Wind in den Zweigen, der das Herannahen des Frühlings ankündigte. Auf der Rückseite der Kirche wurde eine Tür geöffnet und wieder geschlossen. Jemand war hinausgegangen. Einen Augenblick lang sah sie sich wieder an einem Sonntag in ihrer Kindheit dort stehen, wo sie jetzt stand, leicht verärgert, weil die Messe so lange dauerte und der Sonntag der einzige Tag war, an dem sie über die Felder laufen konnte.

›Egal, ich gehe jetzt da rein!‹, beschloss sie für sich. Vielleicht würde ihre Mutter ja verstehen, was sie fühlte:

Doch die war in diesem Augenblick weit weg. Sie stand vor einer leeren Kirche. Während ihrer Lehrzeit hatte sie Wicca nie nach der Rolle des Christentums in der Mondtradition gefragt. Jetzt hatte sie das Gefühl, ihre auf dem Scheiterhaufen verbrannten Schwestern zu verraten, wenn sie durch diese Tür trat.

›Aber auch ich bin auf dem Scheiterhaufen verbrannt worden‹, sagte sie sich. Sie erinnerte sich an das Gebet, das Wicca an dem Tag gesprochen hatte, an dem des Martyriums der Hexen gedacht wurde. Die Liebe stand über allem, und die Liebe kannte keinen Hass – nur Missverständnisse. Vielleicht hatten die Menschen irgendwann beschlossen, die Stellvertreter Gottes zu sein – und ihre Fehler gemacht.

Aber Gott hatte damit nichts zu tun.

Als sie schließlich eintrat, war niemand dort. Ein paar brennende Kerzen zeigten, dass an jenem Morgen jemand seinen Bund mit einer Kraft erneuert hatte, die sie nur erahnte – und so die Brücke zwischen dem Sichtbaren und dem Unsichtbaren überschritten hatte. Sie bereute, was sie zuvor gedacht hatte: Auch hier war nichts erklärt, und die Menschen mussten eine Wahl treffen, in die Dunkle Nacht des Glaubens eintauchen. Sie sah den gekreuzigten Sohn Gottes vor sich. Er konnte ihr nicht helfen. Sie war mit ihren Entscheidungen allein, und niemand konnte ihr helfen. Sie musste lernen, Risiken einzugehen. Sie hatte nicht die gleichen Möglichkeiten wie der Gekreuzigte vor ihr – der seine Mission kannte, weil er Gottes Sohn war. Er hatte sich nie geirrt. Er kannte die Liebe zwischen den Menschen nicht, nur die Liebe zu seinem Vater. Er brauchte nur seine Weisheit und der Menschheit aufs Neue den Weg zum Himmel zu zeigen.

Aber war es nur das? Sie erinnerte sich an eine Katechismusstunde, in der der Pfarrer eines Sonntags inspirierter als sonst gewesen war. Damals hatten sie sich mit der Episode beschäftigt, in der Christus zu Gott betete, Blut schwitzte und ihn bat, diesen Kelch an ihm vorübergehen zu lassen.

»Aber wenn er doch wusste, dass er Gottes Sohn war, warum hatte er dann darum gebeten?«, hatte der Pfarrer laut gefragt. Und dann selbst eine Antwort versucht:

»Weil er es nur mit dem Herzen wusste. Hätte er die absolute Gewissheit gehabt, wäre seine Mission sinnlos gewesen, denn er wäre nicht ganz zu einem Menschen geworden. Mensch sein bedeutet, Zweifel zu haben und dennoch seinen Weg fortzusetzen.«

Brida blickte wieder auf den Jesus am Kreuz, und zum ersten Mal in ihrem Leben fühlte sie sich ihm nah. Auch er war ein Mensch gewesen, der sich allein gefühlt und Angst gehabt hatte. Er hatte seinen Vater gefragt: »Vater, Vater, warum hast du mich verlassen?« Dennoch war er sich seines Weges sicher gewesen. Er hatte eine Wahl getroffen – und war wie alle anderen Menschen mit dem Wissen in die Dunkle Nacht eingetaucht, dass er die Antwort erst am Ende seines Weges erhalten würde. Auch er musste die Angst erleben, die entsteht, wenn man Entscheidungen trifft. Er hatte Joseph, Maria, die kleine Stadt verlassen, um auf die Suche nach dem Geheimnis des Menschseins und den Mysterien des göttlichen Gesetzes zu gehen.

Wenn er das alles durchgemacht hatte, hatte er aber auch die Liebe erfahren, obwohl die Evangelien nicht ausdrücklich davon sprachen – die Liebe zwischen Menschen ist viel schwieriger zu verstehen als die Liebe eines göttlichen Wesens. Doch jetzt erinnerte sich Brida daran, dass der erste Mensch, der Christus nach seiner Auferstehung erschien, eine Frau gewesen war, die ihn bis zum Ende begleitet hatte.

Der Gekreuzigte vor ihr schien ihr zuzustimmen. Christus hatte Wein getrunken, Brot gegessen, Feste gefeiert, die Menschen und die Schönheit der Welt kennengelernt. Es war unwahrscheinlich, dass er nicht auch die Liebe einer Frau erlebt hatte, und aus diesem Grund hatte er im Olivenhain Blut geschwitzt, denn es war sehr schwer, die Erde zu verlassen und aus Liebe zu allen Menschen sein Leben hinzugeben, nachdem man die Liebe eines einzigen Menschen erfahren hat.

Er hatte alles erlebt, was die Welt zu bieten hat, und dennoch seinen Weg im Wissen fortgesetzt, dass die Dunkle Nacht mit einem Kreuz oder einem Scheiterhaufen enden kann.

»Wir alle sind auf der Welt, um die Risiken der Dunklen Nacht einzugehen, Herr. Ich habe keine Angst vor dem Tod, will aber mein Leben nicht verlieren. Ich habe Angst vor der Liebe, weil sie Dinge umfasst, die sich unserem Verstand entziehen. Ihr Licht ist unendlich, aber ihr Schatten erschreckt mich.«

Sie merkte, dass sie, ohne es zu wollen, betete. Gottes Sohn schaute sie an; er schien ihre Worte zu verstehen und sie ernst zu nehmen.

Sie wartete auf eine Antwort von ihm, aber sie hörte nichts, nahm kein Zeichen wahr. Sie hatte die Antwort vor Augen: sie lag in diesem gekreuzigten Mann. Er hatte sein Schicksal erfüllt – und der Welt gezeigt, dass, wenn jeder dies tun würde, niemand mehr leiden müsste. Denn er hatte bereits für alle Menschen gelitten, die den Mut gehabt hatten, für ihre Träume zu kämpfen.

Brida weinte. Warum, wusste sie nicht.

Der Tag des Festes begann neblig, aber regnen würde es nicht. Lorens wohnte seit Jahren in Dublin und kannte das dortige regnerische Wetter. Er stand auf und ging in die Küche, um Kaffee zu kochen.

Brida gesellte sich zu ihm, noch bevor das Wasser kochte.

»Du bist gestern sehr spät ins Bett gegangen«, sagte er.

Sie gab keine Antwort.

»Heute ist der Tag«, fuhr er fort. »Ich weiß, wie wichtig er ist. Ich wäre gern an deiner Seite.«

»Es ist ein Fest«, antwortete Brida.

»Und was willst du damit sagen?«

»Es ist ein Fest. Seit wir uns kennen, sind wir immer zusammen zu Festen gegangen. Du bist eingeladen.«

Der Magier ging hinaus, um nachzusehen, ob der Regen vom Vortag seine Bromelien beschädigt hatte. Es war ihnen nichts passiert. Er lachte über sich selber – manchmal kamen die Dinge in der Natur doch gut miteinander aus.

Er dachte an Wicca und das Fest am heutigen Abend. Sie würde die leuchtenden Punkte nicht sehen können. Nur die Anderen Teile konnten einander erkennen. Doch sie würde mit der den Frauen eigenen Intuition die Energie spüren, die zwischen ihm und Brida floss, und sie würde, weil sie eine Hexe war, die Lichtbündel sehen, die ihn mit Brida verbanden.

Die Mondtradition nannte dieses Phänomen ›sichtbare Liebe‹. Es hatte nicht unbedingt etwas mit der Beziehung zwischen zwei Anderen Teilen zu tun, sondern konnte auch bei Menschen auftauchen, die nur ineinander verliebt waren. Und es bei ihnen beiden zu sehen würde in Wicca sicher das Gefühl aufkommen lassen, das Schneewittchens Stiefmutter erfüllt hatte, die nicht zulassen konnte, dass jemand schöner war als sie.

Wicca war jedoch eine Meisterin und würde gleich merken, wie unsinnig ihr Gefühl war. Aber da würde ihre Aura bereits die Farbe gewechselt haben.

Dann würde er zu ihr gehen, sie auf die Wange küssen und ihr auf den Kopf zusagen, dass sie eifersüchtig sei. Sie würde das zornig verneinen. Er würde sie fragen, warum sie dann so wütend sei.

Sie würde antworten, sie sei eine Frau und brauche über ihre Gefühle keine Rechenschaft abzulegen. Er würde sie noch einmal küssen, da sie die Wahrheit sagte. Und er würde ihr sagen, er habe sich seit ihrer Trennung oft nach ihr gesehnt und schätze sie mehr als jede andere Frau auf der Welt – außer Brida, denn Brida sei sein Anderer Teil.

Das würde Wicca glücklich machen. Denn sie war weise.

›Ich werde alt. Ich denke mir schon ganze Gespräche aus!‹ Doch nicht das Alter war der Grund – verliebte Menschen verhalten sich immer so, sagte er sich.

Wicca freute sich, dass es nicht regnen und die Wolken bis zum Abend verschwunden sein würden. Die Natur musste im Einklang mit den Werken der Menschen stehen.

Alles war gut vorbereitet, jeder füllte seine Rolle aus, nichts fehlte. Sie trat vor ihren Hausaltar und rief ihren Meister an, bat ihn, an diesem Abend anwesend zu sein. Drei neue Hexen würden in die Großen Mysterien eingeweiht, und die Verantwortung, die auf ihren Schultern lastete, war riesig.

Dann ging sie in die Küche und kochte sich einen Kaffee. Sie presste sich einen frischen Orangensaft und aß ein paar Diätkekse. Sie achtete immer noch auf ihr Aussehen – sie wusste, wie hübsch sie war. Sie brauchte ihr gutes Aussehen nicht zu verstecken, um zu beweisen, dass sie auch intelligent und fähig war.

Während sie geistesabwesend im Kaffee rührte, erinnerte sie sich daran, wie ihr Meister an einem Tag wie diesem ihr Schicksal mit den Großen Mysterien besiegelt hatte. Einen Augenblick lang versuchte sie sich daran zu erinnern, was damals ihre Träume gewesen waren, was sie vom Leben erwartet hatte.

»Ich werde alt, ich hänge der Vergangenheit nach«, sagte sie laut und trank schnell ihren Kaffee aus. Sie hatte noch viel zu tun. Sie wusste natürlich, dass sie keineswegs alt wurde. In ihrer Welt gab es keine Zeit.

Brida war erstaunt über die vielen Wagen, die am Straßenrand parkten. Die schweren Wolken vom Morgen waren blauem Himmel gewichen, über den der Sonnenuntergang seine letzten Strahlen warf. Trotz der Kälte war dies der erste Frühlingstag.

Sie bat um den Schutz der Waldgeister und sah dann Lorens an. Er wiederholte dieselben Worte, etwas gehemmt, aber voller Freude, mitgekommen zu sein. Für ihre Beziehung war es wichtig, dass jeder hin und wieder die Welt des anderen betrat. Auch zwischen ihnen beiden gab es eine Brücke zwischen dem Sichtbaren und dem Unsichtbaren. Magie war in allen Handlungen gegenwärtig.

Sie gingen in den Wald, schritten schnell voran und gelangten bald auf die Lichtung. Brida hatte so etwas erwartet: Männer und Frauen jeden Alters – und vermutlich auch aus den verschiedensten Berufen – waren dort in Gruppen versammelt, unterhielten sich, versuchten so zu tun, als wäre es das Natürlichste der Welt, dort zu sein. Aber alle waren genauso unsicher wie sie.

»Sind das alles Hexen?« Lorens hatte nicht so viele erwartet.

Brida schüttelte den Kopf. Viele waren wie Lorens geladene Gäste. Wer an der Zeremonie teilnehmen würde, wusste sie nicht genau, aber alles würde im rechten Moment offenbart werden.

Sie wählten sich ein Eckchen aus, und Lorens stellte den Beutel ab, den sie mitgebracht hatten. Darin waren Bridas Kleid und drei große Flaschen Wein. – Wicca hatte darum gebeten, dass jeder Teilnehmer oder Gast Wein mitbringen solle. Bevor sie aus dem Haus gegangen waren, hatte Lorens nach dem anderen Gast gefragt, den Brida noch eingeladen hatte. Brida hatte gesagt, es sei der Magier, den sie immer in den Bergen besuchte – und Lorens hatte dem weiter keine Bedeutung beigemessen.

»Stell dir vor!«, hörten sie neben sich eine Frau sagen. »Stell dir bloß vor, meine Freundinnen wüssten, dass ich in dieser Nacht an einem echten *Sabbat* teilnehme.«

Am Hexensabbat. Dem Fest, das das Blutvergießen, die Scheiterhaufen, die Aufklärung und das Vergessen überlebt hatte. Lorens versuchte sich zu entspannen, indem er sich sagte, es seien noch viele andere Leute da, denen es ähnlich erging wie ihm. Er bemerkte, dass mehrere trockene Baumstämme in der Mitte der Lichtung aufgestapelt waren, und ihm lief ein Schauer über den Rücken.

In einer Ecke stand Wicca in einer Gruppe und unterhielt sich. Als sie Brida sah, kam sie sofort zu ihr, um sie zu begrüßen, und fragte sie, ob alles in Ordnung sei. Brida bedankte sich für die freundliche Nachfrage und stellte ihr Lorens vor.

Wicca blickte sie fragend an. Doch dann ging ein Lächeln über ihr Gesicht. Brida war sicher, dass sie wusste, wer er war.

»Herzlich willkommen«, sagte sie. »Es ist auch Ihr Fest!«

Es kamen immer mehr Menschen – und Brida konnte

nicht auseinanderhalten, wer Gast und wer Teilnehmer war. Eine halbe Stunde später, als beinahe einhundert Menschen auf der Lichtung leise miteinander redeten, ergriff Wicca das Wort. »Dies ist eine Zeremonie. Aber diese Zeremonie ist auch ein Fest. Und kein Fest beginnt, bevor die Gäste nicht ihre Gläser gefüllt haben.«

Sie öffnete eine ihrer Flaschen und füllte das Glas von jemandem, der neben ihr stand. Kurz darauf kreisten die Weinflaschen, und die Stimmen wurden hörbar lauter. Brida wollte nicht trinken, zu lebendig war die Erinnerung an den Mann, der ihr auf einem Weizenfeld die geheimen Tempel der Mondtradition gezeigt hatte. Außerdem war ihr zweiter Gast noch nicht da.

Lorens hingegen war sehr viel entspannter und begann sich mit den Leuten neben ihm zu unterhalten.

»Das ist ein Fest!«, sagte er lachend zu Brida. Er war auf übernatürliche Dinge vorbereitet gewesen, und nun war es nur ein Fest. Das viel lustiger war als die Feste der Wissenschaftler, an denen er teilnehmen musste.

In einiger Entfernung von der Gruppe stand ein Mann mit weißem Bart, den er als einen der Professoren der Universität erkannte. Zuerst wusste er nicht recht, was er machen sollte, aber der Mann hatte ihn auch erkannt und hob das Glas grüßend in seine Richtung.

Lorens war erleichtert – es gab weder eine Jagd auf Hexen mehr noch eine Jagd auf deren Freunde.

»Es ist wie ein Picknick«, hörte Brida jemanden sagen. Das stimmte, und es ärgerte sie. Sie hatte etwas Rituelleres erwartet, etwas, das den Sabbats mehr ähnelte, die Goya, Saint-Saëns und Picasso inspiriert hatten. Sie nahm die Flasche, die neben ihr stand, und fing auch an zu trinken.

Ein Fest. Die Brücke zwischen dem Sichtbaren und dem Unsichtbaren mit einem Fest überschreiten. Brida hätte gern gewusst, wie sich etwas so Heiliges in einer so profanen Atmosphäre vollziehen sollte.

Es wurde schnell dunkel, die Gäste tranken immer weiter. Als die Lichtung ganz im Dunkel zu verschwinden drohte, zündeten ein paar der anwesenden Männer ohne irgendein erkennbares Ritual die Holzscheite an.

Lange bevor das Feuer zu etwas Magischem wurde, war es einfach nur eine Licht- und Wärmequelle gewesen, um die herum sich die Frauen allein versammelt hatten, um über ihre Männer zu reden, über ihre magischen Erfahrungen und – im Mittelalter – über die Begegnungen mit dem Inkubus, dem bedrohlichen Dämon. Damals schon hatten sie miteinander den Frühlingsbeginn und die Zeit der Hoffnung mit einem fröhlichen Fest gefeiert. Aber damals hieß fröhlich sein das Gesetz herauszufordern, denn sich zu vergnügen war in einer Zeit verpönt, in der die Welt als etwas betrachtet wurde, das es nur gab, um die Schwachen in Versuchung zu führen. Die in ihre finsteren Burgen eingeschlossenen Landesherren sahen die Feuer in den Wäldern und erkannten darin eine Gefahr für ihre Macht – diese Bauern wollten glücklich sein, und wer das Glück erst einmal kennt, wird nicht mehr klaglos in Traurigkeit leben, sondern sich erheben. Diese Bauern könnten das ganze Jahr lang glücklich sein wollen, und daraus könnte eine Bedrohung für das gesamte politische und religiöse System erwachsen.

Ein halbes Dutzend schon ziemlich betrunkene Leute begann um das Feuer herumzutanzen – wer weiß, vielleicht um ein Hexenfest nachzuahmen. Unter den Tanzenden erkannte Brida eine Initiierte, die sie bei einer Feier kennengelernt hatte, die Wicca zu Ehren des Martyriums ihrer Schwestern ausgerichtet hatte. Brida war schockiert, denn sie hatte erwartet, dass die Anhänger der Mondtradition sich dem heiligen Ort entsprechend verhielten, an dem sie sich befanden. Sie erinnerte sich an die Nacht, die sie mit dem Magier verbracht hatte, und daran, wie sehr der Alkohol während der Astralreise die Kommunikation zwischen ihnen beiden gestört hatte.

»Meine Freunde werden grün vor Neid sein«, hörte sie jemanden sagen. »Sie werden niemals glauben, dass ich hier war.«

Das war ihr zu viel. Sie musste sich eine Weile zurückziehen, um zu durchschauen, was sich da abspielte, und gegen den ungeheuren Wunsch anzukämpfen, nach Hause zu gehen, wegzulaufen, bevor die Enttäuschung über das, dem sie so lange entgegengefiebert hatte, komplett war. Sie suchte Wicca mit den Augen und sah, dass sie mit den anderen Gästen lachte und fröhlich war. Die Zahl der Menschen, die um das Feuer herumtanzten, wurde ständig größer. Einige klatschten in die Hände, andere begleiteten sie, indem sie mit Zweigen und Schlüsseln gegen leere Flaschen schlugen.

»Ich schau mich mal ein bisschen um«, sagte sie zu Lorens.

Er hatte bereits eine Gruppe um sich geschart, und die Leute waren fasziniert von seinen Geschichten über alte

Sterne und die Wunder der modernen Physik. Aber er hörte sofort auf zu reden.

»Soll ich dich begleiten?«

»Ich gehe lieber allein.«

Brida entfernte sich von der Gruppe und ging in den Wald. Das immer lauter werdende Stimmengewirr, die Erinnerung an die Bemerkungen der Anwesenden, die Bilder der Betrunkenen und derjenigen, die um das Feuer herum Hexensabbat spielten, all das schwirrte in ihrem Kopf herum. Sie hatte so lange auf diesen Abend gewartet, und nun war er nur ein Fest – ein Fest wie das von Wohltätigkeitsvereinen, bei denen die Leute essen, sich betrinken, Klatsch erzählen und anschließend Reden über die Notwendigkeit halten, den Indios auf der Südhalbkugel oder den Seehunden am Nordpol zu helfen.

Brida ging durch den Wald, behielt aber weiterhin das Feuer im Blick. Sie stieg einen Weg hinauf, der um einen Felsen herumführte, von dem aus sie die Szene von oben sehen konnte. Aber auch von oben war die Szene zutiefst enttäuschend: Wicca ging von Gruppe zu Gruppe, um zu sehen, ob alles in Ordnung war, die Leute tanzten um das Feuer herum, einige alkoholisierte Paare begannen sich zu küssen. Lorens erzählte zwei Männern angeregt etwas, das vielleicht gut in einen Pub gepasst hätte, aber nicht zu einem Fest wie diesem. Ein Nachzügler kam durch den Wald. Womöglich ein Fremder, den der Lärm angezogen hatte, der sich amüsieren wollte.

Sein Gang kam ihr vertraut vor.

Der Magier!

Brida stockte der Atem, und dann rannte sie den Weg hinunter. Sie wollte ihn abfangen, bevor er auf die Lichtung trat. Er musste ihr helfen, den Sinn des Ganzen zu begreifen.

›Wicca weiß, wie man einen Sabbat ausrichtet‹, dachte der Magier, während er näher kam. Er konnte die Energie der Menschen frei kreisen sehen und spüren. In dieser Phase des Rituals wirkte der Sabbat wie jedes andere Fest – man musste dafür sorgen, dass alle Gäste an ein und derselben Schwingung teilhatten. Am ersten Sabbat seines Lebens war er von all dem sehr schockiert gewesen. Er erinnerte sich daran, dass er seinen Meister beiseite genommen hatte, um zu erfahren, was da geschah.

»Warst du schon einmal auf einem Fest?«, hatte der Meister ärgerlich gefragt, weil der Magier ihn mitten aus einem angeregten Gespräch gerissen hatte.

Er hatte genickt.

»Und wann ist es ein gutes Fest?«

»Wenn sich alle amüsieren.«

»Seit sie in Höhlen wohnen, feiern die Menschen Feste«, hatte ihm sein Meister erklärt. »Feste sind die ersten bekannten kollektiven Rituale. Ein gelungenes Fest kann reinigend auf den Astralleib seiner Teilnehmer wirken. Allerdings gibt es immer wieder Menschen, die die gemeinsame Fröhlichkeit zerstören. Sie halten sich für wichtiger als die andern und schaffen es nicht, mit den anderen in Beziehung zu treten. Aber diese Haltung rächt sich auf geheimnisvolle Weise: Wenn sie das Fest verlassen, schleppen sie die abgelegten Astralhüllen der Menschen mit sich, die sich mit den anderen vereinen konnten.

Vergiss nie, dass der erste direkte Weg zu Gott das Herz ist. Der zweite direkte Weg ist die Fröhlichkeit.«

Viele Jahre waren seit diesem Gespräch mit seinem Meister vergangen. Der Magier hatte seither an vielen Sabbaten teilgenommen und wusste, dass es sich um ein rituelles, geschickt organisiertes Fest handelte. Der Pegel der kollektiven Energie stieg mit jedem Augenblick.

Der Magier suchte Brida mit den Augen. Es waren sehr viele Menschen da, und er war Menschenmengen nicht mehr gewohnt. Er wusste, dass er an der kollektiven Energie teilhaben musste, war auch dazu bereit, nur brauchte er etwas Zeit, um sich einzugewöhnen. Brida könnte ihm helfen. Er würde sich entspannter fühlen, wenn er sie träfe.

Er war ein Magier. Er wusste, wie man den leuchtenden Punkt sehen konnte. Er brauchte nur seinen Bewusstseinszustand zu verändern, und der Punkt würde inmitten all der Menschen erscheinen. Er hatte jahrelang nach diesem Lichtpunkt gesucht – und jetzt befand er sich nur wenige Meter von ihm entfernt.

Der Magier veränderte seinen Bewusstseinszustand. Er blickte wieder auf das Fest, diesmal mit einer anderen Form der Wahrnehmung, und konnte jetzt die verschiedenfarbigen Auren sehen, die Energieschwingungen, die alle Menschen um ihren Körper herum besitzen. Sie hatten sich fast schon einem einzigen Farbton angeglichen. ›Wicca ist eine große Meisterin, sie schafft alles ganz schnell‹, dachte er. Bald würden die Auren ganz aufeinander abgestimmt sein. Dann würde der zweite Teil des Rituals beginnen.

Er schaute von links nach rechts und entdeckte endlich den leuchtenden Punkt. Er beschloss, Brida zu überraschen, und näherte sich fast lautlos.

»Brida!«, sagte er.

Sein Anderer Teil wandte sich um.

»Sie schaut sich gerade ein bisschen um«, antwortete der Andere Teil.

Einen Augenblick lang, der ewig zu dauern schien, schaute der Magier den Mann vor sich an.

»Sie müssen der Magier sein, von dem Brida so viel erzählt hat«, sagte Lorens. »Setzen Sie sich zu uns. Sie wird gleich kommen.« Doch Brida war bereits da. Sie stand vor ihnen, blickte sie erschrocken an und atmete schwer.

Der Magier spürte, dass ihn jemand von der anderen Seite des Feuers her anblickte. Er kannte diesen Blick, einen Blick, der die leuchtenden Punkte nicht sehen konnte, da nur die Anderen Teile einander erkennen können. Aber es war ein alter, tiefgehender Blick, der Blick eines Menschen, der die Mondtradition kannte und das Herz von Männern und Frauen.

Der Magier wandte sich um und schaute in Wiccas Gesicht. Sie lachte von der anderen Seite des Feuers herüber – im Bruchteil einer Sekunde hatte sie alles begriffen.

Bridas Blick war ebenfalls auf den Magier gerichtet. Ihre Augen strahlten. Er war gekommen.

»Ich möchte dir Lorens vorstellen«, sagte sie. Plötzlich war das Fest für sie fröhlich, und sie brauchte keine Erklärungen mehr.

Der Magier befand sich noch im anderen Bewusstseinszustand. Er sah, wie Bridas Aura schnell ihre Farbe änderte, sich dem Farbton annäherte, den Wicca ausgesucht hatte. Die junge Frau war fröhlich, glücklich, dass er gekommen war. Ihm war bewusst, dass ein Wort von ihm oder etwas, das er tat, ihre Initiation in dieser Nacht zunichtemachen könnte. Er musste sich um jeden Preis beherrschen.

»Angenehm«, sagte er zu Lorens. »Wie wäre es, wenn Sie mir etwas vom Wein abgeben würden?«

Lorens reichte ihm die Flasche.

»Willkommen in der Gruppe«, sagte er. »Ihnen wird das Fest gefallen.«

Auf der anderen Seite des Feuers wandte Wicca den Blick ab und seufzte erleichtert – Brida hatte nichts bemerkt. Sie war eine gute Schülerin – sie hätte sie ungern in dieser Nacht von der Initiation ausschließen wollen, nur weil sie den einfachsten Schritt nicht tun konnte: die Freude mit den anderen zu teilen.

›Er wird sich schon um sich selber kümmern.‹ Der Magier hatte Jahre der Arbeit und der Disziplin hinter sich. Er würde imstande sein, ein Gefühl so lange zu beherrschen, bis ein anderes Gefühl an dessen Stelle getreten war. Wicca achtete ihn wegen seiner Arbeit und seiner Hartnäckigkeit, und gleichzeitig fürchtete sie auch seine ungeheure Macht.

Sie unterhielt sich mit einigen anderen Gästen, konnte aber die Überraschung über das, was sie gerade erlebt hatte, nicht verbergen. Das war also der Grund gewesen, weshalb der Magier der jungen Frau so viel Aufmerksamkeit geschenkt hatte, die letztlich eine Hexe wie jede andere war, die durch verschiedene Inkarnationen gegangen war und dabei die Mondtradition kennengelernt hatte.

Brida war sein Anderer Teil.

›Meine weibliche Intuition arbeitet schlecht.‹ Wicca hatte sich alles Mögliche vorgestellt, nur das Offensichtliche nicht. Sie tröstete sich mit dem Gedanken, dass ihre Neugier gestillt worden war: Es war der von Gott gewählte Weg, damit er seiner Schülerin wieder begegnete.

Der Magier sah in der Ferne einen Bekannten und entschuldigte sich, um zu ihm zu gehen. Brida war euphorisch, ihr gefiel es, ihn an ihrer Seite zu haben, aber sie ließ ihn gehen. Ihre weibliche Intuition sagte ihr, dass es nicht ratsam war, dass er und Lorens zu lange zusammen waren – sie könnten Freunde werden, und wenn zwei Männer in dieselbe Frau verliebt sind, ist es besser, sie hassen sich, als dass sie Freunde werden. Denn dann würde sie sie am Ende beide verlieren.

Sie schaute auf die Menschen, die um das Feuer tanzten, und hatte Lust mitzutanzen. Sie forderte Lorens auf – er zögerte kurz, gab sich dann einen Ruck. Die Leute umkreisten das Feuer, klatschten in die Hände, tranken Wein, schlugen mit Schlüsseln und Zweigen an die leeren Flaschen. Immer wenn Brida beim Magier vorbeikam, lächelte er ihr zu und hob grüßend sein Glas. Es war für ihn ein besonders froher Tag.

Wicca reihte sich in den Kreis ein. Alle waren entspannt und glücklich. Die Gäste, die sich zuvor darum gesorgt hatten, was sie später erzählen würden, und ein etwas mulmiges Gefühl gehabt hatten, waren jetzt eins mit dem Geist dieser Nacht.

Der Frühling war gekommen, das musste gefeiert werden, die Seele musste mit dem Glauben an sonnige Tage erfüllt, die grauen Abende und die einsamen Nächte im Haus vergessen werden.

Das Klatschen wurde lauter, und jetzt bestimmte Wicca den Rhythmus. Er war eindringlich, fortlaufend. Alle hielten den Blick auf das Feuer gerichtet. Niemand fror mehr – es war, als wäre es bereits Sommer. Die Leute, die am Feuer saßen, begannen ihre Pullover auszuziehen.

»Lasst uns singen«, sagte Wicca. Sie wiederholte ein paarmal eine einfache, aus zwei Strophen bestehende Melodie. Bald sangen alle mit. Nur wenige wussten, dass es sich dabei um ein Hexen-Mantra handelte, bei dem das Wichtige der Klang der Worte war und nicht ihre Bedeutung. Es war ein Klang der Vereinigung mit den besonderen Gaben, und diejenigen, die den magischen Blick hatten wie der Magier und auch andere anwesende Meister, konnten sehen, wie die leuchtenden Fasern verschiedener Menschen sich vereinigten.

Lorens war müde vom Tanzen und machte sich daran, die »Musiker« mit den Flaschen zu unterstützen. Andere traten aus dem Kreis um das Feuer – einige, weil sie müde waren, andere, weil Wicca sie darum bat, die Rhythmusgruppe zu verstärken. Nur die Initiierten wussten, dass das Fest jetzt zu seinem heiligen Teil überging.

In Kürze würden nur noch die Frauen der Mondtradition und die Hexen, die initiiert werden sollten, um das Feuer tanzen.

Auch Wiccas Schüler tanzten nicht mehr. Die Initiation der Männer fand zu einem anderen Zeitpunkt statt. Jetzt kreiste weibliche Energie auf Astralebene, die Energie der Veränderung, direkt über dem Feuer.

Das war seit Menschengedenken so.

Brida war es jetzt wahnsinnig heiß. Das konnte nicht der Wein sein, denn sie hatte nur wenig getrunken. Also musste es am Feuer liegen. Sie hätte sich am liebsten die Bluse ausgezogen, schämte sich aber – doch diese Scham verschwand immer mehr, während sie diese einfache Melodie sang, in die Hände klatschte und das Feuer umkreiste. Ihr Blick war jetzt fest auf die Flammen gerichtet, und die Welt wurde immer unwichtiger – ein Gefühl, das dem sehr ähnelte, als sich ihr die Tarotkarten zum ersten Mal offenbart hatten. ›Ich gerate in Trance‹, dachte sie. ›Was soll's. Das Fest ist großartig!‹

›Was für eine eigenartige Musik‹, sagte sich Lorens, während er versuchte, den Rhythmus, den er auf die Flasche schlug, beizubehalten. Sein Gehör war geübt darin, dem eigenen Körper zu lauschen, und er spürte, dass der Rhythmus des Klatschens und der Klang der Worte mitten in seiner Brust vibrierten, als ob er bei einem klassischen Konzert die tiefsten Paukentöne hörte. Seltsamerweise schien der Rhythmus seinem Herzschlag zu entsprechen.

Während Wicca immer schneller wurde, schlug auch sein Herz immer schneller. Das schien bei allen so zu sein.

›Mein Gehirn wird stärker durchblutet‹, erklärte ihm sein wissenschaftlicher Verstand. Aber er befand sich an einem Hexenritual, dies war nicht der Augenblick für solche Gedanken. Er würde später mit Brida darüber sprechen können.

»Ich bin bei einem Fest, ich möchte mich nur amüsieren!«, sagte er laut. Jemand neben ihm stimmte ihm zu, und Wiccas Klatschen wurde noch ein bisschen schneller.

›Ich bin frei. Ich bin stolz auf meinen Körper, denn er ist die Manifestation Gottes in der sichtbaren Welt‹, dachte Brida. Die Hitze des Feuers war jetzt unerträglich. Die Welt schien in weite Ferne gerückt, und Brida wollte sich nicht mehr um oberflächliche Dinge kümmern. Sie lebte, das Blut pulsierte in ihren Adern, sie war ganz dem Tanz hingegeben. Um ein Feuer herumzutanzen war für sie nichts Neues, denn Klatschen, Musik, Rhythmus weckten schlummernde Erinnerungen an Zeiten, in denen sie Meisterin der von der Zeit überlieferten Weisheit gewesen war. Sie war nicht allein, denn dieses Fest war eine Wiederbegegnung, eine Wiederbegegnung mit sich selber und mit der Tradition, die sie durch viele Leben getragen hatte. Sie fühlte eine tiefe Achtung vor sich selber.

Sie war wieder in einem Körper, und es war ein schöner Körper, der Millionen von Jahre lang gekämpft hatte, um in einer feindlichen Welt zu überleben. Er hatte das Meer bewohnt, war auf der Erde gekrochen, auf Bäume geklettert, war auf allen vieren gelaufen und betrat jetzt stolz auf zwei Beinen die Erde. Dieser Körper verdiente Achtung wegen seines langen Kampfes. Es gab keine schönen oder hässlichen Körper, denn alle hatten denselben Weg zurückgelegt, alle waren der sichtbare Teil der Seele, die ihn bewohnte.

Sie war stolz, zutiefst stolz auf ihren Körper.

Sie zog die Bluse aus.

Jetzt trug sie oben nur noch den Büstenhalter, aber das war vollkommen egal. Sie war stolz auf ihren Körper, und niemand konnte sie deswegen tadeln. Auch wenn sie siebzig Jahre alt wäre, würde sie immer noch stolz auf ihren

Körper sein, denn durch ihn konnte die Seele ihr Werk tun.

Die anderen Frauen rings ums Feuer taten es ihr gleich. Auch das war ihr gleichgültig.

Sie entledigte sich ihrer restlichen Kleidungsstücke. In diesem Augenblick spürte sie ein Gefühl von Freiheit, wie sie es in ihrem ganzen Leben noch nie gespürt hatte. Sie hatte sich nicht entkleidet, weil es einen Grund dafür gab, sondern nur, weil die Nacktheit ein Zeichen dafür war, dass ihre Seele in diesem Augenblick frei war. Es war ihr gleichgültig, ob andere Leute da waren, die angezogen waren und sie ansahen – wenn diese doch nur auch für ihren Körper empfinden könnten, was sie gerade empfand. Sie konnte frei tanzen, und nichts behinderte ihre Bewegungen. Die Luft berührte jeden Millimeter ihrer Haut, und die Luft war großzügig, sie brachte Geheimnisse und Düfte von weit her, damit sie sie von Kopf bis Fuß berührten.

Die Umstehenden hatten wohl bemerkt, dass die Frauen, die rings ums Feuer tanzten, nackt waren. Aber sie schlugen weiter in einem Rhythmus auf die Flaschen und in die Hände, aus dem sie sich nicht lösen konnten, selbst wenn sie es gewollt hätten. Eines der größten Probleme der Meisterin war an diesem Punkt des Rituals, die Leute nicht merken zu lassen, dass sie sich in Trance befanden. Sie mussten das Gefühl haben, sich selber unter Kontrolle zu haben, obwohl dies nicht der Fall war. Wicca verstieß nicht gegen das einzige Gesetz, dessen Übertretung die Tradition äußerst streng ahndete: in den Willen der anderen einzugreifen. Denn alle, die dort waren, wussten, dass sie an einem Hexensabbat teilnahmen – und dass für die Hexen das Leben das Einssein mit dem Universum ist.

Später, wenn diese Nacht nur noch eine Erinnerung wäre, würde keiner der Anwesenden über das sprechen, was er oder sie gesehen und erlebt hatte. Es gab kein ausdrückliches Verbot, doch wer dort gewesen war, hatte die Gegenwart einer mächtigen Kraft gespürt, einer geheimnisvollen, heiligen, intensiven, unerbittlichen Kraft, die kein Mensch herauszufordern wagen würde.

»Dreht euch!«, sagte die einzige noch bekleidete Frau, die bis zu den Füßen in Schwarz gehüllt war. Alle anderen Frauen tanzten nackt, klatschten und drehten sich nun um sich selber.

Ein Mann legte einen Stapel Kleider neben Wicca. Drei davon würden zum ersten Mal getragen werden – zwei davon waren im Stil sehr ähnlich. Sie gehörten Menschen mit der gleichen besonderen Gabe – die Gabe materialisierte sich in der Art, wie das Kleid geträumt wurde.

Wicca brauchte nicht mehr zu klatschen – alle verhielten sich so, als gäbe sie noch immer den Rhythmus vor.

Sie kniete nieder, legte die beiden Daumen an die Stirn und trat mit der Macht in Verbindung.

Die Macht der Mondtradition, der Weisheit der Zeit war dort. Es war eine höchst gefährliche Macht, die nur die Hexen beschwören konnten, die später Meisterinnen wurden. Wicca wusste damit umzugehen, dennoch bat sie ihren Meister um Beistand.

In dieser Macht lebte die über die Zeiten tradierte Weisheit. Die weise, beherrschende Schlange war in ihr. Nur die Heilige Jungfrau, die die Schlange unter ihrer Ferse hielt, würde sie bezwingen können. Daher betete Wicca auch zur Jungfrau Maria, bat sie um die Reinheit der Seele, die Festigkeit der Hand und um den Schutz ihres Mantels – um diese Macht auf die Frauen, die initiiert werden sollten, herabzuholen, ohne dass sie eine von ihnen verführte oder beherrschte.

Mit zum Himmel gewandtem Gesicht und fester, ruhiger Stimme rezitierte Wicca die Worte des Apostels Paulus:

»Wenn jemand den Tempel Gottes verdirbt, den wird Gott verderben, denn der Tempel Gottes ist heilig; der seid ihr.

Niemand betrüge sich selbst:

Wer unter euch meint, weise zu sein in dieser Welt, der werde ein Narr, dass er weise werde.

Denn die Weisheit dieser Welt ist Torheit bei Gott. Denn es steht geschrieben: ›Die Weisen fängt er in ihrer Klugheit.‹ Darum rühme sich niemand eines Menschen; denn alles ist euer.«

Mit ein paar Gesten ließ Wicca den Rhythmus langsamer werden. Sie hielt die Macht im Zaum, benutzte sie, um das Geschehen zu dirigieren. Sie bediente sich ihrer, gab sich ihr aber nicht ganz hin.

Das Händeklatschen und das rhythmische Schlagen verebbten, und die Frauen hörten auf zu tanzen. Sie begaben sich zu Wicca und holten ihre Kleider. Nur drei Frauen blieben nackt. Der nun schon über eine Stunde andauernde Gesang und das gleichförmige Händeklatschen und rhythmische Schlagen auf die Flaschen hatten den Bewusstseinszustand aller Anwesenden verändert. Allerdings wusste jeder, wo er war und was er machte. Jeder – bis auf die drei nackten Frauen.

Diese befanden sich in tiefster Trance. Wicca richtete den Ritualdolch, den sie in der Hand hielt, auf die drei Frauen und leitete so die ganze gebündelte Energie auf sie.

Ihre besondere Gabe würde sich ihnen in wenigen Augenblicken offenbaren. Mit dieser besonderen Gabe würden sie der Welt dienen, und sie hatten viele verschlungene Wege zurücklegen müssen, um bis zu diesem Punkt zu gelangen. Die Welt hatte sie auf jede nur erdenkliche Art auf die Probe gestellt. Jetzt waren sie dessen, was sie errungen hatten, würdig. Im Alltag würden sie zwar weiter ihre Schwächen, ihre Vorurteile, ihre kleinen gütigen oder grausamen Momente haben. Sie würden weiter zwischen Agonie und Ekstase leben wie jeder andere

Mensch in einer sich noch in Transformation befindlichen Welt. Jetzt war der Augenblick gekommen, in dem sie erfahren würden, dass jeder Mensch etwas in sich trägt, das sehr viel wichtiger ist als er selber: seine besondere Gabe. Denn Gott hat in die Hände eines jeden Einzelnen eine Gabe gelegt – mit ihr offenbart er sich der Welt und hilft der Menschheit. Gott hat den Menschen dazu auserwählt, sein Arm auf Erden zu sein.

Einige erfuhren über die Sonnentradition, welches ihre besondere Gabe war, andere durch die Mondtradition. Aber alle fanden am Ende heraus, welche es war und schulten sie – auch wenn es dazu mehrerer Inkarnationen bedurfte.

Wicca stand vor dem großen Stein, den keltische Priester dort aufgerichtet hatten. Die Hexen in ihren schwarzen Gewändern bildeten einen Halbkreis um sie herum.

Wicca richtete ihren Blick auf die drei nackten Frauen. Alle drei hatten leuchtende Augen.

»Kommt her!«

Die drei Frauen traten in die Mitte des Halbkreises. Wicca bat sie, sich bäuchlings mit ausgebreiteten Armen auf den Boden zu legen.

Der Magier sah, wie Brida sich auf den Boden legte. Er versuchte, sich nur auf ihre Aura zu konzentrieren, aber er war ein Mann – und ein Mann schaut nun mal einen Frauenkörper an.

Er wollte sich nicht daran erinnern. Er wollte nicht wissen, ob sie litt oder nicht. Ihm war nur eines bewusst: Die Mission seines Anderen Teils war erfüllt.

›Schade, dass ich nur so wenig mit ihr zusammen war.‹

Aber so durfte er nicht denken. Zu irgendeiner Zeit hatten sie denselben Körper geteilt, hatten sie dieselben Schmerzen erlitten und dasselbe Glück erlebt. Sie waren in einem Menschen vereint gewesen, vielleicht in einem Wald spazieren gegangen, der diesem ähnlich war, hatten einen Nachthimmel mit denselben Sternen betrachtet. Er dachte an seinen Meister, der ihn so lange Zeit in einem Wald hatte verbringen lassen, nur damit er die Begegnung mit seinem Anderen Teil begreifen konnte. Und er lächelte.

Das charakterisierte die Sonnentradition: Man konnte sich nicht aussuchen, was man lernte, sondern das Leben stellte die Aufgaben. Sein Männerherz würde lange weinen – aber sein Magierherz war voller Freude und dankbar für das, was die Zeit im Wald ihn gelehrt hatte.

Wicca blickte auf die drei zu ihren Füßen liegenden Frauen und dankte Gott, dass sie so viele Leben hindurch Meisterin der unerschöpflichen Mondtradition hatte sein dürfen. Die Waldlichtung war vor undenklichen Zeiten von keltischen Priestern geweiht worden. Von deren Ritualen war nur wenig übriggeblieben – abgesehen von dem Stein hinter ihr. Ein riesiger Stein, den kein gewöhnlicher Mensch von der Stelle bewegen konnte. Doch die Meister der Vergangenheit hatten ihn mit magischen Kräften zu bewegen gewusst. Sie hatten Pyramiden, Himmelsobservatorien, Städte in den Bergen Südamerikas gebaut und dabei Kräfte benutzt, die nur die Mondtradition kannte. Da diese Zauberkräfte zerstörerisch sein konnten, hatte die Zeit sie ausgelöscht. Dennoch hätte Wicca gern gewusst, wie sie das gemacht hatten.

Ein paar keltische Geister waren anwesend, und Wicca

begrüßte sie. Es waren Meister, die nicht mehr wiedergeboren wurden und insgeheim ihren Teil dazu beitrugen, die Welt zu leiten. Ohne sie, ohne die Kraft ihrer Weisheit, wäre der Planet schon lange führungslos geworden. Die keltischen Meister schwebten in der Luft über den Bäumen außerhalb der Lichtung, und ihr Astralleib war in strahlend weißes Licht gehüllt. Seit Jahrhunderten kamen sie zu jeder Tagundnachtgleiche hierher, um zu sehen, ob die Tradition noch bewahrt wurde. Ja – sagte Wicca mit einem gewissen Stolz –, die Tagundnachtgleichen wurden immer noch gefeiert, auch wenn die keltische Kultur aus der offiziellen Geschichte der Welt verschwunden war. Denn niemand kann die Mondtradition auslöschen – nur Gottes Hand.

Eine Weile beobachtete sie die Priester. Was würden sie von den heutigen Menschen halten? Ob sie sich nach der Zeit sehnten, als der Kontakt zu Gott noch einfacher und direkter zu sein schien und als sie selbst diesen Platz aufgesucht hatten? Wicca glaubte es nicht wirklich, und ihre Intuition gab ihr recht. Menschliche Gefühle bauten auf vielerlei Weise am Garten Gottes. So wie der Rest des Universums sich weiterentwickelt, tat es auch der Mensch, und jeder Tag würde besser sein als der vorangegangene; auch wenn er die Lektionen des Vortages vergaß, auch wenn er nicht nutzte, was er gelernt hatte, auch wenn er sich beschwerte, dass das Leben ungerecht sei.

»Denn mit dem Reich Gottes ist es so, wie wenn ein Mensch Samen aufs Land wirft und schläft und aufsteht, Nacht und Tag; und der Same geht auf und wächst – er weiß nicht, wie.« Diese Lektionen wurden in die Weltenseele eingeschrieben und nützten der ganzen Menschheit. Wichtig war nur, dass es weiter Menschen wie die gab, die in dieser Nacht anwesend waren, Menschen, die die Dunkle Nacht der Seele nicht fürchteten, wie der heilige Johannes vom Kreuz es genannt hatte. Jeder Schritt, jeder Glaubensakt erlöst die Menschen aufs Neue. Solange es Menschen gab, die wussten, dass die ganze Klugheit des Menschen Torheit ist vor Gott, würde die Welt auf ihrem Weg ins Licht voranschreiten.

Wicca war stolz auf ihre Schülerinnen und Schüler, die imstande waren, die Bequemlichkeit einer bereits erklärten Welt der Herausforderung zu opfern, eine neue Welt zu entdecken.

Sie blickte wieder auf die drei nackten Frauen, die mit ausgebreiteten Armen bäuchlings auf dem Boden lagen, und versuchte erneut, sie mit der Farbe der Aura zu bekleiden, die sie ausstrahlten. Sie gingen jetzt durch die Zeit und begegneten ihren vielen verlorenen Anderen Teilen. Diese drei Frauen würden von dieser Nacht an in die Mission eintauchen, die sie von Geburt an erwartet hatte. Eine von ihnen war bereits über sechzig. Doch das Alter war vollkommen unwichtig. Wichtig war, dass die Betreffende endlich ihre Bestimmung erfüllen und von dieser Nacht an ihre besonderen Gaben dazu nutzen würde, um zu vermeiden, dass wichtige Pflanzen im Garten Gottes zerstört wurden. Die drei waren aus verschiedenen Gründen gekommen – aus enttäuschter Liebe, Überdruss an der Routine, auf der Suche nach Macht. Sie hatten die Angst, die

Faulheit und die vielen Enttäuschungen überwunden, die denjenigen befallen, der den Weg der Magie geht. Tatsache aber war, dass sie genau dorthin gelangt waren, wohin sie gelangen sollten, denn die Hand Gottes führt allzeit den, der seinen Weg im Glauben geht.

›Die Mondtradition mit ihren Meistern und ihren Ritualen ist faszinierend. Aber es gibt noch eine andere Tradition‹, dachte der Magier, den Blick auf Brida geheftet; irgendwie war er eifersüchtig auf Wicca, weil sie weiterhin in Bridas Nähe bleiben würde. Die andere Tradition wirkte einfacher, war aber viel schwieriger, wie vieles, das auf den ersten Blick einfach erscheint. Die Meister dieser Tradition lebten in der Welt und waren sich der Größe dessen, was sie lehrten, häufig nicht bewusst – denn sie lehrten aus einem zumeist unsinnig erscheinenden Bedürfnis heraus. Es waren Zimmerleute, Dichter, Mathematiker, überall auf der Welt verstreute Menschen aus allen Berufen und den unterschiedlichsten Kulturen. Es waren Menschen, die irgendwann das Bedürfnis verspürt hatten, mit jemandem zu sprechen, ein Gefühl zu erklären, das sie nicht recht verstanden, aber unmöglich für sich behalten konnten – durch dieses Bedürfnis sorgte die Sonnentradition dafür, dass ihre Weisheit nicht verlorenging: dem Bedürfnis, etwas zu schaffen.

Überall gab es Spuren der Sonnentradition. Manchmal war es eine Skulptur, manchmal ein Tisch, oder aber es waren Bruchstücke eines von einem Volk von Generation zu Generation weitergegebenen Gedichts. Alle Menschen, durch die die Sonnentradition sprach, waren Menschen wie alle anderen auch und hatten eines Morgens – oder Abends – einen Blick auf die Welt getan und begriffen, dass noch etwas Größeres gegenwärtig war. Ohne es zu wollen, waren sie dabei in ein unbekanntes Meer eingetaucht, weigerten sich aber zumeist, ein zweites Mal dorthin zurückzukehren. Alle Menschen besaßen zumindest einmal in jeder Inkarnation das Geheimnis des Universums.

Ohne es zu wollen, waren sie in die Dunkle Nacht eingetaucht. Leider aber glaubten sie fast nie an sich selber und weigerten sich, dorthin zurückzukehren. Und das Heilige Herz, das die Welt mit seiner Liebe, seinem Frieden und seiner völligen Hingabe nährte, war wieder von Dornen umschlossen.

Wicca war dankbar, eine Meisterin der Mondtradition zu sein. Alle, die zu ihr kamen, wollten etwas lernen – während in der Sonnentradition die meisten immer vor dem fliehen wollten, was das Leben ihnen beibringen wollte. ›Das alles ist nicht mehr wichtig‹, dachte Wicca. Die Zeit der Wunder würde wieder anbrechen und niemand die Veränderungen übersehen können, die sie mit sich bringen würde. In wenigen Jahren schon würde sich die Sonnentradition mit all ihrer Leuchtkraft offenbaren. Alle Menschen, die nicht ihrem Weg folgten, wären dann mit sich selber unzufrieden und gezwungen, eine Wahl zu treffen.

Entweder ein Leben hinzunehmen, das von Enttäuschung und Schmerz geprägt war, oder zu begreifen, dass jeder dazu geboren ist, glücklich zu sein. War die Wahl erst einmal getroffen, blieb einem nur noch, sich zu verändern; und dem Großen Kampf wäre Einhalt geboten.

Mit einer einzigen Handbewegung zog Wicca mit dem Dolch einen vollkommenen Kreis in die Luft. In den unsichtbaren Kreis malte sie einen fünfzackigen Stern, ein Pentagramm. Das Pentagramm war das Symbol der im Menschen handelnden Elemente – und durch dieses Symbol würden die auf dem Boden liegenden Frauen jetzt mit der Welt des Lichts in Verbindung treten.

»Schließt die Augen!«, befahl Wicca.

Die drei Frauen gehorchten.

Wicca machte mit dem Dolch drei rituelle Bewegungen über dem Kopf einer jeden.

»Öffnet die Augen eurer Seelen.«

Brida öffnete sie. Sie befand sich in einer Wüste, und trotzdem kam ihr der Ort vertraut vor.

Sie erinnerte sich daran, schon einmal da gewesen zu sein. Mit dem Magier.

Sie suchte ihn mit den Augen, konnte ihn aber nicht entdecken. Dennoch empfand sie keine Angst; sie war ruhig und glücklich. Sie wusste durchaus, wer sie war und dass an einem anderen Punkt der Zeit ein Fest gefeiert wurde. Aber das war nicht wichtig, denn die Landschaft vor ihr war schöner: der Sand, die Berge im Hintergrund und ein riesiger Stein vor ihr.

»Willkommen«, sagte eine Stimme.

Neben ihr stand ein Mann, der ähnliche Kleidung trug wie ihre Großeltern.

»Ich bin Wiccas Meister. Wenn du eine Meisterin bist, werden deine Schülerinnen an dieser Stelle dereinst Wicca begegnen. Und so weiter, bis die Weltenseele sich offenbaren kann.«

»Ich bin bei einem Hexenritual«, sagte Brida. »Bei einem Sabbat.«

Der Meister lachte. »Du stellst dich deinem Weg. Wenige Menschen haben den Mut dazu. Sie gehen lieber einen Weg, der nicht der ihrige ist.

Alle haben ihre eigene Gabe, aber wollen sie nicht sehen. Du hast sie akzeptiert – deine Begegnung mit der Gabe ist deine Begegnung mit der Welt.«

»Warum brauche ich Sie?«

»Um den Garten Gottes zu bauen.«

»Ich habe mein Leben vor mir«, sagte Brida. »Ich möchte es leben, wie alle Menschen ihr Leben leben. Ich möchte mich irren dürfen. Ich möchte egoistisch sein dürfen. Fehler haben, verstehen Sie?«

Der Meister lächelte. Sie sah, dass er in seiner rechten Hand einen Umhang hielt.

»Man kann den Menschen nur nahe sein, wenn man einer von ihnen ist.«

Die Szenerie um sie herum veränderte sich. Sie befand sich nicht mehr in der Wüste, sondern in einer Art Flüssigkeit, in der einige seltsame Dinge schwammen.

»Leben ist Irren«, sagte der Meister. »Die Zellen haben sich Millionen von Jahren lang genau gleich reproduziert, bis eine von ihnen sich irrte. Und deshalb konnte etwas in dieser immer gleichen Reproduktion sich verändern.«

Brida schaute hingerissen das Meer an. Sie fragte nicht, wie es möglich war, dass sie darin atmen konnte. Sie konnte nur die Stimme des Meisters hören, konnte sich nur an eine sehr ähnliche Reise erinnern, die in einem Weizenfeld begonnen hatte.

»Es war ein Fehler, der die Welt in Bewegung gesetzt hat«, sagte der Meister. »Habe nie Angst, dich zu irren.«

»Adam und Eva wurden aus dem Paradies vertrieben.«

»Und sie werden eines Tages dorthin zurückkehren. Und das Wunder der Himmel und der Welten erfahren. Gott wusste, was er tat, als er die beiden auf den Baum der Erkenntnis aufmerksam machte.

Hätte er nicht gewollt, dass sie davon aßen, hätte er nichts gesagt.«

»Und warum hat er es getan?«

»Um das Universum in Bewegung zu setzen.«

Die Szenerie wechselte zurück zur Wüste mit dem Stein. Es war Morgen, rosa Licht färbte den Horizont. Der Meister näherte sich ihr mit dem Umhang.

»Ich weihe dich in diesem Augenblick. Deine besondere Gabe ist das Werkzeug Gottes. Mögest du ein gutes Werkzeug sein.«

Wicca hob das Kleid der jüngsten der drei Frauen mit zwei Händen auf. Sie opferte es symbolisch den keltischen Priestern, die als Astralleiber über den Bäumen schwebten. Dann wandte sie sich an die junge Frau:

»Steh auf!«, befahl sie.

Brida erhob sich. Auf ihrem nackten Körper tanzten die Schatten des Feuers. Ein früherer Körper war einst von den Flammen eines Scheiterhaufens verzehrt worden. Aber die Zeit der Hexenverbrennungen war vorbei.

»Heb die Arme!« Wicca streifte Brida das Kleid über.

»Ich war nackt«, sagte sie zum Meister, sobald er ihr den blauen Mantel angelegt hatte. »Und ich habe mich nicht geschämt.«

»Hätten sie sich nicht geschämt, dann hätte Gott nicht gemerkt, dass Adam und Eva vom Apfel gekostet hatten.«

Der Meister betrachtete den Sonnenaufgang. Er wirkte zerstreut, doch Brida wusste, dass der Eindruck täuschte.

»Schäme dich niemals«, fuhr er fort. »Nimm, was das Leben dir bietet, und versuche aus den Gläsern zu trinken, die vor dir stehen. Alle Weine sollen getrunken werden – von einigen nur ein Schluck. Von anderen die ganze Flasche.«

»Wie kann ich sie unterscheiden?«

»Am Geschmack. Nur wer sauren Wein getrunken hat, weiß, was ein guter Wein ist.«

Wicca drehte Brida einmal um sich selbst und stellte sie so hin, dass sie dem Feuer zugewandt war, dann widmete sie sich der nächsten Initiierten. Das Feuer nahm die Energie ihrer besonderen Gabe auf, damit sie sich endgültig in ihr offenbaren konnte. In diesem Augenblick würde Brida einen Sonnenaufgang sehen. Den Aufgang einer Sonne, die den Rest ihres Lebens erleuchten würde.

»Nun musst du gehen«, sagte der Meister, sobald die Sonne aufgegangen war.

»Ich habe keine Angst vor meiner Gabe«, meinte Brida. »Ich weiß, wohin ich gehe, weiß, was ich zu tun habe. Ich weiß, dass mir jemand geholfen hat.

Ich war schon einmal hier. Es gab da Leute, die tanzten, und einen geheimen Tempel der Mondtradition.«

Der Meister schwieg. Er wandte sich ihr zu und machte mit der rechten Hand ein Zeichen.

»Du bist angenommen. Möge dein Weg ein Weg des Friedens sein, wenn die Zeiten friedlich sind, und kämpferisch, wenn die Zeiten von dir verlangen, dass du kämpfst. Und sieh zu, dass du die Zeiten richtig einschätzt.«

Die Gestalt des Meisters, die Wüste und der Stein begannen sich aufzulösen. Zurück blieb die Sonne, die mit dem Himmel verschmolz, der allmählich dunkel wurde, wobei die Sonne den Flammen eines Feuers zu ähneln begann.

Sie war zurück. Sie erinnerte sich an alles: an den Lärm, das Händeklatschen, den Tanz, die Trance. Sie erinnerte sich, dass sie sich vor all den Menschen nackt ausgezogen hatte, und das war ihr jetzt etwas peinlich. Aber sie erinnerte sich auch an ihre Begegnung mit dem Meister. Sie versuchte, die Scham, die Angst und die Unruhe zu beherrschen – sie würden sie von nun an immer begleiten, und sie musste sich daran gewöhnen.

Wicca bat die drei Initiierten, in der Mitte des Halbkreises stehenzubleiben, den die Frauen gebildet hatten. Die Hexen gaben einander die Hände und schlossen den Kreis. Sie sangen Lieder, die jetzt niemand mehr zu begleiten wagte. Ein seltsamer Klang kam aus fast geschlossenen Lippen, wurde immer höher, bis er dem Schrei eines verrückten Vogels ähnelte. In Zukunft würde auch Brida diese Klänge hervorbringen können. Sie würde noch viel mehr lernen, bis auch sie eine Meisterin war. Dann würden andere Frauen und Männer von ihr in die Mondtradition initiiert werden.

Doch das alles würde zu seiner Zeit geschehen. Jetzt, wo sie ihr Schicksal wiedergefunden hatte, besaß sie alle Zeit der Welt, hatte sie jemanden, der ihr half. Die Ewigkeit gehörte ihr.

Die Menschen um sie herum schienen in merkwürdige Farben gehüllt, und Brida war etwas verwirrt. Ihr gefiel die Welt besser, wie sie vorher gewesen war.

Die Hexen hörten auf zu singen.

»Die Mondinitiation ist beendet«, sagte Wicca. »Die Welt ist nun das Feld, und ihr werdet dafür sorgen, dass die Ernte üppig wird.«

»Ich habe ein merkwürdiges Gefühl«, sagte eine der Initiierten. »Ich kann nicht richtig sehen.«

»Ihr seht das Energiefeld um die Menschen, die Aura, wie wir das nennen. Das ist der erste Schritt auf dem Weg der Großen Mysterien. Das Gefühl wird bald vergehen, und später werde ich euch beibringen, wie man es wieder wecken kann.«

Mit einer schnellen, geschickten Bewegung schleuderte Wicca ihren Dolch. Der rammte sich so kraftvoll in die Erde, dass der Griff zitterte.

»Die Zeremonie ist zu Ende«, sagte Wicca.

Brida ging zu Lorens. Seine Augen leuchteten, und sie wusste, wie stolz er auf sie war und wie sehr er sie liebte. Sie würden zusammen wachsen können, gemeinsam eine neue Art zu leben schaffen, ein ganzes Universum entdecken, das vor ihnen lag, und auf Menschen mit ein wenig Mut warten.

Aber da war ein anderer Mann. Während des Gesprächs mit dem Meister hatte sie ihre Wahl getroffen. Denn dieser Mann würde ihre Hand in schwierigen Augenblicken zu halten wissen und sie mit Erfahrung und Liebe durch die Dunkle Nacht des Glaubens führen. Sie würde lernen, ihn zu lieben, und ihre Liebe würde so groß sein wie die Achtung für ihn. Beide gingen denselben Weg des Wissens, seinetwegen war sie bis hierher gekommen. Mit ihm würde sie am Ende die Sonnentradition lernen.

Jetzt wusste sie, dass sie eine Hexe war. Sie hatte viele Jahrhunderte lang die Kunst der Zauberei gelernt und war an ihren Platz zurückgekehrt. Das Wissen war von dieser Nacht an das Wichtigste in ihrem Leben.

»Wir können gehen«, sagte sie zu Lorens, sobald sie bei ihm angelangt war. Er schaute die schwarzgekleidete Frau, die vor ihm stand, voller Bewunderung an. Brida aber wusste, dass der Magier sie in einem blauen Gewand sah.

Sie reichte Lorens den Beutel mit ihren anderen Kleidungsstücken.

»Geh schon einmal vor, und versuch, eine Mitfahrgelegenheit zu bekommen. Ich muss noch mit jemandem reden.«

Lorens nahm den Beutel. Aber er machte nur ein paar Schritte auf dem Weg, der in den Wald führte. Das Ritual war beendet, und sie waren wieder zurück in der Welt der Menschen mit ihrer Liebe, ihrer Eifersucht, ihren Eroberungskriegen.

Auch die Angst war zurückgekehrt. Brida benahm sich heute sehr eigenartig.

»Ich weiß nicht, ob es Gott gibt«, sagte Lorens zu den Bäumen ringsum. »Aber ich darf jetzt nicht daran denken, denn ich stehe auch vor einem Mysterium.«

Er merkte, dass er anders redete als sonst, mit einer eigenartigen Sicherheit, die er sonst nicht an sich kannte, und er war sich sicher, dass die Bäume ihm zuhörten.

»Vielleicht verstehen mich die Leute hier nicht, vielleicht finden sie meine Bemühungen lächerlich, aber ich weiß, dass ich genauso viel Mut habe wie sie, dass ich Gott suche, ohne an ihn zu glauben.

Wenn es ihn gibt, dann ist er der Gott der Mutigen.«

Lorens merkte, dass seine Hände zitterten. Er hatte die ganze Nacht lang nicht verstanden, was sich da wirklich abgespielt hatte. Er hatte wohl bemerkt, dass er in Trance geraten war. Allerdings hatte das Zittern seiner Hände mit diesem Eintauchen in die Dunkle Nacht zu tun, von der Brida immer sprach.

Er blickte zum Himmel, der noch immer voller niedrig hängender Wolken war. Gott war der Gott der Tapferen. Und er würde ihn verstehen, denn die Tapferen sind diejenigen, die Entscheidungen voller Angst treffen. Die bei jedem Schritt auf dem Weg vom Dämon gequält werden, die alles, was sie tun, in Bedrängnis bringt, die sich immer fragen, ob sie es richtig oder falsch machen.

Und dennoch handeln sie. Sie handeln, weil sie auch an Wunder glauben wie die Hexen, die in dieser Nacht um das Feuer getanzt hatten.

Gott könnte gerade versuchen, zu ihm zurückzukommen – durch diese Frau, die sich nun auf dem Weg zu einem anderen Mann von ihm entfernte. Vielleicht würde sie fortgehen, vielleicht würde Gott sich dann auch für immer von ihm entfernen. Sie war seine Chance – denn sie wusste, dass die beste Art, in Gott einzutauchen, die Liebe war. Er wollte die Chance, sie zurückzubekommen, nicht vertun.

Er atmete tief durch, spürte die kühle, reine Waldluft und gab sich selber ein heiliges Versprechen ab.

Gott war der Gott der Mutigen.

Brida ging auf den Magier zu. Die beiden trafen sich in der Nähe des Feuers. Sie hatten beide Mühe, Worte zu finden.

Schließlich brach Brida als Erste das Schweigen.

»Wir haben denselben Weg.«

Er nickte.

»Dann lass ihn uns zusammen gehen.«

»Aber du liebst mich nicht«, sagte der Magier.

»Ich liebe dich. Ich kenne nur meine Liebe zu dir noch nicht – aber ich liebe dich. Du bist mein Anderer Teil.«

Der Blick des Magiers schweifte jedoch in die Ferne. Er erinnerte sich an die Sonnentradition, und eine der wichtigsten Lektionen der Sonnentradition war die Liebe. Die Liebe war die einzige Brücke zwischen dem Unsichtbaren und dem Sichtbaren, die alle Menschen kannten. Sie war die einzige wirksame Sprache, um die Lektionen zu übersetzen, die das Universum alle Menschen täglich lehrte.

»Ich gehe nicht«, sagte sie. »Ich bleibe bei dir.«

»Dein Freund wartet auf dich«, antwortete der Magier. »Ich werde eure Liebe segnen.«

Brida schaute ihn verständnislos an.

»Niemand kann einen Sonnenuntergang besitzen wie jenen, den wir an einem Abend gesehen haben«, fuhr er fort. »So wie auch niemand einen Abend besitzen kann, an dem der Regen gegen die Fensterscheiben schlägt, oder die Ruhe, die ein schlafendes Kind ausstrahlt, oder den magischen Augenblick, in dem sich Wellen an einem Felsen brechen. Niemand kann das Schönste besitzen, was es auf Erden gibt – aber wir können es bewusst genießen und lieben. Durch diese Augenblicke zeigt sich Gott den Menschen. Wir sind weder die Herren der Sonne noch des Abends noch der Wellen noch des Anblicks Gottes – denn wir können uns selber nicht besitzen.«

Der Magier streckte Brida die Hand hin und gab ihr eine blühende Pflanze.

»Als wir uns kennengelernt haben – habe ich dir die Dunkle Nacht gezeigt. Mir war so, als hätte ich dich schon immer gekannt, weil ich mich nicht daran erinnern kann, wie die Welt war, ehe ich dir begegnet bin. Ich wollte sehen, wie du mit deinen Grenzen umgehst. Ich wusste, dass ich es mit meinem Anderen Teil zu tun hatte und dass mir dieser Andere Teil alles beibringen würde, was ich lernen musste – deshalb nämlich hat Gott Mann und Frau getrennt.«

Brida berührte die Blüte. Es war seit vielen Monaten die erste Blüte, die sie in der freien Natur gesehen hatte. Der Frühling war da!

»Menschen schenken einander Blumen, weil Blumen den wahren Sinn der Liebe in sich tragen. Wer versucht, eine Blume zu besitzen, wird ihre Schönheit verwelken sehen. Aber wer nur eine Blume auf einem Feld anschaut, wird sie immer behalten. Denn sie passt zum Abend, zum Sonnenuntergang, zum Geruch nach feuchter Erde und zu den Wolken am Horizont.«

Brida schaute die Pflanze an. Der Magier nahm sie ihr ab und brachte sie in den Wald zurück. Bridas Augen füllten sich mit Tränen. Sie war stolz auf ihren Anderen Teil.

»Das hat mich der Wald gelehrt. Dass du niemals mein sein wirst und ich dich deshalb für immer haben werde. Du warst die Hoffnung meiner Tage der Einsamkeit, die Angst meiner Augenblicke des Zweifels, die Gewissheit meiner Augenblicke des Glaubens. Weil ich wusste, dass mein Anderer Teil irgendwann kommen würde, habe ich die Sonnentradition gelernt. Nur weil ich die Gewissheit hatte, dass es ihn gab, habe ich weitergelebt.«

Brida konnte ihre Tränen nicht verbergen.

»Und dann bist du gekommen, und ich habe das alles begriffen. Du bist gekommen, um mich von der Sklaverei zu befreien, die ich mir selber geschaffen hatte, um zu sagen, dass ich frei war – dass ich in die Welt und zu den Dingen der Welt zurückkehren konnte. Ich begriff alles, was ich begreifen musste. Und ich liebe dich mehr als alle Frauen, die ich in meinem Leben kennengelernt habe. Mehr als die Frau, die mich, ohne es zu wollen, vom Weg ab- und in den Wald gebracht hat. Ich werde nie vergessen, dass Liebe Freiheit ist. Das war die Lektion, die ich erst nach vielen Jahren gelernt habe.

Diese Lektion hat mich ins Exil geführt, und jetzt befreit sie mich.«

Die Flammen knackten im Feuer. Einige Nachzügler verabschiedeten sich jetzt ebenfalls. Aber Brida bekam von all dem nichts mit.

»Brida!«, hörte sie eine ferne Stimme rufen.

»Schau mir in die Augen, Kleines«, sagte der Magier. Der Satz stammte aus einem alten Film, den er einmal gesehen hatte. Er war fröhlich, denn er hatte eine weitere wichtige Seite der Sonnentradition umgeblättert. Er spürte die Gegenwart seines Meisters – er hatte auch diese Nacht für seine erneute Initiation gewählt.

»Mein ganzes Leben lang werde ich mich an dich erinnern, und du wirst dich immer an mich erinnern. So wie wir uns an den Sonnenuntergang, an die Fensterscheiben im Regen erinnern werden, an all die Dinge, die uns bleiben, die wir aber niemals besitzen werden.«

»Brida«, rief Lorens abermals.

»Geh in Frieden!«, sagte der Magier. »Und trockne diese Tränen. Oder sag, du hättest Rauch in die Augen bekommen.«

»Vergiss mich nie!«

Sie wusste, dass sie das nicht zu sagen brauchte, sagte es aber dennoch.

Wicca bemerkte, dass einige Gäste ihre Habseligkeiten vergessen hatten. Sie würde sie einsammeln müssen.

»Bald erlischt das Feuer«, sagte sie.

Und dann schwieg sie. Das Feuer glomm noch.

»Ich bereue nicht, mich einmal in dich verliebt zu haben«, fuhr Wicca fort, den Blick auf die Glut gerichtet.

»Ich auch nicht«, antwortete der Magier.

Sie hätte wahnsinnig gern über die junge Frau geredet. Aber sie schwieg. Der Blick des Mannes neben ihr flößte ihr Respekt ein.

»Schade, dass ich nicht dein Anderer Teil bin«, kehrte sie zum Thema zurück. »Wir wären ein großartiges Paar gewesen.«

Aber der Magier hörte Wicca nicht zu. Vor ihm lag eine ungeheuer weite Welt, und er hatte viel zu tun. Er musste helfen, den Garten Gottes zu bauen, er musste die Menschen lehren, sich selbst etwas beizubringen. Er würde anderen Frauen begegnen, sich in sie verlieben, diese Inkarnation intensiv leben. In dieser Nacht schloss er eine Etappe seines Lebens ab, und eine neue Dunkle Nacht breitete sich vor ihm aus. Dennoch würde es eine aufregende, freudige Zeit seines Lebens sein, die eher dem entsprach, was er sich erträumte. Das hatten ihn der Wald und das Mädchen gelehrt, das Gott ihm eines Tages geschickt hatte, damit sich das Schicksal erfüllte. Das sagten ihm die Mondtradition und die Sonnentradition.

Roman
Aus dem brasilianischen Portugiesisch
von Maralde Meyer-Minnemann
ca. 224 Seiten
Auch erhältlich als eBook und Hörbuch-Download

Die Geschichte einer unglücklichen jungen Frau, die sterben will und erst angesichts des Todes entdeckt, wie schön das Leben sein kann, wenn man darum kämpft und etwas riskiert. Ein wunderbares Buch über die Prise ›Verrücktheit‹, die es braucht, um den eigenen Lebenstraum Wirklichkeit werden zu lassen, und eine große Liebeserklärung an das Glück in jedem von uns.

Roman
Aus dem brasilianischen Portugiesisch
von Maralde Meyer-Minnemann
208 Seiten
Auch erhältlich als eBook und Hörbuch-Download

Den Kampf um eine neue Welt trägt jeder zuerst in sich selbst aus. Bist Du dazu bereit? Nur etwas kann verhindern, dass wir unsere Träume verwirklichen: unsere eigene Angst.
›Schutzengel‹ – ein modernes spirituelles Abenteuer, in dem ein Mann mit seinen Zweifeln ringt und seine Ängste überwindet.

Roman
Aus dem brasilianischen Portugiesisch
von Maralde Meyer-Minnemann
240 Seiten
Auch erhältlich als eBook und Hörbuch-Download

Sie waren Jugendfreunde, ehe sie sich aus den Augen verloren. In Madrid treffen sie sich wieder: sie, eine angehende Richterin, die das Leben gelehrt hat, stark und vernünftig zu sein; er, Weltenbummler und sehr undogmatischer Seminarist, der vor seiner Ordination Pilar noch einmal wiedersehen will. Beide verbindet ihr Drang, aus ihrem sicheren Leben auszubrechen und ihre Träume zu wagen.

Aus dem brasilianischen Portugiesisch
von Maralde Meyer-Minnemann
Mit einem Vorwort des Autors
272 Seiten
Auch erhältlich als eBook und Hörbuch-Download

Paulo Coelhos sehr persönliches Tagebuch seiner Pilgerreise nach Santiago de Compostela – ein Reise- und Erfahrungsbericht, in dem bereits die großen Themen seiner Romane angelegt sind.

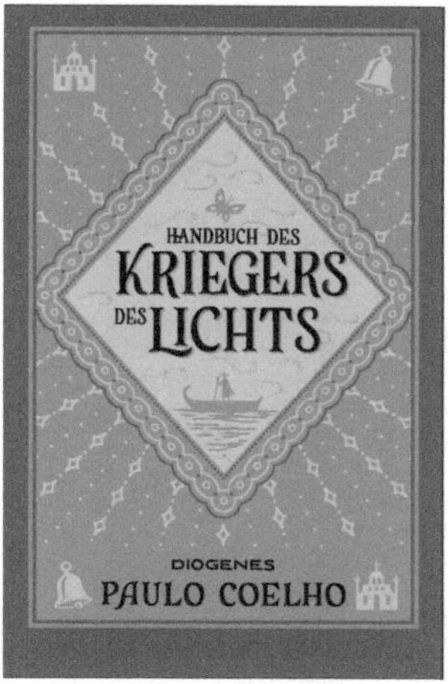

Aus dem brasilianischen Portugiesisch
von Maralde Meyer-Minnemann
160 Seiten
Auch erhältlich als eBook und Hörbuch-Download

Ein Handbuch und spiritueller Wegweiser mit Coelhos eigenen Reflexionen und denjenigen seiner persönlichen Wegbegleiter, die – von Sun Tsu und Lao Tse über das ›I Ging‹, Gandhis Schriften und Herrigels ›Zen in der Kunst des Bogenschießens‹ bis zu chassidischen Meditationen, islamischen Weisheitsbüchern und christlichen Pilgerlegenden – uns Mut und Lust machen, jenseits der Alltagsverstrickungen unser Schicksal anzupacken, den eigenen Lebenstraum zu finden und beharrlich dafür zu kämpfen.